U0923576

阅读之前 没有真相

午 夜 文 库

约翰·迪克森·卡尔

基甸·菲尔博士系列

约翰·迪克森·卡尔

John Dickson Carr (1906—1977)

和阿加莎·克里斯蒂、埃勒里·奎因并称“黄金时代三大家”，独以密室题材构思见长，一生设计出五十余种不同类型的密室，被誉为“密室之王”。

卡尔一九〇六年十一月三十日出生于美国宾夕法尼亚州，青少年时期就着迷于不可能犯罪，对他影响最大的是G.K.切斯特顿和杰克·福翠尔。在巴黎索邦神学院（巴黎大学前身）留学期间，卡尔出版了以法国警探亨利·贝克林为主角的长篇处女作《夜行》。

一九三三年，卡尔出版基甸·菲尔博士系列首部作品《女巫角》。第二年他以笔名卡特·迪克森发表《瘟疫庄谋杀案》，亨里·梅里维尔爵士登场。这两个系列成为卡尔最具代表性的作品。三十年代是卡尔创作生涯最多产的时期，其中《三口棺材》《扭曲的铰链》（旧译《歪曲的枢纽》）和《犹大之窗》被后世评论家归入“卡尔的经典代表作”。特别是一九三五年出版的《三口棺材》以经典的“密室讲义”和“双重密室”成为推理史上不可能犯罪小说的巅峰之作，至今仍难以超越。

卡尔笔下的密室第一神探基甸·菲尔博士，是一个胖胖的字典编纂者，走路要拄两根拐杖，喜欢穿斗篷，抽着海泡石烟斗，个性相当和蔼可亲。他有着敏锐的观察力，善于分析罪犯的心理，出场代表作除《三口棺材》《扭曲的铰链》外，还有《阿拉伯之夜谋杀》《绿胶囊之谜》《耳语之人》等。亨里·梅里维尔爵士比菲尔还要古怪——大大的秃脑袋、奇怪的表达方式，加上不修边幅的外表。他的职业是律师兼医生，登场作品有《独角兽谋杀案》《犹大之窗》《女郎她死了》等。卡尔的作品风格以不可能犯罪作为核心骨架，情节布局复杂，谋杀手法奇特，充满戏剧性和哥特式氛围。五十年代后，卡尔的健康状况始终不好，影响其创造力的发挥，作品水准有所下降。

一九五〇年和一九七〇年，卡尔先后两次获得美国推理作家协会（简称MWA）的埃德加·爱伦·坡特别奖。一九六三年，MWA一致同意向卡尔颁发“终身大师奖”，这是推理界的最高荣誉。

一九七七年二月二十七日，卡尔因病去世。当今，仍有不少推理小说作家在创作密室题材作品时会表达对卡尔的敬意。因为，只有约翰·迪克森·卡尔才配得上是真正的“密室之王”。

约翰·迪克森·卡尔重要作品年表

基甸·菲尔博士系列

1933 女巫角 (Hag's Nook)

1935 三口棺材 (The Three Coffin)

1936 阿拉伯之夜谋杀案 (The Arabian Nights Murder)

1938 扭曲的铰链 (The Crooked Hinge)

1939 绿胶囊之谜 (The Problem Of The Green Capsule)

1940 失颤之人 (The Man Who Could Not Shudder)

1941 连续自杀事件 (The Case of the Constant Suicides)

1944 至死不渝 (Till Death Do Us Part)

1946 耳语之人 (He Who Whispers)

1947 菲尔博士率众前来 (Dr. Fell Detective and Other Stories)

1965 撒旦肘之屋 (The House at Satan's Elbow)

1968 月之阴 (Dark Of The Moon)

亨里·梅里维尔爵士系列

1934 瘟疫庄谋杀案 (The Plague Court Murders)

1935 红寡妇谋杀案 (The Red Widow Murders)

1935 独角兽谋杀案 (The Unicorn Murders)

1937 孔雀羽谋杀案 (The Peacock Feather Murders)

1938 五盒之谜 (Death In Five Boxes)

1938 犹大之窗 (The Judas Window)

1940 怪奇案件受理处 (The Department of Queer Complaints)

1943 女郎她死了 (She Died a Lady)

1953 骑士之杯 (The Cavalier's Cup)

亨利·贝克林系列

1930 夜行 (It Walks By Night)

1931 骷髅城堡 (Castle Skull)

1931 失落的绞架 (The Lost Gallows)

1932 蜡像馆之尸 (The Corpse In The Waxworks)

1937 四种错误武器 (The Four False Weapons)

约翰·迪克森·卡尔重要作品年表

非系列

1937 燃烧的法庭（The Burning Court）

1942 皇帝的鼻烟壶（The Emperor's Sniff-Box）

1954 福尔摩斯的功绩（The Exploits of Sherlock Holmes）

1954 第三颗子弹（The Third Bullet and Other Stories）

1957 火焰，燃烧吧！（Fire，Burn！）

1964 破解奇迹之人（The Men Who Explained Miracles）

1972 饥饿的哥布林（The Hungry Goblin）

扭曲的铰链

The Crooked Hinge

[美]约翰·迪克森·卡尔 著
王占一 译

新 星 出 版 社 NEW STAR PRESS

目录

第一部分

七月二十九日，星期三

一名男子的死亡

有志者要铭记在心的第一法则是：绝对不要预先告诉观众你要做什么。如果你告诉了，他们就立刻对那个方向有了警觉，这是最该极力避免的，而且被看穿的概率增加十倍。我们来举个例子。

——霍夫曼教授[①]：《现代魔术》

①路易斯·霍夫曼教授（1839—1919），英国著名的魔术艺术书作家，作品包括《现代魔术》《更多魔术》和《晚期魔术》等。

第一章

布莱恩·佩奇坐在写字台边，从窗前俯瞰肯特郡的花园，桌上放着一堆翻开的书，他对工作产生了强烈的厌倦。七月下旬的阳光射进两扇窗，把房间的地板映照成金色。在令人昏昏欲睡的酷暑笼罩之下，朽木和旧书散发出气味。一只黄蜂从花园后面的苹果园飞了进来，佩奇不耐烦地挥手把它赶走。

花园围墙的另一边是公牛与屠夫旅馆，道路距离果园约有四分之一英里。这条路经由法恩利庄园的大门口，佩奇看得见一座座烟囱错落有致地耸立在树林里，再向前是富有诗意的“挂图”树林。

肯特郡平坦的路面大多是浅绿色和棕色的，很少有刺眼的颜色，可此时却炫目耀眼。佩奇甚至觉得连庄园里的烟囱都光彩夺目。纳撒尼尔·巴罗斯从远处驶向庄园，尽管开得不太快却也能听见轰隆声。

布莱恩·佩奇懒洋洋地思索着，马林福德村已经够不平静的了。如果这个说法听起来过于夸张，他可以给出真凭实据。就在去年夏天，发生了一起谋杀案。美丽丰满的戴利小姐被一个流浪汉掐死了，这个流浪汉在逃跑的过程中穿越铁道，撞上火车，当场丧命。此外，七月这最后一周有两个陌生人一连在公牛与屠夫旅馆住了几天：其中一个是艺术家，另一个可能是侦探（没人知道这传言是从哪来的）。

最后，从梅德斯通来的律师，佩奇的朋友——纳撒尼尔·巴罗斯今天正神秘地来回奔波。虽然大家都不明就里，但法恩利庄园似乎发生了什么令人兴奋或不安的事。布莱恩·佩奇习惯工作午休时去公牛与屠夫旅馆，在饭前喝上一品脱的啤酒。不过当天上午酒馆没什么风言风语，这倒像是种不祥之兆。

佩奇打着哈欠，把几本书推到一旁。他优哉游哉地想：詹姆斯一世统治时期，伊尼戈·琼斯受封为准男爵后修建了这座法恩利庄园，自那之后就没出过什么事，现在又能出什么乱子。法恩利家族世代相传，至今稳如泰山。约翰·法恩利爵士是掌管马林福德和索恩的现任准男爵，他继承了大笔遗产和稳固领地。

佩奇喜欢这位皮肤黝黑、性情敏感的约翰·法恩利，以及他为人直爽的妻子茉莉。这里的生活很适合法恩利。尽管他曾离家太久，但他本出生于官宦家庭，所以已然适应。说起法恩利的经历，让佩奇感兴趣的是有一段罗曼史，很难让人将其与法恩利庄园里那位老实迂腐的准男爵联系在一起。从他第一次出海远行到一年多以前迎娶茉莉·毕索，（佩奇认为）这又是一次给马林福德村提升人气的大好机会。

佩奇又咧嘴打了个哈欠，然后拿起笔开始工作。

噢，天啊。

他打量着胳膊肘旁边的小册子。《英国首席法官的一生》这本书他正力争写得雅俗共赏，以望达到预期的效果。现在正写到马修·黑尔爵士。各种各样的外部麻烦接踵而至，既因为它们不请自来，也因为布莱恩·佩奇并不想将其拒之门外。

老实说，他只想完成自己原创的法律研究，根本没真想写完

《英国首席法官的一生》。他懒于做真正的学术研究，但活跃的思维和敏锐的头脑又让他无法这么放弃。是否完成这本著作并没什么大不了的。但他可以借此告诫自己要努力工作，之后才能有闲情逸致去做别的事，才能轻松地漫步于主题之外那些曲径通幽之处。

他身旁的小册子写道：

> 一六六四年三月十日，一场对女巫的巡回审判在萨福克郡伯里圣埃特蒙德举行，由经济法庭首席法官——肯特郡的马修·黑尔爵士主持。一七一八年以D.布朗、J.沃多和M.沃顿之故付梓。

这便是他探寻过的一条曲径。当然，马修·黑尔爵士和女巫的交集其实算少之又少的了。可是这不妨碍布莱恩·佩奇多花半个章节去描写他感兴趣的主题。他满心欢喜地从一列书架上取出一本旧的《格兰维尔》[①]。正打算沉浸其中时，他听见花园里有脚步声，有人在窗外朝他喊“喂”。

来人正是纳撒尼尔·巴罗斯，他摇晃着公文包，那动作真不像个律师。

“忙着吗？”巴罗斯问道。

“哦。”佩奇打着哈欠应了一声。他放下《格兰维尔》。“进来抽支烟吧。”

巴罗斯打开朝向花园的那扇玻璃门，走进微暗舒适的房间。虽然他极力控制住自己，但兴奋之情足以让他在这个炎热的午后

① 《格兰维尔》：英格兰法律典章论文集，由十二世纪英格兰首席法官格兰维尔所著。

面色苍白，全身发冷。他的父亲、祖父以及曾祖父先后掌管法恩利家族的法律事务。有时候不免让人怀疑，以纳撒尼尔·巴罗斯热情奔放和不时发表爆炸式言论的性格是否真的适合担任家族律师一职。再有，他还年轻。不过也算称职，一切尽在巴罗斯的掌握中，佩奇觉得他极力装出一副比砧板上的比目鱼还冰冷的面孔。

巴罗斯打理过的黑发柔顺而服帖。高鼻梁上架了副玳瑁眼镜。他正透过镜片凝视，面部肌肉似乎在抽动。他身着考究却并不舒服的黑色套装，戴着手套的双手紧紧抓住公文包。

“布莱恩，”他说，“你今晚在家吃饭吗？”

“是的。我——”

“打住。”巴罗斯突然说。

佩奇眨了眨眼。

“你得去法恩利家吃晚饭，”巴罗斯接着说，“我不在乎你在不在那儿吃，但至少我希望某件事情发生时你在那里。”他的律师架子又恢复了一些，挺起瘦弱的胸膛说：“幸亏我要告诉你的事是经过授权的。我问你：你想没想过约翰·法恩利爵士并非别人认为的他？”

“并非别人认为的他？”

“这位约翰·法恩利爵士，”巴罗斯谨慎地解释道，“会不会根本不是约翰·法恩利本人，而是骗子冒充的？”

“你该不是中暑了吧？”佩奇坐直身子问道。他又惊又怒，而且莫名地感到不安。大热天里最倦怠的时候实在不适合发火。“当然，这种事我从没想过。你怎么这样想？你究竟在打什么主意？”

纳撒尼尔·巴罗斯从椅子上站起来，放下公文包。

“我这么说，”他答道，“是因为有人出来宣称他才是真正的约翰·法恩利。这并非新闻。已经闹了有几个月，现在到了最关键的时刻。呃——”他犹豫一下，向四周看了看。“这儿还有别人吗？那位叫什么来着的太太——你知道的，帮你料理事务的那个——或是其他人？”

“没有。”

巴罗斯说的话像是从唇齿之间整句挤出来似的。“我不应该跟你说这些。但是我知道可以信任你，（咱俩之间）我的位置很微妙。这件事会成为大麻烦。蒂奇伯恩案也比不上它。当然了……呃……对外我没有理由怀疑我的雇主不是约翰·法恩利爵士。我应当为约翰·法恩利爵士服务：真正的那一位。可问题就出在这上面。这里有两个人，一个是真正的准男爵，另一个是冒牌的骗子。这两个人没什么相似之处，连长相都不一样。可我要是没办法区分的话就完蛋了。”他停顿了一下，接着补充道，“还好幸运的是，这件事今晚有可能尘埃落定。”

佩奇不得不调整思路。他自己点上一支烟，并把香烟盒推向巴罗斯，同时打量着这位客人。

“这真是一波未平一波又起啊，”他说，“究竟是怎么开始的？你是什么时候，又是为什么认为有骗子混进来？在这之前你怀疑过吗？”

“从没怀疑过。我说完你就知道是怎么回事了。”巴罗斯掏出一块手帕，仔细把脸擦了一遍，又冷静地坐了回去。“我倒希望这只是无稽之谈。我喜欢约翰和茉莉……不好意思，指的是约翰爵士和法恩利夫人……我对他们极为欣赏。如果来举报的人是个骗子，我愿意在村庄广场跳舞……呃，或许不跳吧……总之我以职业担保要让他因伪证罪去坐比亚瑟·奥顿更久的牢。此外，既然我们今晚即将揭晓答案，你最好了解整件事情的背景，以及这场棘手风波的起因。你了解约翰爵士的过往吗？”

“马马虎虎。”

“什么事你都不应该马虎对待，”巴罗斯不赞成地摇着头反驳，“你做历史研究也是这样吗？我希望不是。听我说，把这些细节要牢牢记在脑子里。

“让我们回到二十五年前，当时约翰·法恩利爵士十五岁。他出生于一八九八年，是老达德利爵士和法恩利夫人的第二个儿子。原本继承爵位他是毫无机会的，因为长子达德利是父母的掌上明珠。

“他们期望儿子们正直高尚。老达德利爵士（我认识他大半辈子了）属于维多利亚晚期那种极度严谨的类型。虽不至于像当前一些传记所描绘的那样，但我记得小时候他给我一枚六便士的硬币时我总是感到惊讶。

“小达德利是个好孩子。约翰却不是。他阴郁寡言，又有点野蛮，而且他太阴沉内向了，以至于犯一点小错都无法得到别人的原谅。其实他并非真的坏，只是和别人格格不入，而且还没长大就想被当成大人看待。一九一二年，他才十五岁，就和梅德斯通一个酒吧女招待有过一段成人才有的往事……”

佩奇吹了声口哨。他向窗外看去，仿佛期待看见法恩利本人似的。

“十五岁那年？”佩奇问，“那他一定是个纨绔子弟！”

“没错。”

佩奇犹豫起来，“然而，你知道，我一直觉得我所认识的法恩利……”

“有点像清教徒吧？”巴罗斯接过话茬，“是的。不管怎样，我们谈论的是一个十五岁的男孩。他热衷于研究超自然现象，包括巫术和撒旦崇拜，真够糟糕的。他被伊顿公学开除更是糟透了。和那位酒吧女招待搞在一起甚至致人怀孕的公开丑闻让他的家人忍无可忍。达德利·法恩利爵士自然认定这孩子坏透了，是法恩利家族某个撒旦崇拜者灵魂附体，彻底不可救药，再也不想见到他。于是他们按照常规方法处置他。法恩利夫人有个表兄住在美国，在那儿过得还不错，他们就把约翰打发到了美国。

“只有一个人能够彻底管得住他，就是肯尼特·墨里老师。这位家庭教师那时二十二三岁，在约翰离校后来到了法恩利庄园。值得一提的是，肯尼特·墨里的爱好是科学犯罪学，正是由于这一点，这个孩子从一开始就被他吸引住了。在那个年代这算不上是种高雅的爱好，不过老达德利爵士对墨里赞赏有加，也就没什么可说的。

“当时发生了一件事，百慕大群岛的哈密尔顿有所学校给墨里提供了副校长这样一个好职位，他要去就得背井离乡。他接受了邀请，正好庄园的事也不需要他再干下去了。墨里受托在旅途中把男孩带到纽约，以防他出什么乱子。他得把这孩子转交给法恩利夫人的表兄，再坐另一艘船转去百慕大群岛。”

纳撒尼尔·巴罗斯回忆着往事，稍作停顿。

“我不太记得那时的事了，就我个人而言，”他接着说，“我们都离顽皮的约翰远远的。但小茉莉·毕索却疯狂地迷恋他，她那时才六七岁。她听不得一句关于他的坏话，最终嫁给他也是理所当然。我依稀记得约翰坐车去火车站那天的景象，他坐在一辆四轮敞篷马车上，头戴一顶平草帽，肯尼特·墨里坐在他旁边。次日他们乘船出发，那天无论怎么看都是个吉日。不用我说你也知道，他们坐的那艘船是泰坦尼克号。”

巴罗斯和佩奇此刻回忆起过去。佩奇记得那是一段充斥着吵闹声、报纸传单和毫无依据的传言遍布街头巷尾的混乱时期。

“一九一二年四月十五日晚，号称永不沉没的泰坦尼克号撞上冰山沉没，”巴罗斯继续说，“混乱中墨里和那个孩子走散了。墨里在冰冷的水里漂了十八个小时，与另外两三个人一同抓住一块木栅栏求生。那之后不久他们被一艘去百慕大的科勒芬号货船救起。墨里被送到他原本的目的地。通过无线电广播得知约翰·法恩利安然无恙之后他就不再担心，不久又收到了一封报平安的信。

“约翰·法恩利，或者说一个自称约翰的孩子，被去往纽约的伊特鲁斯卡号救起。法恩利夫人的表兄，一位美国西部的人见到了他。这边的情况和之前没什么两样。达德利爵士除了设法确认男孩还活着之外，依旧对他不闻不问。那孩子自己要比老达德利爵士痛苦多了。

“他在美国长大，在那儿住了将近二十五年。他连一行字都不愿写给家里人，达德利爵士夫妇在世期间甭想收到他的照片或生日祝福。幸运的是，他很快与那位叫伦威克的美国表舅志趣相投，弥补了他对父母的需求。他……呃……似乎变了，在广阔的田地里不声不响地做了一名农夫，就像他在这边也会过的生活那样。战争后期他在美国军队服役，但是他从没到过英国或是与熟人会面，甚至连墨里都再也没见过。墨里还活着，他在百慕大，只是过得并不宽裕。他们俩都没钱去探望对方，特别是约翰·法恩利又住在科罗拉多州。

“老家这里平安无事。本来就没什么人记得那个孩子，一九二六年母亲去世后，他全然被人遗忘了。四年后他父亲也随他母亲而去。小达德利……他已经没那么小了……继承了爵位和全部领地。他一直没结婚，说以后有的是时间。然而并没有时间了。一九三五年八月，继任的达德利爵士死于食物中毒。”

布莱恩·佩奇思索着。

“这就是我来这之前发生的事啊，”佩奇说，“可是，喂！达德利从没设法与弟弟取得联系吗？”

“是的……信被原封不动地退了回来。达德利过去相当一本正经。在那之前他们相隔那么远，约翰没有感受到任何家庭温暖。然而，达德利去世后，约翰是否要继承爵位和庄园成了一个问题……”

“约翰接受了。”

“他接受了。没错，关键就在这儿，”巴罗斯激动地说，“你了解他就会明白。他回到这里是再自然不过的事。虽说离开了将近二十五年，可对他而言这里并不陌生。别人也不觉得他陌生：他的想法和举止某种程度上说连谈吐都符合法恩利家族继承人的风范。他是一九三六年年初回来的：其中有段浪漫的插曲，他和长大成人的茉莉·毕索重逢，并且在同年五月喜结连理。刚安顿下来一年多点，现在又发生了这件事。竟然有这种事。”

“我猜是这样，”佩奇不太确定地说，“会不会在泰坦尼克号失事时身份被人替换了？被人从海上救起的是另一个男孩，出于某种原因假装成约翰·法恩利？”

巴罗斯来来回回地缓缓踱步，朝他经过的每一样家具摇着手指。但他看上去并不滑稽。他的智慧魅力可以安抚甚至催眠他的客户。他有个习惯，就是把头转向一侧，同时从那副大眼镜的边框注视着对方，就像现在这样。

“就是这样，没错。假如现在这个约翰·法恩利是冒充的，那你说他是不是一九一二年就开始做局？而真正的继承人下落不明。失事后他被救生艇救起时穿的是法恩利的衣服，戴着他的戒指，还拿了他的日记。他在美国的伦威克舅舅的回忆中已经充分了解到往事。后来回到这里按照儿时的方式生活。过去了二十五年！笔迹变了，长相和斑痕也变了，甚至记忆都变得模糊起来。你发现难点在哪儿了吧？就算哪次说错话，哪里出了漏洞，也很正常不是吗？”

佩奇摇了摇头。

“尽管如此，伙计，这位申诉人要有铁证才能让人信服。你知道法庭看重的是什么。他都有什么证据？”

巴罗斯双臂交叉，说：“申诉人能拿出确凿的证据证明他是真正的约翰·法恩利爵士。”

“你见过他的证据吗？”

“我们今晚便见分晓。申诉人提出想找机会见一下现在的主人。不，布莱恩。尽管我快要被这件事逼疯了，但我还不至于大脑空白。申诉人不仅陈述的逻辑让人信服，而且他能提供所有细节上的证据。他不仅来我办公室（和他的法定代理人一起，很遗憾，我不得不说那是个粗鲁的人）给我讲了只有约翰·法恩利才知道的事。我说的是，只有真正的约翰·法恩利知道。另外他还提议和现在的主人一起做某项测试，就会水落石出。”

“什么测试？”

“让我们拭目以待。嗯，没错。拭目以待吧。”纳撒尼尔·巴罗斯拎起公文包。“这是一堆乱七八糟的事里唯一令人感到一丝欣慰的。到目前为止还没有公之于众。申诉人是位君子……两位都是，呸……他并不想挑起争端。但我要是坐视不管，那就得闹得天翻地覆了。我真庆幸我父亲在世时没赶上这事。还有，你七点钟到法恩利庄园吧。不用为晚饭该穿什么而苦恼。其他人也不会。晚饭只是个借口，很可能连晚饭都没有。”

“那约翰爵士是怎么看待整件事的呢？”

“哪个约翰爵士？”

“为表述清楚起见，”佩奇说，“我指的是一直以来我们所认识的那位约翰爵士。这可真有意思。这是不是意味着你相信申诉人是真爵士？”

“不。怎么会呢。当然不是！”巴罗斯说。他又突然一本正经地说道：“法恩利嘛，只是发发牢骚。我认为这是个好现象。”

“茉莉知道吗？”

“知道，他今天跟她讲了。好了，就这样吧。作为律师我本不该跟你说这些，但若是我连你都不信任，就更没有其他人可以信任了。而且自从我父亲去世以后，我就对自己处理事情的方式有点信心不足。投身进来吧，来体会一下我所爱的煎熬。七点钟来法恩利庄园，我们需要你当个证人。运用你的智慧，观察两位候选人吧。然后，在我们采取对策之前，”巴罗斯说着用公文包的一侧猛地碰了一下桌子，“你得好心地告诉我谁是谁。”

第二章

树荫投射在被称为“挂图”树林的下坡一侧，树林左边的平坦土地依然开阔而温暖。隔着围墙和树丛，一幢深红色的砖房子坐落在道路后方，看上去像古画里的一样。刚修剪过的草坪平坦而规整。窗户高而窄，窗框镶嵌在长方形的石栏里，一条笔直的碎石路延伸到门前。细长的烟囱密布着，指向最后一抹暮光。

虽不许常春藤爬到院墙正面，房子背后倒是种了一排山毛榉。正房旁边新建了一座厢房……像个倒过来的T字形……把这座荷兰式花园一分为二。房子一侧有一扇窗，那是图书室的后窗户，从那里可以俯瞰花园；而T字形另一侧窗户所在的房间里，约翰·法恩利爵士和茉莉·法恩利正等在那儿。

房间里的时钟嘀嗒作响。在十八世纪，这种房间应该被称作琴房或者女士休息室，似乎表明了这栋房子在世上所处的地位。房间里摆着架木质钢琴，木材年代古老，质地仿佛抛光的龟甲。还有雅致的古董银器以及从北边窗户可以望见的“挂图”景色。茉莉·法恩利把这房间当客厅使用。房里非常温暖、安静，除了时钟的嘀嗒声。

茉莉·法恩利坐在窗前，一大株“章鱼状”山毛榉形成的树荫落在此处。她是个所谓户外型女孩，身材结实而匀称，面庞方正但很有魅力。她剪了一头干脆利落的深褐色齐耳短发，晒黑的面庞真挚热忱，长有一双淡褐色明眸，对视那双明眸就恰似与她握手一般，嘴或许有些大，但笑起来就会露出一口皓齿。她算不上十分漂亮，但健康和活力赋予她一种胜过美丽的强烈吸引力。

可她现在却笑不出来。她的视线从没离开她的丈夫，他正在房间里小步踱来踱去。

“你不担心吗？”她问道。

约翰·法恩利爵士停住脚步，甩了几下黝黑的手腕，然后又开始踱起步来。

“担心？不。噢，不会。不是担心，只是……哦，真是该死！”

他似乎是她理想中的伴侣。从他的外表来看可一点也不符合乡绅的身份，因为乡绅这个词在一百年前就与作威作福的胖人联系在一起。但眼前这个人更朴实。法恩利中等个头，寒酸、清瘦得令人想到一排排耕田的犁，像那在田地中耕作的锃亮的金属和厚重的刀锋。

他年纪四十上下。肤色略黑，胡子短而浓密。深色头发里夹杂着丝丝灰白，锐利的黑眼睛旁长出了鱼尾纹。你可以说他正值智力与体力的巅峰，一个积蓄着巨大能量的男人。他在这个小房间里来回踱步，不安和尴尬的情绪似乎比气愤或心烦更多。

茉莉站起身来。她大声说：

“哦，亲爱的，你为什么不跟我讲呢？”

“没必要因为这件事惊扰到你，”对方说，“这是我的事。我会处理好。”

“这件事你知道多久了？”

“一个月左右。大概差不多吧。”

“这段时间以来困扰你的就是这件事吧？”她问道，眼里显现出另一种关切的神色。

“部分原因吧。”他嘟囔着，扫了她一眼。

“部分？你这么说是什么意思？”

“我的意思，亲爱的，就是部分原因。”

“约翰……不会和玛德琳·戴恩有什么关系吧？”

他停住脚步。“天啊，没有！当然没关系。我不知道你为什么问这样的问题。你果然不喜欢玛德琳，对吧？”

“我不喜欢她的眼睛。那双眼睛让人不舒服。”茉莉说着，让自己不要陷入傲慢或是另一种她不想明确描述的感觉中。“抱歉，发生了这些事我本不该说那种话。不太顺心，但没什么大不了的，是不是？当然那个男的没拿到什么证据吧？”

“他还没有得到上诉的权利。我不知道他有什么证据。”

他语气生硬，茉莉凝视着他。

“那你为什么这么苦恼，还神神秘秘的？如果他是骗子，你怎么不把他赶出去，这事不就解决了吗？”

“巴罗斯说那么做不太明智。不管怎样，在我们……呃……听过那家伙的话之后就好采取措施了。采取切实可行的措施。再说……”

茉莉·法恩利脸上的表情逐渐消失。

“真希望能让我帮帮你，”她说，“倒不是说我真能帮上忙，只是我想知道这一切究竟是怎么回事。我知道这个人是来挑衅的，妄想证明他才是真正的你。这当然只是无稽之谈。多年以前我就认识你了，重逢时我马上就认出你来，或许你会惊讶我那么快就把你认出来。可是我知道你让这个家伙到家里来，还有纳特·巴罗斯[1]和另外一个律师。你搞得这么神秘，到底想干什么？”

“你还记得我的老家庭教师肯尼特·墨里吗？”

“依稀记得，”茉莉皱起眉头说，“魁梧而和蔼的男人，留着类似船员或艺术家的小胡子。我猜他当时应该挺年轻的，但看上去显老。他很会讲故事——”

“他立志成为一名伟大的侦探，”他接过话头，“嗯，对方把他从百慕大群岛请过来。他说自己绝对能分辨出真正的约翰·法恩利，此刻他就在公牛与屠夫旅馆。”

“等一下！”茉莉说，“全村的人都在议论纷纷，说有一个‘看起来像是艺术家’的人住在旅店里。指的就是墨里吗？”

“就是老墨里。我想过去看望他，但这样不……呃，不太好，有失公平。”她丈夫说，内心似乎正挣扎翻腾着。“在别人看来可能会以为我想拉拢他。他会到家里来见我们俩，并辨认出我来。”

“怎样辨认？”

“他是这个世上唯一真正了解我的人。我的家人几乎死光了，这一点你是知道的。那些老仆人也都追随我父母而去了：除了南妮，她在新西兰。就连诺尔斯到这里也不过十年。有许多人和我不过是泛泛之交，你知道我这个人不善于社交，也没交下什么朋友。可怜的罪案调查老专家墨里毫无疑问是最佳人选。他的立场中立，和双方都没有瓜葛；不过，如果他想在一生中扮演一次伟大的侦探——”

茉莉深吸一口气。她那张晒黑的脸庞和健康的身体，让她说出的话冲劲十足。

①纳撒尼尔的昵称。

“约翰，我不理解。我真的不理解。你这么说好像把这件事当成是场赌局或者比赛之类的。‘有失公平’‘与双方都没什么瓜葛’。你想没想过那个男人……不管是谁……公然宣称他拥有你的一切？假如未来他才是约翰·法恩利，是准男爵的继承人并拿着每年三万英镑的俸禄——从你这里拿走这些？”

“是的，我想过。”

“可是你对这些毫不在意吗？”茉莉大声问道，“你对他既照顾又体贴，好像毫不在意似的。”

“这对我意味着一切。”

“那么，好吧！假如有人过来跟你说‘我是约翰·法恩利’，我本以为你会这么说，‘哦，真的吗？’然后把他赶出去，或者把他扭送到警察局，完全不用多想。要是我就会这么做。”

“亲爱的，你不了解这些事情。巴罗斯说——”

他缓缓环视房间。他仿佛在聆听时钟的嘀嗒声，在嗅闻洁净的地板和窗帘的气味，在穿越阳光向他拥有的富饶平静的土地伸出手。奇怪的是，此时此刻他看上去像极了清教徒；甚至还具有威胁性。

“要是现在失去这一切，”他慢条斯理地说，“那简直糟透了。”

房门开了，他赶忙回过神来，将举止中的冷酷一扫而光。谢顶的老管家诺尔斯领着纳撒尼尔·巴罗斯和布莱恩·佩奇两个人走进房间。

在来这儿的路上，佩奇就发现巴罗斯穿了他最庄重正式的衣服。佩奇几乎认不出这就是当天下午才见过的那个人。不过他觉得这样装扮还是有必要的，因为这里的气氛很尴尬：这是他感受过的最尴尬的事。他打量着男主人和女主人，开始后悔到这里来。

律师用近乎痛苦的礼节向男女主人问好。法恩利已经僵硬地站起来，好像准备展开决斗似的。

“我认为，”巴罗斯说，“我们应当马上进入正题。佩奇先生好心地同意成为我们需要的证人。”

“唉，要我说，”佩奇努力提出异议，“要知道，我们并不是被困在城堡里。你是肯特郡最有名、最受尊重的土地所有者之一。听了巴罗斯跟我说的那些话，”他看着法恩利，感觉这件事没法再谈，“就像是说草是红的、水逆流而上一样。在大多数人眼中，现在的情况才是合理的。你有必要如此保守吗？”

法恩利缓缓开口。

“的确是这样，”他承认，“我想是我太傻了。”

“你是傻，”茉莉附和着，“谢谢你，布莱恩。”

“老墨里——”法恩利看着远处说，“巴罗斯，你见到他了吗？”

“只匆匆见了一面，约翰爵士。非正式的见面。对方也没见过。简单地说，他的观点是进行一项测试，除此之外就什么都没说了。”

“他变化大吗？”

巴罗斯这才有点人情味。“不太大。他变老了，比以前更死板和暴躁，胡子也花白了。过去——”

“过去，”法恩利说，“天哪，是啊！”他脑中思考起来。“我正有个问题想问你。你有没有怀疑过墨里是否正直？等等！我知道这样说很不好。老墨里一向表现得太过诚实可靠：毋庸置疑。但我们已经二十五年没见到他了，很长一段时间。连我都变了呢。他该不会耍花招吧，会吗？”

“对于这一点你尽管放心，”巴罗斯冷冷地说，“我想我们以前讨论过。我想到的头一件事就是这个，当然，考虑到我们所采取的方案，你自己会对墨里的诚信感到满意，不是吗？”

“是的，我想是这样。”

“那我能问你为什么现在还谈起这个问题吗？”

“你可以帮我，”法恩利反驳说，他的语气突然变得和巴罗斯一样冰冷，“但你别把我当成骗子来对待。你完全是这么做的，别不承认！你就是这么做的。平静，平静，平静，我找遍全世界就为了寻求平静，究竟到哪里才能找到？我来告诉你为什么我问起关于墨里的问题。假设你没怀疑墨里会耍什么花招，那为什么要派私家侦探去监视他？”

在大号眼镜背后，巴罗斯的眼睛显然因为惊讶而睁得老大。

“不好意思，约翰爵士。我没找私家侦探监视过墨里先生或者其他人。”

法恩利站了起来。“那么在公牛与屠夫旅馆里的另一个人是谁？你知道，那个板着脸的年轻小伙子，到处偷偷打听询问的？全村人都说他是个私家侦探。他说他对‘民俗’感兴趣，正在写一本书。民俗才怪呢。他紧跟着墨里，纠缠不休。”

他们所有人顿时面面相觑。

“没错，”巴罗斯若有所思地说，“我听说过这位民俗研究者以及他对别人的兴趣。说不定他是威尔金派来的——”

“威尔金？”

“就是申诉人的律师。照现在看，最大的可能是他与本案无关。”

“我怀疑这一点。”法恩利说，眼底似乎充血，脸涨得通红。“他的兴趣不全在这案子里边。我指的是那个私家侦探。我听说他还在打探关于可怜的维多利亚·戴利的事情。”

布莱恩·佩奇感觉价值观有所转变，所有熟悉的事物都变得不再熟悉。在这场事关每年三万英镑的财产权利辩论中，法恩利竟然更关心去年夏天一桩平淡无奇……或者说性质恶劣……的悲剧。怎么回事？维多利亚·戴利，一个三十五岁与世无争的未婚女人在她的小屋里被一个自称卖鞋带和领扣的流浪汉勒死？相当诡异，用一条鞋带勒死；后来流浪汉死在铁轨上，在他的口袋里发现了她的钱包。

沉默间，佩奇和茉莉·法恩利正相互对视，这时房门开了。诺尔斯走了进来，脸上同样是一种令人捉摸不透的神情。

“爵爷，有两位先生来拜访您，”诺尔斯说，“一位是威尔金先生，是位律师。另外一位——”

“哦？另外一位是？”

“另外一位让我通报您，他是约翰·法恩利爵士。”

“他这么说？哦，好吧——”

茉莉轻轻站起来，但下巴周围的肌肉紧紧绷住。

“替约翰·法恩利爵士给那个人这样传话，”她吩咐诺尔斯说，“就说约翰·法恩利爵士向他问好；还有，倘若那位访客无法报上其他名字，他可以四处转转，然后去仆人的房间等着，直到约翰爵士有空见他为止。”

“不，别，别这样！”巴罗斯结结巴巴，带着律师的口吻阻拦道，“身处困境，必须处理得当。随你怎么冷落他，可是别……”

法恩利黝黑的脸孔上显现出一丝微笑。

“很好，诺尔斯。就这么传话下去。”

“厚颜无耻！”茉莉气呼呼地说。

诺尔斯再回来时，与其说是来报信的，还不如说像是个在球场上被打来打去的网球。

“爵爷，那位先生说，他对先前的草率深表歉意，他希望不至于对事情的解决造成影响。他说可以叫他用了好多年的名字，帕特里克·戈尔先生。”

“知道了，”法恩利说，“那就把戈尔先生和威尔金先生带进书房吧。”

第三章

申诉人从椅子上站了起来。尽管这间书房有一面墙都是窗户，许许多多扇窗玻璃镶嵌在长方形石栏里。阳光流转，树木投下浓重的影子。石板地面上铺的地毯略显逊色。厚重的书架有如地下室阶梯，从顶上盘旋而下。穿透窗户的淡绿色光线将上百个窗格的影子投射在地板上，几乎快够到那个站在书桌旁的男人。

茉莉得承认，当房门打开时她的心都跳到了嗓子眼，猜想是否将有个跟她丈夫长得一模一样，犹如从镜子里走出来的人在门后现身。然而，这两位身上并没有太多相似之处。

书房里的男人没有法恩利健壮，甚至还更瘦。他深黑色的头发发质不错，看不到一丝白发，但头顶的头发已经开始变薄。尽管肤色偏黑，胡子倒是刮得干净，脸上也相对光滑。他额头和眼睛周围的皱纹并非来源于固执，而像是笑纹。这位申诉人表情中带着自在、嘲讽和欢愉，深灰色的眼睛，眉毛外角微微挑起。比起法恩利那身旧粗花呢衣裤，他的衣着相当讲究，是城里人的打扮。

“请原谅。”他说。

他说话偏男中音，相比之下法恩利是更加刺耳的男高音。他走路算不上跛脚，但有些笨拙。

“请原谅，”他说话的语气严肃而礼貌，但略带嘲讽地斜眼看了一下，“原谅我这么坚持要回到我的老家，但你们会，我期待你们会，理解我的动机。呃，请允许我介绍我的法律代理人，威尔金先生。”

一个眼睛微微外凸的胖男人从书桌另一侧的椅子上站起来。在那之前大家都不太能看到他。申诉人饶有兴致地观察着他们，四下环视房间，好像正在欣赏和品味着每个细节。

“我们就直奔主题吧，”法恩利突然说，“我猜你见过巴罗斯了吧。这位是佩奇先生。这位是我妻子。”

“我见过……”申诉人说着顿了下，然后盯着茉莉，“你的妻子。请原谅我不知道该怎么称呼她比较准确。我无法称她为法恩利夫人。我也不能像之前她还系发带时那样叫她茉莉。”

法恩利夫妇都没吭声。茉莉沉默不语，但是脸红了，而且眼里透出紧张之情。

“还有，”申诉人继续说，“我得感谢你，欣然接受这桩尴尬的、令人不悦的案子……”

“我并没有，”法恩利针锋相对，“这件事真是让我觉得恶心，你可能也这么认为吧。我没把你扔到房子外面的唯一原因就是我的律师好像认为我们应当处理得得体一些。好了，说吧。你们有什么要说的？”

威尔金先生从书桌旁走了出来，清了清嗓子。

“我的委托人，约翰·法恩利先生……”他开始说话。

“等一下。”巴罗斯用同样温和的语调打断了他。佩奇仿佛听见法律的巨斧开始霍霍打磨，两个人挽起袖管激烈辩论，将这次交流调整为他们的节奏。“为了沟通方便起见，我想问是否可以用其他名字称呼你的委托人？他通报的名字是‘帕特里克·戈尔'。"

"我更愿意，"威尔金说，"称呼他为'我的委托人'。这样可以吗？"

"非常好。"

"谢谢你。我这里有——"威尔金打开他的公文包，继续说，"一份我的委托人准备的协议书。我的委托人希望公平处理。必须指出的是，目前的持有人无权拥有爵位和领地，而我的委托人记得这场骗局之初的情况。他也认识到现持有人的管理能力和他维护着家族声誉的事实。

"因此，如果当前持有人愿意立即退让，那就不必因此事对簿公堂了，当然也不会有诉讼之事。相反，我的委托人还愿意给当前持有人一些经济补偿，如每年一千英镑的终生年金。我的委托人了解到当前持有人的妻子……即婚前名叫茉莉·毕索小姐……从她的家族那里继承了一笔遗产，因此经济拮据的情况应不至于发生。当然，我承认，当前持有人的妻子其实有权以上当受骗为由对这桩婚姻的有效性提出质疑……"

法恩利再一次火冒三丈。

"我的天！"他说，"真是厚颜无耻，不要脸……"

纳撒尼尔·巴罗斯嘘了一声，因为太客气以至于看不出是在提醒，但还是让法恩利有所克制。

"我可否提个建议，威尔金先生，"巴罗斯回应道，"我们在此还是先确认您的委托人是否有资格吧？在这一点得到确认之前，其他议题就不讨论了。"

"随便您。我的委托人，"威尔金耸了耸肩膀，轻蔑地说，"只是希望避开不愉快的情况。再过几分钟，肯尼特·墨里先生就会来与我们会合。他来之后就会真相大白。倘若当前持有人依然坚持他的立场，恐怕后果会……”

“听着，”法恩利又一次打断他，“废话少说，说有用的吧。”

申诉人微微一笑，眼里像是暗藏着嘲笑。“看吧？”他说，“他的假绅士作风已经根深蒂固，让他无法不恶语相向。”

“他无论如何都不会去侮辱别人。”茉莉说，这回轮到申诉人微微涨红了脸。

“抱歉，我失言了。但是你要知道，”申诉人的语气又有些许变化，“我之前的生活一向与恶行打交道，而与善良温和相距甚远。我能不能用自己的方式陈述案情？”

“可以。”法恩利说。“你们先不要开口，”他转而对两位律师说，“从现在起这是我们两个人之间的事。”

大家心照不宣，都朝书桌那边走过去，各自找椅子坐。申诉人背对着那扇大窗户坐下。他沉思半晌，心不在焉地轻拍他头顶那块略微稀薄的黑发。然后他抬头看了看，眼角堆起的皱纹透着嘲讽。

“我是约翰·法恩利，”他用极其简单、一本正经的话语作为开场白，“请暂且别拿那些法律字眼来打断我说话；我在陈述自己的案情，只要我愿意，甚至可以称呼自己为鞑靼王。总之，我真的是约翰·法恩利，而且我会告诉你们我的遭遇。

“我小时候多少可以说是个小讨厌鬼，尽管到现在我也不明白当时哪里做得不对。我已故的父亲，达德利·法恩利假如还活着，会像平时一样被我惹得勃然大怒吧。是的，我不认为自己有错，只是我应该多学习让步和妥协。我和大孩子发生争执是因为他们总说我年龄小，和家庭教师长期不和则是因为我看不上所有不感兴趣的科目。

“言归正传，你们知道我为什么离开这里。我和墨里搭乘泰坦尼克号出航。一开始我就花尽可能多的时间和统舱的乘客们在一起。你们知道，并不是因为我对统舱乘客有特殊的好感，只是因为我讨厌头等舱里和我一起的那些人罢了。我这不是在辩解，你们知道的，这是一个在心理上我觉得你们能信服的解释。

“我在统舱里遇见一个罗马尼亚裔英国男孩，他一个人出来坐船去美国，年龄和我相仿。他引起了我的兴趣。他父亲……后来始终找不到人……据他说是个英国绅士。他的母亲是罗马尼亚人，当她不喝酒的时候在英国一个巡回马戏团里跳蛇舞。有段时间那些真蛇不肯跟假蛇混放在一起，那个女人只好到马戏团的伙房里兼职做饭。这时候这个小男孩成了累赘。有个之前爱慕她的人在美国一个马戏团里混得还不错，于是她打算把男孩送到他那里。

“他将学习在钢丝绳上骑自行车，接受那样的训练……而我是多么羡慕他。天地良心，我是多么羡慕他啊！不管哪个心智正常的男孩或男人都不会怪罪我吧？”

申诉人在椅子里稍稍挪动了一下。他冷嘲热讽地回忆着往事，却又带着某种满足感；其他人则一动不动。温文尔雅的威尔金先生似乎想插进来给些评论和建议，不过迅速扫视众人的表情之后，还是保持了沉默。

“奇怪的是，”申诉人一边检查指甲一边说，“那个男孩也羡慕我。他把名字（不太会发音）改成‘帕特里克·戈尔’，因为他喜欢这个读音。他不喜欢在马戏团的生活，不喜欢那里面的各种动作、变化、嘈杂和混乱。他厌恶晚上扎营而第二天一早就撤营离开，还讨厌流动厨房里拥挤得别人胳膊肘都顶到了自己脸上。我不知道他是在哪儿磨炼出来的，他是个内向、冷淡却彬彬有礼的小子。我们初次见面就扭打起来，一直打到其他乘客把我们拉开为止。恐怕我当时愤怒得想拿折叠小刀朝他捅过去，可他只向我鞠了个躬就走了。我还记得他的样子——我指的是你，我的朋友。”

他抬头望着法恩利。

“这不可能是真的，”法恩利伸手摸了下额头，突然说，“我可不信。真是个噩梦。你真认为……”

“是的，”对方语气坚决果断，“我们商量要是能够互换身份该是多么的有趣。我们只是像玩一场关于狂野梦想的模拟游戏一样，当然是在那个时候。你说绝对不可能成功，可是你看上去似乎想把我杀了好达到目的。我一直没把这件事当真，有趣的是，你的确有这个打算。我把自己的信息给了你，并且告诉你：如果你见到我的姨妈这么这么说，或者见到堂哥这样那样说，你一定要对他们说这些话。我还对你逞威风，那样子我不太想回忆，因为我那行为实在没什么可称道的。我觉得你是个假正经，现在也是这么觉得。我还把我的日记拿给你看。我有写日记的习惯，理由很简单，因为这世上没有人可以和我交流。我直到现在还在写日记。”申诉人抬头怪异地看着他。“你还记得我吗，帕特里克？你是否记得泰坦尼克号沉没的那个晚上？”

瞬间鸦雀无声。

法恩利脸上愤怒的表情不见了，剩下的只有困惑。

“我跟你说过，”他说，“你就是个疯子。”

“那时我们撞上了冰山，”对方耐心地往下说，“我来告诉你我到底在做什么。我待在船舱里，和可怜的老墨里住一间房，他当时在吸烟室里玩桥牌。墨里习惯在他的一件外套里藏一瓶白兰地，我偷着喝了，因为酒吧里的人不给我酒喝。

“撞船的时候我几乎没什么感觉，我怀疑是否有人感觉到了。

非常轻微的撞击，轻得不足以晃洒酒桌上盛满酒的鸡尾酒杯，而后引擎停止了运转。我来到走廊里，想知道引擎为什么停了。起初我听见嘈杂的说话声由远及近越来越大，然后我突然看见有个女的肩膀上披着一条蓝色被单，尖叫着跑过去。”

申诉人第一次露出犹豫之情。

“关于那桩过往的悲剧我不打算再追溯太多细节，”他说着两手张开又合上，“我只能这么说，老天宽恕我，作为一个小男孩来说，当时我觉得相当有趣。我一点都不害怕，简直乐不可支。这可非同寻常，打破了日常生活中的一成不变，而那正是我一直以来所向往的。我兴奋至极，同意和帕特里克·戈尔交换身份。我当即做出这个决定，虽说我怀疑他已经考虑很久了。

“我和戈尔……也就是和你会合，”说话人笃定地看着这家主人，详细述说，“在甲板下面。你的全部家当就装在一个稻草编织的小手提箱里。你冷静地告诉我，船正在下沉，急速下沉，如果我真想要互换身份，最好是趁乱搞定，无论我们当中谁能够生还。我说，墨里怎么办？你撒谎说墨里已经掉进水里淹死了。我非常愿意当一名伟大的马戏团演员，于是我们互换了衣服、证件、戒指等所有东西。我连日记都给了你。”

法恩利一言不发。

“之后，”申诉人接着说，语调没什么变化，“你穿上很整洁的衣服。我们准备去搭救生船。你只等我转过身去，才取出你从乘务员那儿偷来的木槌，对着我的后脑勺敲了下去，接着又补了三下才罢手。”

法恩利依然沉默不语。茉莉从椅子上站起来，不过一见他挥了下手，就又坐了回去。

“请注意，”申诉人语气坚决，做了个类似拂去桌上灰尘的动作，“我在这里提起这件事不是为了跟你作对。过了二十五年这么久，你当时还是个孩子，而我一直在想你长大后会是个什么样的人。我自己被人当成坏蛋。也许你鄙视我，而且我也相信你有理由这么做。你不必那么绝对，因为无论如何我都本该是你现在的身份。虽说我是家族里的害群之马，但其实我并没有那么坏。

“接下来的事你都清楚了。我被人发现，不得不说我运气太好了，虽受了伤但还活着，被人推进最后一艘救生船。伤亡名单最初并不确定，而美国幅员辽阔，有段时间我生活在黑暗的世界里。无论是约翰 · 法恩利还是帕特里克 · 戈尔都成了失踪人口。我以为你死了，就像你以为我死了一样。马戏班主鲍里斯 · 叶尔德里奇先生通过随身物件和证件认出我时……他从没见过你……我满心欢喜。

“我想，如果我不喜欢马戏团的生活，随时说出自己的真实身份就行了。我以为奇迹般生还的我也许本该受到优待。我心中满是憧憬，这是一张出奇制胜的牌，而且请相信，这让我很多个夜晚都能睡得安稳。”

“后来，”茉莉似乎饶有兴致地问，“你成了马戏团的单车特技演员？”

申诉人把头转向一旁。他深灰色的眼睛里闪现着欢愉的光芒，像个机灵的小孩。他再度伸手去挠头顶那簇稀疏的头发。

“不。没有，虽然我在马戏团大获成功，但是我做了别的事情。我暂且不告诉你做了什么。从某种程度上来说这是个有趣的秘密，我也不想多说之后生活中的无趣细节。

“相信我，我一直盼望总有一天回到老家，我这匹害群之马死而复生会把他们吓一跳。因为不管他们怎么看待我，我总算成功了。我觉得这会让我的哥哥达德利羞愧难当。但我把这种想法藏在了心里。甚至连这次造访英国，我都是相当随性的。因为说真的，我完全没想到‘约翰·法恩利’还活着。我本以为他死了，而不是在科罗拉多过得有滋有味。

“因此你们就会明白，当六个月前我偶然拿起一份有插图的报纸，并且看见约翰爵士和法恩利夫人的照片时有多么惊讶。我注意到我哥哥达德利由于食用过多的七鳃鳗而死。爵位由他的‘弟弟’继承。起初我以为这是由于报社联络问题而引起的误解，但是稍微打听一下就真相大白了；况且，你们知道，我才是继承人啊。仍是个年轻人……依旧有活力……而且不记仇。

“这样的事情变得非常不真实。一代人成长起来，有上千种美好的回忆存在于我和那个企图用海员的木槌改变继承权、据说后来成为好公民的小畜生之间。所有树木还如同往日一样，但我的所见全变了。我对自己的家都感觉到生疏。我不确定自己会是当地板球俱乐部还是童子军的最佳赞助者，不过（正如你们所见）我对演说有种强烈的嗜好，想必能应对自如。好了，帕特里克·戈尔，我说的你都听到了。够宽宏大量吧。假如我把你告上法庭，我警告你，你的伪装会被扒光。同时，先生们，我欢迎所有曾经认识我的人向我提问题。我自己也有几点疑问，并且指定戈尔回答。”

他说完话之后，昏暗的房间里一度鸦雀无声。他的声音几乎能给人催眠。众人望着法恩利。他站起身，用手指关节撑着桌面。法恩利审视着来客，黝黑的脸上透着宁静、放松和某种好奇。他用手摸了摸修剪过的小胡子，几乎笑了出来。

茉莉看见他笑，深吸一口气。

“你有什么话要说吧，约翰？”她提示他往下说。

“是的。我不知道他为什么跑到这儿来编故事，不明白他想借此得到什么。可是这个人从头到尾都是在信口开河。”

“你想打架吗？”申诉人戏谑地说。

“当然我是想打架，你这蠢驴。这么说，你来打啊。”

威尔金先生似乎想从中调解，大声清了清嗓子，不过申诉人制止了他。

“不，不要，”他从容不迫地说，“威尔金，请不要参与。你们法学界的人总是说‘鉴于’和‘谨慎行事’，可是处理这种私人恩怨不适合你。老实说，我觉得挺好玩的。好了，让我们来做几个测试吧。请问是否介意让你的男管家过来一下？”

法恩利皱起了眉头。“可是，诺尔斯并没有——”

“为什么不照着他的话做呢，约翰？”茉莉亲切地给出了建议。

法恩利看着她，如果有一种矛盾叫作不幽默的幽默，那么他鲜明的表情特征显现出了这一点。他按铃叫来了诺尔斯，后者不明就里地走了进来。申诉人若有所思地端详着他。

“我们进门的时候，我觉得认出你来了，”申诉人说，“我父亲在世时你就在这里，对吗？”

“您是说？”

“我父亲达德利·法恩利爵士在世的时候，你就在这里。不是吗？”

法恩利脸上掠过一种厌恶的神情。

“你这么做对你的申诉可没什么好处，”纳撒尼尔·巴罗斯突然插嘴，“达德利·法恩利爵士时代的管家是斯滕森，他已经死了……”

“没错，这个我知道。”申诉人说着移开目光。然后他凝视着管家，边向后靠边费劲地跷起二郎腿。“你名叫诺尔斯。我父亲在世时你是老马尔代尔上校的管家，住在弗列丹顿。你瞒着上校养过两只兔子，你把它们藏在离果园最近的马车房里。其中一只兔子名叫比利，”他抬起头，“问问这位先生另外一只的名字吧。”

诺尔斯微微涨红了脸。

“问问他，好不好？”

“胡闹！”法恩利厉声说完，又恢复了庄重的姿态。

“噢，”申诉人说，“你的意思是你回答不上来？”

“我的意思是不屑于回答。”然而他在六双眼睛的注视之下似乎感受到压力，挪动着身体，说话近乎结巴。“都过去二十五年了，谁能指望还记得住一只兔子的名字？好吧，好吧，等一下！它们取的名字没什么意义，我记得。让我想一想。比利和威——不，不是这个。对了，是比利和希利。对吗？我不确定。”

“完全正确，先生。”诺尔斯松了口气似的说。

申诉人不动声色。

“好吧，我们再试试其他的。听着，诺尔斯。有个夏天的晚上——就在我离开家的前一年——你经过还是前面说的那片果园，打算给某个邻居送信。你惊讶地发现我正在向一个十二三岁的女孩示爱，相当震惊。问问你的主人那个女孩叫什么名字。”

法恩利脸色铁青。

“我不记得发生过这种事。”

“你是想要表现出受到内在的骑士风度制约才有的形象吗？”申诉人说，“不，我的朋友，这是不对的。都是许多年以前的事了，我向你郑重保证，不会对名誉造成损害。诺尔斯，你记得当年在苹果园里发生的事情，不是吗？”

“先生，”管家苦恼地说，“我——”

“你记得。不过我觉得这位先生不会记得，因为我想我并没有把这件事写进我那本重要的日记里。那个女孩叫什么名字？”

法恩利点了点头。“好吧，”他故作轻松地回答，“她是戴恩小姐，玛德琳·戴恩。”

“玛德琳·戴恩——”茉莉开口说话。

申诉人头一次显露出略带吃惊的神情。他迅速环顾众人，连他的直觉似乎也被敏锐调动起来。

“你在美国时她一定是给你写过信，”申诉人回应道，“我们恐怕得挖得更深一些了。不过，恕我冒昧，我没犯什么忌讳吧？但愿这位小姐在年龄稍长之后就不在这地方住了，我没谈及什么不太合适的话题吧？”

“该死，”法恩利突然说，“我受够了，我已经忍无可忍。请你离开这里好吗？”

“不行，”对方说，“我要戳穿你的骗局。这是一场骗局，朋友，你心知肚明。而且我们已经约好等肯尼特·墨里到场。”

“我们等墨里来了又能怎样？”法恩利直截了当地说，“能有什么进展？除了我们俩显然都知道答案的这种无聊问题之外，又能够证明什么呢？然而你并不知道答案，因为设下骗局的人是你。我自己也可以像你那样提些荒谬的问题，但这没用。这样做你如何期待真相大白呢？你觉得你还能凭借什么来证明呢？”

申诉人在他的座位上十分享受地往后一靠。

“就凭指纹这一无懈可击的证据。”他说。

第四章

这个人就像是要留着这一手，等待合适的时机说出，进而提早享受胜利的滋味。他似乎对不得不过早使用撒手锏有些失望，且当前的情形并没有他渴望的那样充满戏剧性。但其他人可没从戏剧性的角度考虑事情。

布莱恩·佩奇听见巴罗斯的呼吸带着颤抖。巴罗斯站了起来。

“没人跟我说过这个啊。”这位律师厉声说道。

“但你猜到了吧？”肥胖的威尔金先生笑着说。

“任何猜测都不是我该做的事，”巴罗斯回应道，“我再重复一遍，先生，没人告知过我这一点。关于指纹我是闻所未闻。”

“我们也没有被正式告知。这是墨里先生的个人建议。不过，”威尔金十分圆滑地问，“当前的爵位拥有者有必要知道吗？如果他真的是约翰·法恩利爵士，毫无疑问会记得墨里先生早在一九一〇年或一九一一年时拿到过他幼年时的指纹。”

“我重复一遍，先生——”

“还是我再问一次吧，巴罗斯先生：你需要有人事先告知吗？当前拥有爵位的人自己怎么说呢？”

法恩利的表情似乎有些畏缩，甚至变得封闭起来。一如往常碰到心理问题时，他会做两个动作。他开始绕着房间小步快走，并从兜里掏出钥匙环，套在食指上转。

“约翰爵士！”

“嗯？”

“你记得吗，”巴罗斯问道，“像威尔金先生提到的那种情形？墨里先生曾经采过你的指纹吗？”

“哦，那个呀，”法恩利说，语气好像是觉得不重要似的，“是的，我现在想起来了。我差点忘了。我是在刚刚和你以及我妻子说话时想到的……你知道。我还琢磨我记得对不对，这下我脑子里就清楚多了。是的，老墨里确实采过我的指纹。”

申诉人转过身来。他脸上的表情除了些许惊讶，还有突如其来的疑惑不解。

“你要知道，这样可就测出来了，”申诉人说，“你该不会坚持要面对指纹测试吧？”

“面对？面对？”法恩利脸上挂着坚定的笑容说，“兄弟，验指纹真是再好不过了。你是冒牌货，你心知肚明。对比墨里的旧指纹……那是乔治采集的，我现在想起来了，我记起了那件事的每一个细节！问题解决了。这样我就可以把你赶出去。”

两个对手相对而视。

这段时间布莱恩·佩奇试图在摇摆不停的天平上支持其中一方。他尽量排除友情或偏见，好看清楚谁是那个冒牌货。问题很简单。假如帕特里克·戈尔（以他通报的姓名来称呼他）是骗子，那么他肯定是闯进别人家里的最冷静、最圆滑的坏蛋之一。假如现任爵士约翰·法恩利是骗子，那么他不仅是个戴着天真直率面具的狡猾罪犯，也可能是个潜在的杀人犯。

屋内一阵沉默。

“你知道，我的朋友，”申诉人像是恢复了兴致似的说，“我欣赏你的鲁莽无礼。请等一下。我这么说并非是讥讽或者想引发争吵。实际上，我欣赏你那种让卡萨诺瓦这样的花花公子都自叹不如的厚颜无耻。说真的，对于你‘忘了’指纹的事我并不感到惊讶。因为那是在我开始写日记之前发生的事。但是你却说忘了，说你忘了……”

“怎么，哪里不对劲？”

“这件事约翰·法恩利一丝一毫都不会也不可能忘记。我呢，因为是约翰·法恩利，当然没忘。这也是为什么肯尼特·墨里是世界上唯一对我具有影响力的人。墨里勘查脚印。墨里乔装改扮。墨里调查尸体。哇！尤其是墨里采集指纹，这在当时堪称最新颖时髦的科学产物。我知道，”他停顿下来环顾众人，并提高嗓门，“指纹是由威廉·赫歇尔爵士[①] 在十九世纪五十年代发现，在七十年代后期由福尔兹博士[②] 发扬，但是直到一九〇五年才被英国法庭认为是合法证据而采用，当时法官也是半信半疑。经过多年的争论才建立起这门学问。然而，对于墨里有可能进行的‘测试’，你却说对指纹完全没有印象。”

“你话真是太多了！”法恩利说，他再度表现出气愤和危险的气息。

“当然了。虽说你之前从来没考虑过指纹的问题，现在到了你要面对的时候了。你倒是告诉我，当年采集指纹的时候，是怎么采的？”

---

①威廉·詹姆斯·赫歇尔爵士于一八五八年担任印度行政官员期间为了提高契约可信度，要求商人在契约签名之外加盖掌印和指印。被誉为“恒星天文学之父”的威廉·赫歇尔是其祖父。

②英国医生亨利·福尔兹于十九世纪七十年代开始研究指纹学，率先认为指纹可作为身份辨识的方法，并主张以印刷油墨采取指纹。

“怎么采？”

“用的是什么方式？”

法恩利仔细思索着。“用一片玻璃。”他说。

“胡说。他们是用指纹记录本采集的，是一本在当时非常流行的游戏或是玩具的小册子，一本灰色的小册子。墨里采了很多人的指纹，包括我父亲、母亲以及他能采到的其他人。”

“先打住，等一下。我记得有这么一本册子……我们坐在窗户旁边……”

“你现在又声称记得了。”

“听着，”法恩利缓缓地说，“你把我当成什么人了？你当我是剧场里那种家伙吗？你问个问题，就得马上回答你大宪章共有几条，或者一八八二年德比赛马的亚军是哪匹马吗？听你的语气就是这意思。有些无关紧要的事忘了比较好。人会变的。他们会变，我跟你说。”

“就算你说人会改变，但本性是不变的。这正是我想指出的重点。你知道，你无法脱胎换骨地改变。”

在这场争执中，威尔金先生一直稳如泰山地坐着，突出的蓝眼珠里投射出些许得意。这时候他举起手来。

“两位，两位。这样争吵肯定是不太合适的，呃，我可不可以这么说？所幸的是，这件事其实可以速战速决……”

“我还是坚持，”纳撒尼尔·巴罗斯突然说，“既然事先没人告诉我关于指纹的事，鉴于约翰·法恩利爵士的利益，我可能……”

“巴罗斯先生，”申诉人冷静地说，“尽管我们选择没有通知你，但你肯定也猜到了。我怀疑你一开始就猜到了，所以才同意申诉。你试图在双方面前保住颜面，无论最终你的当事人是不是骗子。好了，你最好还是快点站到我们这边来吧。”

法恩利停下脚步。他把钥匙环往上一抛，啪地用手掌接住，用修长的手指把它攥在里面。

“他说得对吗？”他问巴罗斯。

“假如像他说的，约翰爵士，我本该被迫采取别的策略。同时，我有责任调查……”

“没关系，”法恩利说，“我只是想知道我朋友的立场。我不再多说了。我的回忆，有喜有悲，还有些让我夜不能寐。我会留在心底。那就开始进行你们的指纹测试吧，这样就一目了然了。问题是，墨里在哪里？他怎么还没来呢？”

申诉人一脸冷酷的笑意，眉宇间露出一丝阴险。

“假如事情按着套路发展，”他添油加醋地回答，“这时墨里应该已经遭到谋杀，尸体被藏在花园的池塘里。这里的池塘还在，不是吗？我想还在。说正经的，我猜他正在来这里的路上。另外我不想给别人灌输什么想法。”

“想法？”法恩利说。

“是的。就像多年前你的灵机一动。迅速敲下一棍子，换来舒舒服服的生活。”

他的说话方式仿佛给空气中带来一阵不舒服的寒意。法恩利的声调变得高亢刺耳。他抬起手，顺着旧粗花呢外套的下摆揉搓，好像在控制自己紧张的情绪。对方的非常规手段似乎句句戳中他的要害。法恩利原本就长的脖子此刻明显伸得更直了。

“有谁相信他的话？”他喊道，“茉莉……佩奇……巴罗斯……你们相信吗？”

“没人相信，”茉莉与他目光相对，说，“你太傻了，被他弄得心神不宁，正中他的下怀。”

申诉人转过身，饶有兴致地打量着她。

“你也是吗，女士？”

“我也是什么？”茉莉问，她变得异常愤怒，“抱歉声音有些大，不过你知道我的意思。”

“你也相信你丈夫是约翰·法恩利？”

“我知道他是。”

“怎么知道？”

“我恐怕要说这是女人的直觉，”茉莉冷冷地说，“我是说，通过直觉得到那种合乎情理的、自发产生的、在自身所限范围内的感应总是准确的。与他重逢的一瞬间我就知道他是。当然，我愿意听取你的那些理由，但必须都是正当的才行。”

“请问，你爱他吗？”

这次茉莉黝黑的肤色泛起了红晕，但她用一贯的态度对待这个问题。“哦，我得说是相当喜欢他，真的。”

“没错。一点不错。你‘喜欢’他，你会一直‘喜欢’他。你们俩现在相处得很好而且以后也是。可是你并不爱他，也从来没爱过他。你爱的人是我。也就是说，你爱的是一个你想象中的儿时形象，这个形象在‘我’回家时被这个骗子所取代——”

“两位，两位！”威尔金先生像主持嘈杂会场的司仪那样说道。他好像很震惊。

布莱恩·佩奇介入了谈话，故作轻松地想要稳住男主人。

“我们这会儿怎么做起精神分析了，”佩奇说，“听我说，巴罗斯，我们该拿这花前月下的话题怎么办呢？”

“我只知道这半小时一直处于尴尬之中，”巴罗斯冷冷地回答，“还有，我们又跑题了。”

“一点也没有。”申诉人向他保证。他似乎真心渴望讨好大家。“希望我的言语没有再度冒犯哪位吧？你们真应该去试试马戏团的生活，让皮肤磨得更粗糙些。不管怎样，我恳请你评评理，这位先生，”他看向佩奇。“我对这位女士的分析难道不合理吗？你可以提出异议。也许你会说，既然她把感情放在只是儿时的我身上，那么她肯定比玛德琳·戴恩小姐，可以这么说……年龄上大一点？这是你的意见吗？”

茉莉大笑。

“不，”佩奇说，“我既不想支持也不想反对。我在想你所从事的神秘职业。”

“我的职业？”

“你提到但没有详细阐述，就是最初在马戏团获得成功的那项职业。我拿不准你是以下哪一种：（一）占卜师，（二）精神分析学家，（三）记忆力专家，（四）魔术师，或者它们的综合。在你身上可以发现这些职业的习惯性动作，而且还不止这些。你在肯特郡臭名昭著。你不属于这里。你扰乱了这里的秩序，而且从某种角度上说，你真是让我感到厌恶。”

申诉人倒是显得很高兴。

“是吗？你们都需要燃烧出一点激情，”他大声说，“至于我的职业，也许和你说的那些多少有点关系。但有一个身份是确定的：我是约翰·法恩利。”

房间另一侧的门开了，诺尔斯走了进来。

“肯尼特·墨里先生要见您，爵爷。”他说。

一阵沉默。最后一道红艳的斜阳黯淡下来，穿透树木和高高的窗玻璃，映照着阴沉的房间，而后消退成平静而温暖的光晕，足以照清楚每个人的脸庞和身形。

在这个仲夏的黄昏，肯尼特·墨里回忆起许多往事。他身材瘦高，步履蹒跚，尽管绝顶聪明，却从没在任何领域斩获成功。将近五十的年岁，胡须和短髭留得很整齐，修剪后的胡茬已经灰白。他上了年纪，如巴罗斯所说，在原本的好脾气之上增添了几分瘦削和阴郁。不过那分好的脾气秉性大部分留存着，当他慢慢走进书房时，从他的模样就看得出来。他的眼睛就如生活在艳阳底下的人那样微微眯着。

接着他停下脚步，像是看书时那样皱眉，然后走上前来。对于争夺财产的其中一位竞争者来说，看到墨里想起过去的日子里既有旧时回忆，也有亲人离世的强烈悲痛，然而从墨里本人身上却丝毫看不出衰老。

墨里站住，端详着众人。他皱着眉头，面带疑惑……永远像老师一样……然后把脸一沉。他的视线落在了爵位拥有者和申诉人之间。

“嗯，小约翰尼[①]？”他说。

①约翰的昵称。

第五章

一时之间，两位对手都愣住了，谁都没有说话。一开始两人似乎都在等着对方回应，然后才分别有了反应。法恩利稍稍耸了下肩膀，仿佛参与的不再是一场争论，只是点点头、挥挥手示意一下，笑容还有些僵硬。墨里的声音里充满着威严。至于申诉人，他略微犹豫之后，也没什么表示。他和蔼地小声问候了一下。

“晚上好，墨里。”他说。布莱恩·佩奇非常清楚学生对自己以前的老师会有怎样的反应。突然间他感觉天平的托盘倾向法恩利一边。

墨里环顾众人。

“谁……呃……来介绍一下我比较好吧。”他语带轻松地说。

法恩利从冷淡中缓过神来，给大家做了介绍。大家心照不宣尊墨里为这群人中的“长者”，虽说他比威尔金年轻得多。他身上有几分长者风范：干练决绝，却又爱跑题。他逆光坐在桌子前面。接着严肃地戴上一副猫头鹰似的玳瑁边眼镜，审视着众人。

“毕索小姐和巴罗斯先生我当然认识，”他说，“威尔金先生我略有耳闻。正是在他的慷慨相助下，我才能够享受这期待已久的第一次真正意义上的假期啊。”

威尔金显得十分得意，心想由他主导来切入正题的时机终于到了。

“没错。好了，墨里先生，我的当事人——”

“哦，啧啧啧！”墨里相当不耐烦地说，“像老达德利爵士曾说的那样，让我先喘口气再聊。”他似乎真是想喘口气，因为他深呼吸了几次，环顾房间，然后目光落在两位对手身上。“然而，我必须要说的是，看起来你们是陷入了非常糟糕的大麻烦里。这件事还没有公之于众吧？”

“没有，”巴罗斯说，“你呢，当然也没对谁说起过吧？”

墨里眉头一皱。

“说到这儿我得请你宽恕。我跟一个人提起过。但是当你听到这个人的名字，我想你不会反对。他就是我的老朋友基甸·菲尔博士，和我一样曾经是老师，你或许听说过与他有关的侦探事迹。我路过伦敦的时候去拜访了他。而我……呃……提起这事其实是为了给你一个警告。”尽管墨里宽厚仁慈，他那双灰色的眼睛却斜视着，闪闪发亮，显出兴致。“菲尔博士可能很快就会到这里来。你知道公牛与屠夫旅馆里除了我之外还住着一个人吧，一个爱打听事的家伙？”

“那个私家侦探？”法恩利突然问道，申诉人则显得一脸惊讶。

“这么说你也注意到了？”墨里说，“那人是苏格兰场的官方警探。这是菲尔博士出的主意。菲尔博士认为掩饰官方警探身份的最佳办法就是乔装成私家侦探，”尽管墨里极其愉悦，但他依旧目光如炬。“依照肯特郡警察局长的说法，苏格兰场似乎对去年夏天这里的维多利亚·戴利小姐死亡一案比较好奇。”

够轰动。

一脸烦躁的纳撒尼尔·巴罗斯做了个暧昧的手势。

“戴利小姐是被一个流浪汉杀害的，”巴罗斯说，“后来流浪汉在逃避警方追捕的途中自杀了。”

“但愿如此。总之，这是我在向菲尔博士提到这次辨别身份的小任务时顺便听说的。他对此很感兴趣。”墨里的声调又变得尖锐起来，而且如果可以用一个词来形容，那就是干涩。“嗯，小约翰——”

就连房间里的空气也仿佛在等待。申诉人点了点头。男主人也点点头，但佩奇觉得他的额头隐隐闪着汗珠。

“我们还能继续进行下去吗？”法恩利问道，“玩猫捉老鼠的游戏没用，这无济于事啊，墨里先生。这么做可不体面，而且不像你的作风。如果你有那些指纹，就拿出来吧，这样我们就一目了然了。”

墨里睁大眼睛然后又眯起来。他像被激怒了似的。

“这么说你们都知道了。我的确保存着指纹。我能否问一下，”他的语气无比镇定，又带有讽刺意味，“你们当中谁认为指纹比对会是决定性测试？”

“我想我有这份自信，”申诉人边回答边询问似的望着周围的人，“我朋友帕特里克·戈尔后来才说想起了这件事。但他的印象似乎是，你当时是用玻璃片采的指纹。”

“确实如此。”墨里说。

“撒谎！”申诉人说。

他的声音发生了意想不到的变化。布莱恩·佩奇突然发现，申诉人在温和而狡黠的外表下隐藏着刚烈的性格。

“先生，”墨里上下打量着他说，“我可不是那种喜欢——”

这时的情景仿佛回到了往日，申诉人似乎不由自主地往后退并且想请求墨里的原谅。但是他忍住了。脸上的表情舒缓下来，再度显现出一贯的嘲讽。

“那么，我们这么说吧，我这里还有一种说法。你是用指纹记录本给我采集指纹的。这样的记录本你有好几本，都是在汤布里奇威尔斯买的。那天你采了我还有我哥哥达德利的指纹。”

“这个嘛，”墨里表示赞同，“的确是事实。我把那本指纹记录本带来了。”他把手伸进短外套内袋里摸了摸。

“我闻到了血腥味。”申诉人说。

的确，书桌旁的这群人笼罩在一种异样的气氛当中。

“两个说法都对，”墨里继续说，好像没听见似的，“我最初做指纹试验就是用的小玻璃片。”他愈发神秘莫测、针锋相对。“好啦，坐吧，作为申诉人或者说原告，你必须回答我几个问题。如果你才是约翰·法恩利爵士，你应该了解，有几件事除了我以外没有任何人知道。你当年书读得太杂了。达德利爵士……你得承认他是个开明的人……开了张他允许你读的书单。对于那些书你从没跟任何人谈论过你的看法，因为有一次达德利爵士说的一句无心的话嘲笑了你，从此以后你打死都不肯开口说出想法了。不过，你相当明确地向我表达过。你还记得都说过什么吗？”

“记得很清楚。”申诉人说。

“那么请告诉我，在那些书里你最喜欢的是哪本？让你印象最深的是哪本？”

“乐意之至，”申诉人抬起眼皮回答说，“福尔摩斯全集。爱伦坡的所有作品。《患难与忠诚》《基督山伯爵》《绑架》《双城记》。所有鬼故事。所有和海盗、谋杀、破败古堡有关的故事，还有——”

“够了，”墨里不置可否，“那么你极度讨厌的书呢？”

“简·奥斯汀和乔治·艾略特写的每一句死气沉沉的话。所有关于‘学校荣誉’这类让人哭哭啼啼的校园故事。所有教我们如何制造或操作机械的‘实用’书籍。所有动物小说。容我再补充，总之，现在我的观点依然如此。”

布莱恩·佩奇开始有点喜欢这个申诉人了。

“我们来聊聊邻里的孩子们吧，”墨里继续说，“比如现在的法恩利夫人，就是当时我所认识的小茉莉·毕索。你自称是约翰·法恩利，那么你当时给她起过什么特别的外号？”

“吉卜赛人。”申诉人当即就答出来。

“为什么？”

“因为她总是晒得黑黑的，而且经常跑到树林另一边的营地去跟吉卜赛小孩玩耍。”

他瞥了一眼气呼呼的茉莉，微微一笑。

“还有巴罗斯先生，你给他起的外号是什么？”

“昂卡斯[①]。”

“理由是什么？”

“每次我们玩捉迷藏之类的游戏时，他总是能不出声响地钻进灌木丛。”

“谢谢。现在轮到你了，爵士。”墨里转向法恩利，注视对方的眼神仿佛在提醒他把领带扶正。“我不希望让人觉得我在玩猫捉老鼠的把戏。因此，在我开始对比指纹之前，我只有一个问题要问你。事实上，这个问题在我看到指纹的证据之前就能决定我的个人判断了。这个问题就是，《艾平的红书》指的是什么？”

书房里几乎已黑了下来。炎热依旧横行，但一股微风已开始随着日落而吹来。风从一两扇敞开的窗户吹进屋里，树木也随之

---

①一位莫希干印第安人酋长的名字。

摇摆。法恩利脸上掠过一抹阴郁……一丝十分令人不快的微笑。他点了点头，从兜里掏出一个笔记本和一支金色的袖珍铅笔，撕下一页纸并在上面写了几个字。然后他把纸折起来，递给了墨里。

“我绝不会被难倒，”法恩利说，又问，“这个答案正确吗？”

“答案正确。”墨里表示认可。他看着申诉人。“先生，你呢，能回答出同样的问题吗？”

申诉人第一次显露出犹豫。从法恩利看向墨里的表情佩奇无法读懂。他直接示意要笔记本和铅笔，法恩利递给了他。申诉人仅仅写了两三个字就把纸条撕下来交给墨里。

“好了，各位，”墨里说着站了起来，“我想我们可以开始对比指纹了。我这里是当初的指纹记录本，大家看，太旧了。这里是印台，还有两张白色卡片。你们只要——麻烦可以帮我把灯点亮些吗？”

茉莉走过去，把门旁边的电灯打开。书房里有一盏锻铁的枝形吊灯，曾经插满蜡烛，现如今装上了小灯泡，并非都起作用，因此光线并不太亮。但总算驱走了这个夏日夜晚的黑暗，灯泡在窗玻璃上反射出千百束光，只是高高的书柜里书籍看起来依旧脏兮兮的。桌上摆满了墨里的各种物件。最先映入众人眼帘的是那个指纹记录本。那是一本快要散架的小册子，灰色封面随着使用的磨损已经变薄。书名是红色字体，底下是一枚红色的大拇指指纹。

“老朋友喽。”墨里说着轻轻拍了拍记录本。“好了，各位。按说‘滚印’的效果比平印要好，但是我今天没带滚轮，因为我想复制当初的条件。我只需要你们左手拇指的指纹，要对比只需印一次就行。这条手帕的一头浸过汽油，可以擦掉手上的汗。擦擦吧。然后……”

迎刃而解。

佩奇这时也说不上是怎么回事，心都提到了嗓子眼。所有人也都处于异常焦虑的状态。法恩利不知为何在验指纹之前果断挽起袖子，就像要输血似的。佩奇很高兴注意到，两位法律代理人都张开了嘴。连申诉人也迅速用手帕擦了擦手，然后来到桌子近前。但是让佩奇印象最深刻的是，两位对手都是一副胸有成竹的样子。佩奇突然有个疯狂的想法：万一验完发现两个人的指纹一模一样呢？

他想起来这种情况发生的概率仅为六百四十亿分之一。无所谓了，临近测试谁也没有畏缩或退出。谁都没有……

墨里拿出一支旧钢笔。他在两张白色（无光）卡片底下草草写上双方的名字和记号。然后小心翼翼地把墨迹擦干，两位对手跟着把手指按了上去。

“怎么样？”法恩利问道。

“好了！要是现在你们给我一刻钟的时间就好了，来让我认真研究这件事。原谅我先失陪一下，但我的这件事和各位的事同样重要。”

巴罗斯眨了眨眼。“可是你难道不能……我是说，你不打算告诉我们……”

“我的朋友啊，”墨里看上去感受到了压力，“你是不是以为只要扫一眼就足以分辨这些指纹？甚至是一枚二十五年前用蘸了褪色的墨水印上去的指纹？得找到更多的共同点才行。我是能找出来，不过保守估计也要花一刻钟。要是有半小时，就会更接近真相。现在我可以开始了吗？”

申诉人低声笑了起来。

“令人期待啊，”他说，“但是我给你提个醒，这么做可不明智。我闻到了血腥味。你将要被人谋杀。不，别生气嘛，换作二十五年前的你，应该会乐在其中，并且陶醉于自己的重要性啊。”

“我一点都不觉得有趣。”

“实际上是没什么好笑的。你坐在这明亮的房间里，透过一整扇窗户望去是昏暗的花园、一排树林以及躲在每片树叶后面低声耳语的恶魔。要当心啊。”

“好吧，”墨里回答，连脸上的一圈胡子都微微透着笑容，“既然这样我得多加小心。你们要是担心，可以透过窗户密切注视我。现在，我要失陪了。”

他们走出书房来到走廊里，他也回手把门关上。六个人站在那里面面相觑。狭长舒适的走廊已经亮起灯光。诺尔斯站在餐厅门口等候。这间餐厅位于这栋房子正中间向后加盖的那排“新”厢房里，就像字母 T 下面的部分，正房像是上半部分。茉莉·法恩利尽管忧心忡忡，还是尽量冷静地招呼大家。

“你们不觉得最好吃点什么吗？”她说，“我让人准备了些冷盘。毕竟，日子还是得照常过下去啊。”

“谢谢，”威尔金松了口气说，“我想吃个三明治。”

“谢谢，”巴罗斯说，“我不饿。”

“谢谢，”申诉人随声附和着说，“无论我接受还是拒绝都不太好。我要找个地方抽上一根长长的、浓烈的黑雪茄，然后再去瞧瞧里面的墨里是否安然无恙。”

法恩利什么都没说。在他背后的走廊里有一扇门，通向书房窗户正对的那座花园。他仔细打量了诸位客人好一会儿，才打开那扇玻璃门，走进了花园。

还有佩奇发现自己落了单。眼前只剩威尔金一个人，只见他站在灯光昏暗的餐厅里优哉游哉地吃着鱼子酱三明治。佩奇的手表指向了九点二十分。他稍作犹豫，然后跟着法恩利走进阴凉幽暗的花园。

花园的这一边仿佛与世隔绝似的，形成大约八十英尺长、四十英尺宽的长方形区域。一侧邻近新厢房，另一侧挨着一排高大的紫杉树篱。阳光穿过长方形区域尽头的书房窗户，透过几棵山毛榉投射出一束暗淡稀疏的光线。新厢房的餐厅也有一扇玻璃门面朝花园，卧室窗户上方则是阳台。

受威廉三世国王的汉普顿宫廷启发，十七世纪时的法恩利用大量排列曲折的紫杉树篱将这座花园分隔开来，几条宽敞的砂石小径穿梭其中。那些树篱有齐腰高，看上去特别像建造了一座迷宫。虽说在花园里不大可能迷路，不过仍是个少有的适合玩捉迷藏的地方（佩奇时常这么想），你只要往树篱下一蹲就行了。花园正中央是一大块开阔的圆形空地，环绕着玫瑰树丛，中间有一座观赏水池，直径大约十英尺，池座非常低矮。从屋子透出的微弱灯光与残阳的光辉相互映衬，显得光影朦胧，使得花园成为一个芬芳神秘之处。然而不知什么原因，佩奇一向不喜欢这座花园的气氛。

这又让他联想起另一件更加不喜欢的事。单是花园、几片树篱、灌木、花和泥土倒不至于让他感到不安。也许是因为每个人的心思全都贯注在那间书房里，就像灯箱玻璃上的飞蛾那样盘旋着。当然，认为墨里会出事太荒唐了。这种事很难得手，没那么容易。只不过是多嘴多舌的申诉人随口一说罢了。

“不过，”佩奇差点说出声来，“我想我还是绕到窗户那边去看看。”

他绕了过去，马上抽回身，喃喃地骂了一句，因为发现还有个人也在探头往里看。他没看清那个人是谁，只见那人迅速在书房窗外的山毛榉树丛掩护下跑开了。不过佩奇看见肯尼特·墨里在里面，背对着窗户坐在书桌前，似乎正要打开一本浅灰色的书。

白担心一场。

佩奇快步走开，来到凉爽的花园里。他绕着圆形水池踱步，抬头看见天上有颗分外明亮的星星（玛德琳·戴恩给它取了个富有诗意的名字），就在新厢房的烟囱群上方闪耀着。他从低矮的树篱迷宫中穿梭，带着烦乱的思绪走向了花园的另一头。

法恩利和另外那个家伙，到底谁是骗子？佩奇搞不清楚，在过去的两个小时里他左右摇摆了多次，不想再猜来猜去了。此外，玛德琳·戴恩的名字好几次在不经意的时候被提到……

花园这一侧的尽头有张石凳，被房前的月桂树篱遮挡着。他坐下来，点着一根烟。他尽可能坦诚地追溯着记忆，他承认自己对这世界的些许抱怨来自玛德琳·戴恩这名字的反复出现。玛德琳·戴恩……一头金发和苗条美丽的外表透露了她姓氏的来源……在佩奇的脑海里这名字和《英国首席法官的一生》以及所有其他思绪混淆不清。他想她想得太多，已到了有害的地步，眼看就要变成古怪暴戾的单身汉……

紧接着，布莱恩·佩奇从石凳上一跃而起，不管是玛德琳还是婚姻全都被抛到脑后，只因听见从身后的花园传来一阵声响。声音不算大，但是从那些昏暗的矮树丛里传出来，清晰得吓人。最恐怖的是一阵窒息声，接着是脚蹭地的声音，最后是溅起水的扑通声。

一时之间他真不想转过身去。

他不愿相信真的有事情发生了。他根本不相信。可他还是把雪茄往草坪一扔，一脚踩灭，然后以近乎奔跑的速度朝屋子走回去。他离屋子还有一段距离，在捉迷藏似的小路里转错了两个弯。起初他不知身在何处，感觉空无一人，紧接着就看见巴罗斯高大的身形朝他走来，同时一道手电筒的光线越过树篱照在他的脸上。他走近到足以看清灯光背后巴罗斯的脸，顿感整座花园的凉爽和芬芳都消失不见了。

“喂，出事了！”巴罗斯说。

佩奇此时感到一阵轻微的恶心。

“我没明白你是什么意思，”他违心地说，“我只知道什么都不可能发生。”

“我只是想让你知道罢了，”巴罗斯转过来耐心地解释，脸色发白，“快来帮我把他拉出来吧。我不确定是不是死了，但是他的脸泡在池子里，我十分确定他已经死了。”

佩奇朝他指的方向看去。他看不见水池，因为被树篱挡住了。不过此刻房子后墙尽收眼底。老管家诺尔斯正从书房上方一扇亮灯的窗口往外瞧，茉莉·法恩利则在她卧室外面的阳台上。

“我告诉你，”佩奇坚持说，“没人敢动墨里一根汗毛！不可能。一定是疯了才会……再说了，墨里跑到水池边干什么？”

“墨里？”对方瞪他一眼，说道，“为什么说是墨里？谁说是墨里了？是法恩利啊，老弟，约翰·法恩利。我赶到这里时就已经发生了，恐怕现在为时已晚。”

第六章

“可究竟是谁，”佩奇问道，“谁想要杀死法恩利呢？”

不得不调整思路了。他意识到自己最初关于谋杀的想法仅仅只是猜测。尽管又有了新的猜测，但他仍不免回忆起最初的想法：假如这是谋杀，那么肯定是经过精心策划的。大家就像被人耍了一样，全都把注意力放在了肯尼特·墨里身上。这屋子里的每个人脑子里除了墨里根本没想到其他人。所有人都不知道彼此身在何处，除了墨里。任何人在这种真空状态下都可以偷袭，只要他的攻击对象不是墨里。

“杀死法恩利？”巴罗斯怪声怪气地复述着，“不会是这样。醒一醒。等等，定定神，咱们走吧。”

他一边像是在指引倒车那样继续说话，一边大步流星地走在前面开路。手电筒的光线很平稳。但是他走到水池之前就把手电筒关了，也许是因为天色还够亮，也许是他那会儿不想把现场看得太清楚。

水池周围铺着一圈约五英尺宽的细粒砂岩。昏暗中，外形甚至连面部都依稀可见。法恩利俯身躺在水池里，从花园后面看去，他的脸微微朝向右侧。水池的深度刚好使得他的尸体轻轻漂浮起来，水还在继续往外溢，溅到低矮的圆形池边，继而流过那片砂地。他们还看见水里有一片暗色的东西在他的身体周围蔓延开来。直到那片暗色碰到尸体旁边一片白色的荷花花瓣时，他们才完全看清楚它的颜色。

佩奇一拽他出来，池里的水就再度飞溅。法恩利的脚踝已经碰到池边。不过，在经历了再也不愿回忆的一分钟之后，佩奇直起身来。

“我们无能为力，”佩奇说，“他的喉咙被割断了。”

两人惊魂未定，却不得不故作镇定。

“是啊。恐怕是这样。这是——”

“这是谋杀，或是，”佩奇突然说，“自杀。”

两人在黄昏之中对视。

“不管怎么样，”巴罗斯发表看法，努力兼顾正规礼法与人道主义，“我们得把他拉出来才行。虽然应该维护好现场等警察来，但是我们不能任由他趴在水里不管啊。这可不合适。况且，他本来的姿势已经被我们动过了。可不可以——”

“好吧。”

法恩利那身粗花呢衣裤仿佛吸进一吨的水，变得又黑又沉。他们费了九牛二虎之力才把他翻了过来放在池边，自己身上也溅了一些水。花园在这个宁静夜晚里散发的浪漫花香，特别是玫瑰花香显得格外不真实。佩奇一直在想：这个人是约翰·法恩利，他死了。这不可能啊。这不可能，除非那个渐渐变得明朗的想法是真的。

“你是说自杀，”巴罗斯边擦手边说，“不久前我们还有人妄想发生谋杀，可是自杀也没好到哪里去啊。你知道这意味着什么吗？这意味着原来他才是骗子。他尽全力蒙混过关，抱着一线希望，期待墨里没有指纹记录。当测试完成后，他无法面对结果，于是跑到这里来，站在水池边，然后——”巴罗斯用手往喉咙旁边一比画。

完全合情合理。

“恐怕是这样！”佩奇附和着说。恐怕？恐怕？是啊，这难道不是对一个死去的朋友最恶意的指控吗？现在就把所有责任都推到他身上，反正他再也无法反驳了对吗？他因隐隐作痛而心生愤恨，因为约翰·法恩利是他的朋友。“目前我们只能这样想。天哪，这里到底发生了什么事？你亲眼看见他自杀了吗？他是用什么自杀的？”

“没有。我是说，我没亲眼看见。我刚刚从走廊那道门里出来，拿了这个电筒，”巴罗斯说着按了几次开关，然后朝上举着，“是从走廊桌子的抽屉里拿的。你知道我的眼力在走夜路时有多差劲。我刚一打开门正好看见法恩利站在这里……模模糊糊，你知道……背对我站在水池边。然后他好像是在做什么，或者动了一下，我的视力很难看清楚。你肯定也听到那声音了。而后我听见一阵水溅到四周的响声……你知道，有这声音肯定更不妙。再也没有什么事比这更加糟糕透顶的了。”

“他身边一个人也没有吗？”

“没有，”巴罗斯张开手指扶着额头，用指尖按压着，“或者至少……不见得有人。这些树篱有齐腰高，而……”

佩奇还没来得及问纳撒尼尔·巴罗斯这位极其严谨的律师所谓“不见得”是什么意思，就听见说话声和脚步声交织在一起，从屋子的方向传来。他急忙说：

“你是权威人士。他们全都要过来了，可不能让茉莉看见这景象。你能不能运用职权阻止他们过来？”

巴罗斯清了清嗓子，肩膀一耸，像个紧张的演说家要开始演讲一样。他打开手电筒，顺着光照的方向朝着屋子走过去。光照到了茉莉，后面跟着的是肯尼特·墨里，不过并没照到他们的脸。

“很抱歉，”巴罗斯开始高声喊道，声音异常尖锐，“约翰爵士出了意外，你们最好别过去——”

“别说傻话了！”茉莉厉声说。她拼尽全力挣脱他，跑到阴暗的水池边。所幸她没看见原本的惨状。尽管她极力保持镇静，但佩奇还是能听见她的脚后跟在地上蹭着。为了扶她站稳，他伸出胳膊搂住她的肩膀。被倚靠的时候，他能感觉到紊乱的呼吸声。然而她一边啜泣，一边吐露出来一句略微隐晦的话。茉莉说：

“该死，他还真说中了！”

佩奇从语气的暧昧判断她指的不是她丈夫。不过这会儿他被吓到了，并未理解她的意思。接着她把头转向黑暗之中，快步离开，向屋子走去。

“让她去吧，”墨里说，“这样对她来说会比较好。”

可墨里在面对这种事情时所表现出的承受能力也不如预期。他犹豫起来，然后从巴罗斯手中接过手电筒，将光线对准水池边的尸体。他呼出一口气，上下胡须之间露出了牙齿。

“你是否已经证明，”佩奇问道，“约翰·法恩利爵士其实不是约翰·法恩利爵士？”

“嗯？你说什么？”

佩奇把他的问题又问了一遍。

“我什么都没有证明，”墨里极其严肃地说，“我是说，还没比对完指纹呢，我才刚刚开始。”

“看起来——”巴罗斯轻轻地说，“你没必要再比对了。”

确实如此。从各种事实和理由来看，法恩利的自杀没有太多疑点。佩奇看见墨里在点头，就像他时而暧昧不明的态度。他点头的样子好像根本没放在心上，他摸着下巴上的胡子，像是个努力回忆着陈年往事的老人。动作并不太大，不过还是能够看出来。

“可是你基本上确定了，对吧？”佩奇步步进逼，“他们当中哪一个是冒充的？”

“我已经跟你说了——”墨里失去了耐心。

“对，我知道，听我说。我只问你，你认为他们当中哪个是冒充的？你和他们聊过之后肯定有些想法吧，毕竟不管对于骗局还是这场意外来说都是关键问题，这点你不否认吧？假如法恩利是冒充的，那他完全有理由自杀，我们肯定也认可。但是万一他不是冒牌货——”

“你是认为——”

“不，不，我只是提问。假如他是真正的约翰·法恩利爵士，他没有理由割断自己的喉咙。因此，他必定是冒牌货，对吗？”

“未经检验证据就妄下结论，”墨里的语气既像严厉的批评又像是平和的讨论，“是非理性思维最容易……”

“你说得对，我收回问题。”佩奇说。

“不，不，你没理解。”墨里像催眠师那样挥了挥手，他似乎因讨论的平衡被打破而显得烦躁不安。“你推测这可能是谋杀的基础建立在，如果眼前这位……呃……不幸的先生是真正的约翰·法恩利，那他就不可能自杀。但是，不管他是不是真正的约翰，为什么有人要谋杀他呢？假如他是冒充的，为什么要杀他？法律会处理他的；假如他是真的那个，又为什么要杀他？他的所作所为并没有伤害任何人。你瞧，我只是把正反两面都拿出来分析分析。”

巴罗斯沉着脸说：“都是这谈话闹的，突然就引出了苏格兰场和可怜的维多利亚 · 戴利。我一向认为自己是个明智的人，但这件事让我思绪万千，必须从根本上想清楚。另外，我一直不喜欢这座花园该死的气氛。”

“你也有这种感觉？”佩奇问。

墨里饶有兴致地望着他们。

“等一下，”他说，“关于这座花园，你为什么不喜欢它呢，巴罗斯先生？有什么与之相关的回忆吗？”

“也说不上是回忆，”巴罗斯显得不安，“只是每当有人讲起鬼故事，这里比别的地方提到得都多。我记得其中一个是关于——不过还是算了吧。我以前认为这地方很容易闹鬼，倒不是说遍地都闹鬼……总之，这无关紧要。我们得做点什么事，不能光站在这里说话……”

墨里的精神为之一振，几乎都要激动起来。“啊，对啊。报警吧，”他说，“没错，在……呃……现实当中有太多事情要做。我想你们会允许我来主导吧。巴罗斯先生，你可以跟我来吗？佩奇先生，你能不能帮我个忙，留在这……呃……尸体旁边直到我们回来？”

“为什么？”佩奇务实地问道。

“这是惯例。噢，没错。事实上，这绝对有必要。请把你的手电筒给佩奇先生，朋友。然后往这边走。当年我住在这儿的时候宅子里还没有电话，不过我猜现在应该有吧？好，好，好。我们还要找个医生。”

他领着巴罗斯匆匆离去，佩奇留在水池边守着约翰 · 法恩利的尸体。

佩奇的震惊之情逐渐平复。他站在黑暗之中，思索着这桩悲剧的无奈和复杂。倘若只是一个冒名顶替的家伙自杀，那就简单了。墨里让他看不到一点扭转局面的表现，这扰乱了他的心绪。要是墨里能直截了当地说也行："对，毫无疑问他就是冒充的，我从一开始就知道。"而事实上，墨里就是这么想的，他的语气已经表达出来。可他只字不提。难道他只是喜欢故弄玄虚？

"法恩利啊！"佩奇大声喊着，"法恩利！"

"你是在叫我吗？"一个声音几乎从他手肘边传来。

这个人在黑暗中说话，结果把佩奇吓得跳了起来，差点绊倒在尸体上。现在已经完全入夜，体形和轮廓都看不清了。砂石小路上响起脚步声，随后是划火柴的声音。从火柴盒里闪出一丝火焰，有人用双手护着。紫杉树篱一侧出现了那位申诉人的面孔……自称约翰·法恩利的帕特里克·戈尔……正看向水池旁边。他步伐略微笨拙地向前走过来。

申诉人夹着一根细细的黑色雪茄……是抽了一半熄灭的。他把雪茄叼在嘴上，小心地点燃，这才抬起头来看。

"你叫我？"他又问。

"我没叫你，"佩奇冷冷地说，"不过很好，你答应了。知道出了什么事吧？"

"知道。"

"当时你人在哪里？"

"到处闲逛。"

虽然火柴熄灭了，靠耳朵佩奇还是能听见他轻微的呼吸声。来的这个人无疑显得有些亢奋。他又走近了些，手握拳放在身后，雪茄在嘴角闪着火光。

"可怜的骗子，"申诉人看了眼下面说道，"不过他也有不少值得佩服的地方。很遗憾出现这种局面。他无疑是继承了他祖先的清教徒信仰，在把持这片土地的同时，忏悔着度过了许多年。毕竟，他本来可以继续冒充，做个比我要好的乡绅。可是他被剥去了法恩利的伪装，于是只好这么做。”

“自杀。”

“毫无疑问。”申诉人从嘴上拿下雪茄，吞云吐雾，在黑暗之中烟雾以鬼魂的形状诡异地盘旋而起。“我猜墨里已经完成了指纹比对。他做小调查的时候你也在场。告诉我，你有没有注意到我们这位过世的朋友究竟是哪一点泄露出他不是约翰·法恩利这一事实的？”

“没注意到。”

这时佩奇突然意识到，申诉人由于心情彻底放松，亢奋之情占据了全部。

“如果墨里没有提出撒手锏式的问题，”他冷冰冰地说，“那墨里就不是墨里了。他的作风一向如此。我早就预料到会这样，甚至有点担忧，万一他提出的不是决定性问题，而是我记不得的事情。但最后问的显而易见是个决定性问题。你记得的。《艾平的红书》指的是什么？”

“是啊。你们俩都写了答案——”

“当然是没这么个东西。我很好奇我已故的对手为了辩解胡乱写了些什么。最有趣的是，当时墨里摆出一副猫头鹰似的严肃表情，宣布他写的答案正确，而你注意到我的竞争对手几乎丧失了信心吧。噢，该死的！”他停顿一下，用点着的雪茄头画了个像问号的奇怪形状。“好了，让我们看看这个可怜的家伙对自己做了些什么吧。可以把手电筒给我吗？”

佩奇递了过去然后走开。只见申诉人借着光线蹲了下去，许久没有说话，除了偶尔几声喃喃自语。接着他站了起来。虽然身上动作缓慢，手上却将手电筒开关按得啪啪作响。

“我的朋友，”他的语气变了，“不对劲啊。”

“哪里不对劲？”

“这里。我不想这么说，但我发誓这个人不是自杀。”

（是暗示、直觉，还是在暮色之中受了花园特殊气氛的影响？）

“为什么？”佩奇问。

“你仔细看过他吗？过来瞧瞧吧。一个人会对自己的喉咙割上三次吗，而且任何一次都是割向会致命的颈静脉血管？他办得到吗？我不知道，但我很怀疑。别忘了，我是从马戏团开始自力更生的。这种伤口我只见过一次，就是密西西比河以西最好的驯兽师巴尼·普耳被一只豹咬死的时候。”

晚风徐徐吹进迷宫般的树篱，摇晃着玫瑰花。

“我好奇的是，凶器在哪儿？”他继续说，用手电筒在模糊的水面上照来照去。“很可能在这水池里，不过我想还是别找比较好。警察做这件事要比我们更合适。事情变成这样，我不禁担心，”申诉人像要做出让步似的说道，“为什么要杀死一个骗子呢？”

“至于这点，或许他是真正的继承人呢。”佩奇说。

佩奇能感觉到对方紧紧盯着他。“你该不会仍然相信——”

一阵急促的脚步声从房子方向传来，打断了他们的对话。申诉人打开手电筒，照到了威尔金律师，佩奇记得刚看见他在餐厅里吃鱼子酱三明治来着。威尔金显然正处于受惊吓的状态，紧紧攥着马甲白色衬里的边缘，仿佛要开始一番演讲。接着他缓过神来。

“先生们，你们最好回到屋里去，”他说，“墨里先生想见你们。我希望——”他恶狠狠地强调这个词，并盯着申诉人看，“我希望你们两位在事件发生之后都没进过屋子。”

“帕特里克·戈尔”猛一转身。“别告诉我又发生别的事了。”

“没错，”威尔金急切地说，“看来是有人乘虚而入。有人趁墨里先生不在，潜入书房，偷走了包含我们唯一物证的指纹记录本。”

第二部分

七月三十日，星期四

机器人的生活

接着，陷入了一片寂静。然后，莫克森重新现身，笑容带着些歉意，说道：

“原谅我突然离去。那里有台机器失去了耐心，在发脾气。”

我的目光牢牢地黏在他的左颊上，那里有四道平行的划痕，道道见血。我说：

“它是怎么修剪指甲的？”

——安布罗斯·比尔斯[①]：《莫克森的主人》

①安布罗斯·比尔斯（1842—1913），美国作家，以短篇小说闻名。其小说以恐怖和死亡为题材，代表作有短篇小说《鹰溪桥上》和讽刺小说《魔鬼辞典》等。

第七章

第二天午后不久，天空灰蒙蒙的，下起了温暖的雨，整个乡下变得阴暗起来，佩奇又坐在书房里的桌子旁，不过这次心境截然不同。

在房间里来回走动的是艾略特警督，他的脚步声像下雨声一般单调乏味。

而端坐在最大的一把椅子上的人是基甸·菲尔博士。

博士今天克制住了那雷鸣般的笑声。他早上抵达马林福德，似乎对所见到的情况不太满意。他往大椅子的椅背上一靠，微微喘着气。目光穿过黑色宽边眼镜，异常专注地盯着角落的桌子。土匪般的胡子向上翘起，就像马上要与人发生争吵，蓬乱的灰白色头发垂到耳朵一边。他把铲形宽边帽和象牙把手的拐杖放在旁边的椅子上。虽然胳膊肘旁边就放着一大杯一品脱啤酒，他却对此没有什么兴趣。还有，七月的炙热晒得脸更加红润，他却几乎没有显现出惯常的愉悦。佩奇发现他比别人描述得更高大，无论是身高还是体形。他一开始披着工字褶斗篷走进屋子时，感觉要占满整间屋子，都要把家具挤出去了。

没有人喜欢马林福德和斯隆[1] 一带的状况。这个地区的人们虽隐忍闭锁，倒也不是完全默不作声。现在每个人都知道在公牛与屠夫旅馆里以“民俗学专家”为人所知的陌生人是刑事调查局的督察，却没人说出来。在公牛与屠夫旅馆的酒吧里，每天早晨来喝啤酒的人都压低声音说话，喝完很快就走，就是这样。菲尔博士找不到住处，因为两间客房都已满，佩奇很乐意提供自己的小屋招待他。

佩奇也欣赏艾略特督察，安德鲁 · 迈克安德鲁 · 艾略特看上去既不像个民俗学专家，也不像苏格兰场的人。他年纪轻轻，瘦骨嶙峋，淡黄色的头发，思维严谨。他喜欢争论，诡辩到让哈德利警长不悦的地步。他接受的教育完全是苏格兰式的，乐于处理最细致主题的细枝末节。此时下着蒙蒙细雨，他在佩奇的书房里踱步，试图弄清自己所面对的状况。

“嗯，好，”菲尔嘟囔着，“目前为止进展如何？”

艾略特想了想。“郡警察局长马奇班克斯长官今天早上打电话给苏格兰场，把这件事推得一干二净，”他说，“当然，按惯例他们本来要派一位高级督察过来。不过呢，既然我已经来调查和这件案子有关的某些事——”

（是维多利亚 · 戴利遇害案，佩奇想。可里面存在怎样的关联呢？）

“你的机会来了，”菲尔博士说，“好极了。”

“没错，博士，我的机会来了。”艾略特表示赞同，他用满是雀斑的手握紧拳头小心地按在桌子上，支撑着自己的身体。“如果可以，我打算做点什么。这是次好机会，你也知道。”他用力

①第一章为索恩（Soane），此处原文为 Sloane，相差一个 l，应为作者笔误。

呼出一口气。“可你知道我即将面对的困难，这附近的人嘴闭得比窗户还要严，他们力求一探究竟，但不愿让你介入。他们像往常一样喝着啤酒聊天，可你一谈到这件事，他们马上就一哄而散。至于召集整个这一带的绅士阶层，”从他的语气看得出对这个词的些许蔑视，“那就难上加难了，即使是这案子发生之前也一样。”

“关于另一个案子，你是怎么打算的？”菲尔博士睁开一只眼睛问道。

“关于那个案子，唯一对我们有帮助的是戴恩小姐，玛德琳·戴恩。她嘛，”艾略特督察慢条斯理地强调道，“真是有女人味。跟她谈话很是享受。不像那些强硬的女人，在你的眼前抽烟，你一掏名片出来她们就打电话叫律师。不，她是个真正的女人，让我想起曾在家乡认识的一个女孩。”

菲尔博士瞪大双眼，艾略特督察因失言使得满是雀斑的脸上（可以说是）显得很不安。布莱恩·佩奇倒是理解并且赞成他的说法，甚至由于一丝荒唐的忌妒而感到内疚。

“不管怎样，”督察继续说，“你会想要了解法恩利庄园的。我昨晚已经给在这儿的每个人都录了口供，除了仆从们之外。只是简单的口供。我得把他们中的一些人集中在一起。巴罗斯先生昨晚住在庄园里，今天准备好接受我们的调查。但是申诉人帕特里克·戈尔和他的律师（名叫威尔金）都回梅德斯通了。”他转头看向佩奇。“我怎么听说，先生，发生了争吵，有人说自从指纹记录本被偷以后，事态就变得相当紧张了？”

佩奇稍显热心地表示认同。

“尤其是指纹记录本被偷之后，”他回答说，“奇怪的是，除了茉莉·法恩利，他们每个人都把这个证据被盗看得比法恩利被杀更重要——假设他是被谋杀的。”

菲尔博士的眼中闪过一丝兴趣。“顺便问下，对于谋杀和自杀这个问题，他们大概是持什么样的态度呢？”

“非常谨慎。出乎意料的是根本没什么态度。唯一一位斩钉截铁地说（实际上是高喊）他是被人谋杀的是茉莉……我是指法恩利夫人。其他的胡乱指责和歪曲我希望今天一句也没记住。很高兴我已经忘了一大半。我想这也很自然。平时我们都过于紧张而且不自然地表现出最好的一面，以至于遇事时的反应有点过激。就连律师也表现得很有人情味。墨里试图控制住局面，却被推开了。我们当地的警察也没好到哪里去。”

“我正在努力，”菲尔博士表情难看地强调，“解决这个问题。你说说看，警官，你对于谋杀的判断没什么疑问吧？”

艾略特坚信不疑。

“是的，博士，我没有疑问。喉咙上划了三道伤口，目前为止我还没能找到凶器，无论是在池塘里还是那附近。要知道，”他小心翼翼地说，“我还没拿到尸检报告。我倒没说一个人不可能往自己身上划三道那样的伤口。可没找到凶器这一点似乎决定了是谋杀。”

他们听了会儿雨声，还有菲尔博士呼吸时发出疑虑的喘息声。

“你不认为，”博士试探性地问，“我只是，咳，随便一提：你没想过他有可能是自杀，然后在痛苦的抽搐中猛地甩掉了凶器，所以你们才找不到吗？我想，这种事以前发生过。”

“这种事可能性很小。他总不可能把它扔出花园吧，那么，只要还在花园的某个地方，伯顿警长就会找到。”艾略特严肃的脸上露出耐人寻味的神色。“听我说，博士，你认为这是自杀吗？”

“不，不，不是。”菲尔博士坦率地说，好像对此相当震惊。“可是，即使我相信这是谋杀，我还是想知道我们的问题怎么解决。”

“我们的问题就是：谁杀了约翰·法恩利爵士。”

“的确。你还是没注意到我们陷入了死胡同。我很担心这个案子，是因为它违背了全部规则。所有规则都不满足，因为被选为牺牲品的人不对。要是遇害的是墨里就没问题！（我只是就理论而探讨，你懂的。）真见鬼，被杀的应该是墨里啊！任何完整构思的情节都应该是他被杀掉。他的现身就等于找死。这个人从一开始就掌握着能左右事实真相的重要证据，这个人或许根本不需要这证据就能解开身份之谜，嗯，他才是要被灭口的不二人选。到目前为止他安然无恙，而身份之谜随着当事人之一的死亡，变得更加扑朔迷离了。你听懂了吗？”

“我懂。”艾略特督察严肃地说。

“让我们拨开迷雾，”菲尔博士继续说，“整件事会不会是，比方说，凶手在哪里出了差错？约翰·法恩利爵士（以现在的名字称呼他）或许根本不是他原本想要谋害的对象呢？凶手会不会把他错当成别人杀了？”

“不大可能。”艾略特看了看佩奇说道。

“不可能，”佩奇说，“我也那么想过。好吧，我再说一次：不可能。光线很清晰。法恩利的长相和衣着与谁都不像。即使是从较远的地方看你也不可能认错人，更别说从近距离割了他的喉咙。映着朦胧的水光，虽说看不清细节，但是整个轮廓能被看得一清二楚。”

“这么说法恩利是凶手蓄意杀害的，”菲尔博士拉长声音清了清嗓子说道，“非常好。我们还可以排除掉哪些可能的干扰和无用信息？举个例子，这起杀人事件是否与权位之争一类的事毫无关联？会不会是某个局外人干的……某个不关心他是约翰·法恩利还是帕特里克·戈尔的人……只是选了这个时机浑水摸鱼，以我们不了解的其他动机杀了他。这有可能。假如天理不彰就有可能。不过我不担心这一点。这些事是密切相关、相互依赖的。你们注意到没有，指纹记录本这个证据在法恩利遇害的同时被人偷走了。

“非常好。法恩利是被蓄意谋杀的，而且杀人动机与财产继承权问题有关。但我们仍不确定内幕如何。这个问题还具有两面性，使我们进退两难。这样，假如被害人是冒名顶替者，他被杀害的原因可能有那么两三种。你可以想象。然而，假如被害人是真正的继承人，那么他被杀的原因可能就多种多样了。你也可以想象。这些原因包括不同立场、不同观点、不同动机。因此，这两个人究竟谁是冒名顶替的？我们必须先搞清楚这点，之后才能有具体思路和侦办方向。咳咳。”

艾略特督察面色凝重。“你的意思是关键在于这位墨里先生？”

“是的。我指的就是这位神秘莫测的老朋友肯尼特·墨里。”

“你认为他知道谁真谁假？”

“我对这一点深信不疑。”菲尔博士愤愤不平地说。

“我也是，”督察淡淡地说，“让我们拭目以待吧。”他掏出笔记本打开。“每个人好像都同意……值得注意的是他们的共识真是不少……大约九点二十的时候墨里先生是独自一人待在书房里。佩奇先生，对吧？”

“是的。”

“谋杀（我们暂且这么说）发生在九点半左右。关于这一点有两个人给出了明确的时间：墨里和那位律师，哈罗德·威尔金。十分钟可能并不算长。不过，虽说指纹比对是得小心翼翼，但也不至于像墨里认为的那样是一项相当耗时的工作吧。你别告诉我他什么想法都没有……你觉得他是个不诚实的人吗，博士？”

“不，”菲尔博士使劲皱着眉头，举起一大杯啤酒说，“我觉得他是想尽力做点非同一般的侦查。过一会儿我会告诉你我对这个案子的看法。你说对所有人都做了笔录，因此在那十分钟里他们都做了些什么也都记下来了，对吗？”

“每个人都只有寥寥数语，”艾略特突然很生气地说，“没什么意见。他们一直说，他们能有什么意见？嗯，我打算再问一次，之后才能有结论。要我说，就是一群怪人。我知道在警察的报告中，事情看上去很零散，因为你已经把不相关的事实碎片整合起来，并且乐在其中了。但是在这些片段里面隐藏着残忍的谋杀和痛苦的深渊。听听吧，他们是这么说的。”

他打开了笔记本。

法恩利夫人的陈述：

走出书房时我心烦意乱，于是上楼回到卧室里。我丈夫和我的套间卧室在厢房的二楼，就在餐厅的上面。我洗了洗脸和手，告诉女仆再准备一套衣服，因为我觉得自己有点邋遢。我躺在床上。床头灯的灯光很暗。阳台上的窗户开着，从屋里可以俯瞰花园。我听见有扭打挣扎和哭喊声，最后是水溅出来的声音。我跑到阳台，看到了我的丈夫。他好像是躺在水池里挣扎着。当时只有他一个人。我看得清清楚楚。我赶紧从主楼梯跑下去找他。我在花园里没听见或是看见任何可疑的声音或东西。

“下一位：

肯尼特·墨里的陈述：

我从九点二十到九点半一直待在书房里。没有人进到房间里来，我也没看见其他人。我背对着窗口。我听见有声响（描述类似）。直到我听见走廊里有人往楼下跑，才想到是不是发生了什么严重的事。我听见法恩利夫人冲管家大喊，说她担心约翰爵士出了什么事。我看了下表，当时正好九点半。我在走廊里碰到法恩利夫人，然后我们走到花园里，发现有个男人被割喉。此时我的指纹比对和对他们的辨识还没有结论。

“不错，而且颇有帮助，不是吗？接着我们来看：

申诉人帕特里克·戈尔的陈述：

我到处闲逛。一开始我在前院的草坪上抽烟。然后从屋子南面转到这座花园里。我只听到溅水声，非常微弱，没听到其他声响。我记得听见这个声音时刚好绕到屋子的侧面，没想到会出事。当走到花园里面时，我听到有人大声说话。我不想跟别人在一起，于是继续沿着紫杉树篱旁边的小路绕着花园走。然后就听见了他们的谈话内容。我一直在聆听。直到他们全都回到屋里，只留下那个名叫佩奇的人，我才走到水池那边去。

“最后，我们来看：

哈罗德·威尔金的陈述：

我待在餐厅里寸步未离。我吃了五个小三明治，喝了一杯波尔多葡萄酒。没错，餐厅的玻璃门朝着花园敞开，其中一扇门距离水池的直线距离并不算远。不过餐厅灯火通明，花园里什么都看不见，因为光线反差——”

“死无对证。一楼的树篱只有齐腰高，距离法恩利站着的地方不超过二十英尺，”艾略特边用手指头弹了弹笔记本边说，“但他说由于‘光线反差’看不见。他给出结论：

当餐厅里的老爷钟指到九点三十一分的时候，我听见类似扭打的嘈杂声和一阵戛然而止的尖叫声。紧接着是一连串的溅水声。我还听到从树篱或者灌木丛里传来沙沙声，而且我觉得看见了什么东西隔着其中一扇玻璃门在望着我，就是离地面最近的那扇。我担心可能发生了什么与我不相干的事。我一直坐着等，直到巴罗斯先生走进来跟我说那个骗人的约翰·法恩利爵士自杀了。这段时间里我没做任何事，只是又吃了一块三明治。”

菲尔博士喘着粗气，坐直了一些，端起酒杯喝了一大口啤酒。眼镜片背后不断闪现出兴奋的光芒，那是一种惊喜。

“哦，好酒！”他瓮声瓮气地说，“精简过的陈述，对吧？这就是你经过仔细思考的想法吗？威尔金先生的有些证词让我打了个冷战。嗯，哈，等一下。威尔金！威尔金！我之前好像在哪儿听过这个名字？我肯定听过，因为这音节太熟悉，早已牢牢印在我的——‘那有什么关系？’‘没关系。’‘什么事？’‘我不介意。’

不好意思，我的思维又发散了。你还有别的信息吗？”

“呃，还有两位客人，这位佩奇先生和巴罗斯先生。你听过佩奇先生的陈述，也掌握了巴罗斯先生的简要描述。”

“没关系。再念一遍，好吗？”

艾略特督察皱了下眉。

纳撒尼尔·巴罗斯的陈述：

我本想吃点东西，可威尔金待在餐厅里，我觉得那会儿去找他谈话不太合适，就走到屋子另一边的客厅等着。当时我认为和约翰·法恩利爵士在一起比较合适，他走进了南边的花园里。我从走廊的桌子里拿出一个手电筒。这么做是因为我视力不太好。就在我打开通往花园的门时看见了约翰爵士。他正站在水池边，似乎做了个什么动作，或者移动了一点点。从门口到较近的水池边大概三十五英尺远。我听见扭打的声音，接着是溅水声和水搅动的声音。我赶忙跑过去，发现了他。我不确定有没有人和他在一起，无法准确描述出他做的动作。他的脚就像被什么东西抓住了似的。

“就这样了，博士。有些细节你注意到了吧。除了巴罗斯先生，实际上没人目睹被害人遇袭倒下，或者跌入水池。法恩利夫人是直到他躺在水池里才看到，戈尔先生、墨里先生、威尔金先生和佩奇先生都是后来才看见……他们是这么说的。除此之外，”他试探着问，“你还有什么别的想法？”

“嗯？”菲尔博士含糊其词。

“我问你是怎么看的？”

“噢，我来告诉你我的想法吧。‘天知道，花园是个迷人的地方。’”菲尔博士说，“可是结果呢？谋杀发生之后，我听说，在墨里出去看外面发生的事时，有人从书房里偷走了指纹记录本。你的笔录里有没有记下众人当时都在做什么，有谁可能偷走它？”

“我记了，”艾略特说，“不过不想念给你听，博士。为什么？因为一无所获。经过分析和归纳，结论是：任何人都有可能偷走指纹记录本，而且在一团混乱当中，没人注意到是谁干的。”

“哦，天啊！”菲尔博士稍微愣了一下，然后抱怨一声，“我们终于知道了。”

“知道什么？”

“长时间以来我所害怕遇到的是近乎纯粹的心理谜题。他们描述的各种情节、给出的各种时间，甚至多种可能性都没有矛盾之处。除了那项心理上极其不相称的动机，也就是为什么要小心翼翼地去杀一个骗子，此外就没什么不对劲的地方了。尤其是这里面几乎完全没有具体线索：没有袖扣，没有烟蒂、剧院票根、钢笔、墨水或是纸。嗯。除非我们的捕捉方向更加明确，不然我们很难逮住这头被称作人类行为学的肥猪。那么，哪个人最有可能杀害死者？又是为了什么？你们调查的维多利亚·戴利被杀案，又是哪个人在心理上最符合这种残暴的行为模式？”

艾略特吹了声口哨。他说：“你怎么看，博士？”

“我想想，”菲尔博士低声说，“我是否掌握了维多利亚·戴利一案的基本事实。三十五岁，老处女，待人友善，不太聪明，独居。嗯。哈。是的。晚上十一点四十五分遇害。是去年的七月三十一日那天。对吧，老兄？”

“没错。”

“是一个农场主开车回家路过她的小屋时警觉起来。从屋里传来了尖叫声。有个乡村警察骑自行车路过，跟着农场主过去看。他俩都看见一个人从一楼的后窗户爬出来，那是这附近大家都认识的一个流浪汉。俩人追赶了四分之一英里的距离。流浪汉为了摆脱追捕，硬闯栅栏，试图在南部铁路货运列车开来之前横穿铁道，结果当场死亡。对吧？”

“没错。”

“戴利小姐的尸体在小屋一楼的卧室里被发现。是被人用靴子鞋带勒死的。遭到袭击时，她正穿着棉睡衣和拖鞋在休息，但还没入睡。在流浪汉身上搜出了钱和贵重物品，案情一目了然——除了一点。法医检查时发现尸体上沾有深黑色的混合物，她的指甲缝里也都是这种混合物。这种物质经过内政部的人分析，证实是由泽芹汁、乌头草、委陵菜、颠茄和煤灰所组成。”

佩奇坐直了身子，瞠目结舌。除了菲尔博士描述的最后一部分，其他的他听了不下一千次。

“喂！”他提出异议，“第一次听到有人提出这种说法。你们发现尸体上涂了包含两种致命毒物的混合剂？”

“是的，”艾略特轻蔑地咧嘴一笑，“当然了，当地法医没有化验。审讯官认为不重要，甚至在审讯时也没提出这一点。他很可能觉得那是某种美容制剂，提出来有点不雅。不过这位法医后来悄悄递了个口信，而——”

佩奇感到困惑。“乌头草和颠茄！即便如此，死者并没有吞服，不是吗？如果只是外用，它们并不会致命，对吧？”

“哦，不。即便如此，这案子也相当清楚。你不这样认为吗，博士？”

“不幸是桩明了的案子。”菲尔博士表示认同。

在嘈杂的雨声之中，佩奇听见有人在敲小屋的前门。他一边尽力把一段容易忘记的回忆记在脑中，一边穿过短短的走廊去开门。是当地警察局的伯顿警长，他穿着橡胶连帽雨衣，在雨衣里面藏着一个包着报纸的东西。他说的话将佩奇的思绪从维多利亚·戴利案拉回到更近的法恩利案。

“先生，我可以见见艾略特督察和菲尔博士吗？”伯顿说，“我把凶器带来了，真找到了。而且——”

他扭头示意了一下。雨把泥泞的花园前面冲刷出一个水坑，一辆熟悉的汽车停在前门外。是一辆旧的莫里斯，在车窗侧帘后面好像有两个人。艾略特督察急忙跑到门口。

“你说——？”

“我找到杀害约翰爵士的凶器了，长官。还有些别的东西。”伯顿警长再次朝汽车的方向扭了扭头，“那是玛德琳·戴恩小姐和在庄园里听差的老诺尔斯先生。他曾经为戴恩小姐父亲的至交工作过。他不知如何是好，便跑去找戴恩小姐，然后跟着她来找我。他有些话要跟你说，整个案子很有可能会真相大白。”

第八章

他们把报纸包放在佩奇的写字台上，摊开来，露出了里面的凶器。那是一把折叠小刀，属于男孩用的老式风格。此情此景之下，显得杀气腾腾。

除了现在张开的主刀刃之外，木质的手柄上还有两片小刀刃，一个开瓶钻，以及曾经号称能有效剔除马蹄里石子的工具。它让佩奇回忆起过去，那时拥有这样一把上档次的小刀几乎成为男子汉的骄傲象征：成为探险家，俨然像个印第安人。这是把旧刀。主刀刃远远超过四英寸长，刻了两道深深的三角形凹痕，刀身有多处粗糙不平，不过并没有生锈，锋利依旧。如今这把刀不会让人联想到玩印第安的游戏。从刀尖到手柄，厚厚的刀刃上沾满了干涸不久的血迹。

他们一看到这把刀都立刻感到不适。艾略特督察挺直腰板。

“你是在哪里找到的？”

“在那些矮树篱下面的深处，大概，”伯顿警长眯起一只眼睛估计，“大概距离荷花池十英尺远。”

“在水池的哪个方向？”

“背对屋子来说是朝左边。朝南边高树篱的方向。比荷花池更靠近屋子一点。跟您说吧，长官，”警长认真地解释着，“能找到得算我运气好。要不然我们找上一个月都找不到。除非我们把所有的树篱都拔出来，否则没办法。紫杉树粗得见了鬼。这要归功于下雨。我正用手沿着一片树篱在摸索，漫无目的，你们知道，只是在考虑要从哪儿找起。树篱是湿的，我的手沾上了一点棕红色。应该是刀子划过树篱顶端留下的。你甚至都看不出碰到顶部时的划痕。我把它拔了出来。如你们所见，树篱挡住了雨水的冲刷。”

“你认为，是有人直接把刀扔在了那片树篱下面？”

伯顿警长略加思索。

“是的，我认为就是这样。它就笔直地插在那里，刀尖朝下。不然的话……这把刀很重，长官。刀身和手柄一样重。如果有人把它扔出去，抛向空中，落下时应该是刀锋先着地，就像这样。”

伯顿警长脸上有种众人都一目了然的神情。正沉浸于某种阴郁思绪的菲尔博士抬起头来，他肥大的下嘴唇叛逆地往外突出。

“嗯，”他说，“在自杀之后‘扔出去’，你的意思是？”

伯顿的额头微微一紧，没有回答。

“这就是我们要找的刀，果然没错，”艾略特督察承认道，“我不喜欢那家伙身上的三道伤口当中有两道歪曲不平。看上去更像是抓伤或者是撕扯造成的。不过看这里！看这刀锋上的凹痕。跟伤口肯定吻合。你们什么意见？”

“关于戴恩小姐和诺尔斯老先生呢，长官？”

“好的，问问他们要不要进来。干得好，警长，棒极了。你可以去看看法医有没有什么消息要告诉我。”

菲尔博士和督察开始要争论的时候，佩奇已经从走廊拿起一把雨伞，出去接玛德琳进屋了。

雨水和泥泞都破坏不了玛德琳整洁的形象，也影响不了她文静的好性格。她穿着透明的防水油布雨衣，带帽子的那种，这使她看起来像被玻璃纸包裹起来似的。一头金发梳成卷，盖住了耳朵。她有一张白皙健康的脸庞，鼻子和嘴略大，眼睛稍长，不过整体上是个越看越吸引人的美女。她给人的印象是从来不抢风头，似乎天生就是很好的倾听者。她的眼睛呈极深的蓝色，透着深深的真诚。虽然身材很好……佩奇总是怨自己留意人家身材……但表现出柔弱的气质。她将手搭在他的胳膊上，走下车时看到他在帮她撑伞，便报以明朗的微笑。

“很高兴是在您家里，”她用柔和的声音说，“这样就容易多了。我真不知道该如何是好，似乎这是最好的办法……”

她往后面看了看壮实的诺尔斯，后者正从车里出来。即使在雨里，诺尔斯也拿着礼帽。只见他踮起脚小心翼翼地穿过泥泞的路。

佩奇把玛德琳领进书房，骄傲地介绍给大家。他想要向菲尔博士炫耀。当然博士的反应不出所料。他上下打量着她，马甲的纽扣都要崩开了，目光在眼镜后面闪闪发亮，他站了起来，面带微笑。当她坐下时，也是他把雨衣接过来的。

艾略特督察表现得极为干练和职业。他像个商店柜台后面的售货员似的开口说话。

“是戴恩小姐吧？我能为您效劳吗？”

玛德琳看着自己紧握的双手，又皱起眉头环顾下四周，这才率直地看向督察。

“您知道，这很难解释，”她说，“我知道我必须得来。昨晚发生了那么可怕的事，总得有人做点什么。然而我不希望诺尔斯惹上麻烦。他绝对不能，艾略特先生！”

“如果你有什么顾虑，戴恩小姐，尽管告诉我，”艾略特爽快地说，“没人会惹上麻烦。”

她满怀感激地看了他一眼。

“那或许……你最好还是跟他们说吧，诺尔斯。就是你跟我说的那些。”

“嘿，嘿，嘿，”菲尔博士说，“请坐，老兄！”

“不用了，先生，谢谢，我……”

“坐下！”菲尔博士吼了一声。

像是生怕被硬按着坐下……博士的手势极具压迫感……诺尔斯只好顺从。诺尔斯是个诚实的人，有时候诚实得过了头。每当他精神紧张时脸就会变红，像个贝壳似的容易被看穿。他坐在椅子边上，礼帽在手中转个不停。菲尔博士要递根雪茄给他，被他婉拒了。

“我想问下，先生，我可以有什么说什么吗？”

“这样最好，”艾略特冷冷地说，“怎么回事？”

“当然，先生，我知道本该直接去找法恩利夫人。但我不能跟她说。我的意思是我真不能这么做。跟您说，马尔代尔上校去世之后，我是经由法恩利夫人介绍才来到了庄园。我想我真的可以说，在认识的所有人里，我最关心的就是她。我对上帝发誓。”诺尔斯多加一句。他突然表露出真性情，差点从椅子上跳起来。接着就恢复了常态。“她是茉莉小姐，是医生的女儿，来自萨顿图。我知道……”

艾略特耐着性子听。

“是的，这个我们知道。不过你要告诉我们什么事？”

“是关于已故的约翰·法恩利爵士，先生，”诺尔斯说，“他是自杀的。我看见他自杀了。”

逐渐变小的雨声打破了好长一阵沉默。佩奇四下张望，听见自己的袖子沙沙作响，他不想让玛德琳发现沾血的折叠小刀，查看他们是否把它藏好了。刀此时在桌子上，被报纸盖着。艾略特督察凝视着这位管家，似乎更加硬气起来。从菲尔博士那边传来若有若无的声音，像是在咬着牙哼哼或是吹口哨。他有时习惯吹口哨，吹着“和我的女朋友在一起[1]”的曲调，尽管看上去他快睡着了。

“你……看见……他……自杀了？”

“是的，先生。今天早上我本想跟您说的，不过您没有问我，而且老实说，那时我不确定该不该告诉您。事情是这样的。昨晚我站在绿室的窗户旁边，就是书房上面那间。我望着窗外的花园，事情发生之时，我全都看到了。”

（这话是真的，佩奇想起来了。他和巴罗斯最初去查看尸体时，看见诺尔斯站在书房上面房间的窗前。）

“谁都知道我的视力有多好。”诺尔斯热切地说，连他的皮鞋都剧烈地吱吱作响。“我七十四岁了，还能看清六十码远的汽车车牌号。你们可以到花园去，拿个带小字的盒子、标志物或是别的什么东西……”他调正坐姿，往椅背一靠。

“你看见约翰·法恩利自己割喉？”

“是的，先生。可以这么说。”

“‘可以这么说？’这话是什么意思？”

“我的意思是这样，先生。我并没有真正看见他割……你知道……因为他背对着我。但是我看见他把手抬了起来。而他周围连一个人影都没有。要知道，我是径直俯瞰他和花园的。我可以看清水池四周圆形的空地，而且在水池和周边最近的树篱之间还

①原文为法语。

隔了足足五英尺宽的沙地。要是有人靠近他我不可能看不见。他在那块空地上一直是一个人，我到死那天都会这么说。”

菲尔博士那边又传来了困倦、走调的口哨声。

“全世界的鸟儿，”博士喃喃自语，“都来这里筑巢——”[①]然后他才开口说话。“约翰·法恩利爵士为什么要自杀呢？”

诺尔斯抖擞精神。

“因为他不是约翰·法恩利爵士，长官。另一位先生才是。昨晚我一见到他就知道了。”

艾略特督察仍然不动声色。

“你这么说有什么依据吗？”

“很难给您讲清楚，长官。”诺尔斯诉说道，他平生第一次露出生涩模样。“我如今七十四岁了。一九一二年，当小约翰尼先生离开家时我已经不是个愣头小子，请允许我这么说。您知道在我这样的老年人眼里，年轻人是永远不会变的。他们好像一直都不变样，不管他们是十五、三十还是四十五岁。上帝保佑，您以为哪天我见到真正的约翰尼先生会认不出他吗？真是的！”诺尔斯又忘我地边抬手边说。“我没说那位过世的先生跑来伪装成新的约翰爵士时我立刻就识破了。没有，完全没有。我以为他变了。他去过美国，去了之后怎么样我们也不知道，这是很自然的事，而且我也在变老。因此我没怀疑过他是真正的主人，虽然我得承认他时不时说一些……”

“但是……”

“好吧，您会说，”诺尔斯继续说，态度真挚，“我过去又不住在庄园里。的确如此。自从茉莉小姐让已故的达德利爵士给了

①原文为法语。

我这份光荣的工作，到现在我只待了十年。不过，我在服侍马尔代尔上校时，小约翰尼先生就经常跑到上校和少校家之间那一大片果园里……”

“少校家的？”

“戴恩少校，长官，玛德琳小姐的父亲，他是上校最好的朋友。嗯，小约翰尼先生迷恋那片果园，包括后面的树林。果园离‘挂图’很近，您知道可以通往那里。他假扮成巫师、中世纪的骑士和一些我不知道的角色，反正我一点都不喜欢。总之，昨天晚上我认出来了，尽管他还没问我兔子之类的事，我就知道这位新来的先生是真正的约翰尼先生。他知道我认出了他，所以才叫我进来。但我又能说什么呢？”

那次面谈佩奇记得很清楚。不过他还记起了其他事情，也想知道艾略特是否了解。他瞥了一眼玛德琳。

艾略特督察打开笔记本。

“这么说他是自杀的。嗯？”

“是的，先生。”

“你看见他用的凶器了吗？”

“没有，恐怕没太看清。”

“我要你把看到的一五一十地告诉我。比如，你说事发时你在‘绿室’里。你什么时候、为什么去那里？”

诺尔斯集中精力。

“是这样，先生，大概是事发前两三分钟过去的……”

“九点二十七或是二十八分。哪一个？”艾略特督察刨根问底。

“我说不上来，长官。我没注意时间。都有可能吧。我在靠近餐厅的走廊里，以便有人叫我，尽管餐厅里除了威尔金先生就没有其他人了。后来纳撒尼尔·巴罗斯先生从客厅走出来，问我哪儿能找到手电筒。我说我记得楼上的绿室里有一个，是过世的先生用来看书的，并且说我可以去帮他拿。后来才知道，”诺尔斯所表现的言谈举止就像是在做证，“巴罗斯先生从走廊桌子的抽屉里找到了一个，可我不知道那里还有手电筒。”

“继续。”

“我上了楼，走进绿室……”

“你开灯了吗？”

“没开，”诺尔斯有些慌乱地说，“当时没开。那个房间墙上没有开关。得从吊灯那里才能开。我记得在两扇窗之间的桌子上看见过手电筒。我朝桌子走去，其间我朝窗外望了望。”

“哪扇窗？”

“右边那扇，从面朝窗外花园的方向来说。”

“窗户是开着的吗？”

“是的，先生。嗯，事情是这样的。您一定注意到了，书房后面有一整排的树，不过枝叶都经过修剪，使树不会遮挡楼上窗户的视野。庄园的屋顶有十八英尺高，除了新厢房是个低矮的小房子之外，大多数房子和树的高度不会超出绿室的窗户。这也是称它为绿室的原因，因为向外能看到树冠上面。所以您就明白我是从高处朝下看花园的。”

说到这里，诺尔斯从椅子上站起来，伸着脖子往前看。过去他很少做这样的动作，显然他感觉到痛苦，不过他还是一边说，一边保持着别扭的姿势。

“你看，我就是这样。当时树叶被下面书房窗口的灯光照得发亮。”他用手比画着，“还有花园的每片树篱、小路和中央的水池都能看到。光线可不差，先生。我在更差的光线下看过他们打网球。我还看见约翰爵士……或者那位自称约翰的先生……站在那里，双手插在兜里。”

说到这里，诺尔斯停止演示，坐了下来。

“就是这样。”他略微喘着粗气说。

“就是这样？”艾略特督察重复问了一遍。

“是的，先生。”

艾略特听到这个出乎意料的结尾愣住了，盯着他。

“到底发生了什么，老兄？你还没跟我说清楚啊！”

“就这样。我想我听到下面的树丛里有动静，就往下看了看。等我再抬头去看……”

“你是要告诉我，”艾略特冷静而谨慎地问，“连你也什么都没看见吗？”

“不是，先生。我看见他面朝下倒进了水池。”

“没错，但是还有其他的呢？”

“呃，先生，谁都不可能有时间……您知道我的意思，先生……在他的喉咙上割三刀然后逃走。连一刀都不可能。他从头到尾都只有一个人。因此他一定是自杀的。”

“那他用什么自杀的？”

“是一种匕首，我觉得。”

“你觉得。你看见匕首了吗？”

“没看见，没有。”

“你看见他拿在手里了？”

“没看见。太远了，看不清楚，长官。”诺尔斯回答，他想到自己在这世上的作用，自豪地挺直腰杆，“我发誓，我尽量把看到的真实情况告诉您……”

“好吧，之后他怎么处理刀的？扔掉了吗？哪儿去了？”

“我没注意，先生。老实说真是这样。我的注意力一直在他身上，还有他前面似乎有什么东西。”

“有没有可能他把刀扔了？”

“有可能。我不知道。”

“假如他扔掉你会看见吗？”

诺尔斯思考良久。“这取决于刀的大小。再说花园里有蝙蝠。而且有时候，先生，要看清网球只有等到……”他已经非常苍老，脸上阴云密布，一时间大家真怕他会哭出来。但他又继续严肃地说：“抱歉，先生。如果您不相信我，是否允许我先走一步？”

“哎呀，等一下，不是那意思！”艾略特说，年轻人的局促特质被激发出来，耳朵微微泛红。整个过程一言未发的玛德琳·戴恩望着他，淡淡地微笑着。

“还有一个问题，当时，”艾略特生硬地继续说，“如果你观察整个花园的视野非常好，在事发时你看没看见别的什么人在花园里？”

“事发时吗，先生？没看见。出事之后我立刻打开绿室的灯，那时花园里已经有不少人了。不过在那之前，在……不好意思，先生，有的，有！”诺尔斯又抬起手，皱着眉。“事发时有人在那里。我看见他了！我说过，我听见书房窗户下面的树丛里有一阵声响，您记得吧？”

“记得，怎么回事？”

“我往下看。就是这个分散了我的注意力。有位先生在下面，从窗户往书房里面窥视。我看得很清楚，当然，因为树枝没有挡住窗口，所以树和窗户之间的光线很充足，就像一条小巷。他就站在那儿往书房里看。”

“是谁？”

“那位新来的先生，长官。我所认识的真正的约翰尼先生。就是现在自称帕特里克·戈尔的那位。”

一片肃静。

艾略特非常小心地放下笔，朝菲尔博士望了过去。博士一动不动，要不是一只小眼睛半睁着，还以为他睡着了。

“我理解得没错吧？”艾略特问道，“袭击发生的同时，或者说自杀、谋杀，不管怎么叫吧，帕特里克·戈尔先生就站在你视野里书房窗户的下面？”

“是的，先生。我从他站立的左侧望过去，面向南边。因此我能够看见他的脸。”

“好，你愿意发誓吗？”

“当然愿意，先生。”诺尔斯睁大眼睛说。

“是在扭打、溅水、跌倒等各种声音发出的同时？”

“是的，先生。”

艾略特脸色发白地点点头，把笔记本往前翻了翻。“我想读一段戈尔先生关于那段时间的证言。听好。‘一开始我在前院的草坪上抽烟。然后从屋子南面转到这座花园里。我只听到溅水声，非常微弱，没听到其他声响。我记得听见这个声音时刚好绕到屋子的侧面。’他后面说沿着南边的小路继续走。现在你告诉我们的是，水声响起时，他站在你楼下，往书房里看。与他的说法相矛盾啊。”

“他怎么说我无能为力，先生，”诺尔斯无奈地回答，“对不起，但我没办法。他就站在那里。”

“那么在你看见约翰爵士跌入水池后，他做了什么？”

“我说不上来。我那会儿正朝水池那边看。”

艾略特迟疑了一下，自言自语了几句，然后注视着菲尔博士。“博士，你有什么问题想问吗？”

“有。”菲尔博士说。

他打起精神，朝玛德琳微笑，她也报以笑容。看向诺尔斯时，他却似乎要与对方辩驳一二。

“你的说辞里面有几个疑点，老兄。这些人里面，假如帕特里克·戈尔是真正的继承人，那么问题是谁偷走了指纹记录本，为什么要偷。不过我们还是先来讨论是自杀还是他杀这件棘手的事吧。”他沉思道，“约翰·法恩利爵士……我是指死的那位……他惯用右手，对吧？”

“惯用右手？是的，先生。”

“你印象中他自杀时是右手持刀吗？”

“哦，是的，先生。”

“嗯，好的。现在我要你告诉我，他站在水池边时双手的怪异动作是怎样的。不要管刀！我们知道你没看清楚刀。只要告诉我他手上的动作就好。”

“好的，先生，他将手抬到嗓子的位置……像这样，”诺尔斯比画着说，“接着他动了一下，然后把两手举过头顶，又往外一甩，像这样。”诺尔斯做了个夸张的动作，张开双臂。“之后就向前跌入水池里，开始痛苦地挣扎。”

“他没有将手臂交叉？只是举起来向两边甩？是这样吗？”

“就是这样，先生。”

菲尔博士从桌旁拿起叉头拐杖，拄着站起来。他缓缓走到桌前，拿起并打开报纸包，给诺尔斯查看里面那把沾血的折叠小刀。

“关键在于，”他指出问题，“假设这是自杀，法恩利右手拿着刀。他除了展开双臂没有其余动作。即使他用左手辅助按着刀，但握住刀的还是右手。他胳膊向外甩的时候刀从右手飞了出去。非常合理。但有谁能解释一下，刀究竟是怎么一百八十度大转弯飞到半空，高高越过水池，并且掉进左侧十英尺之外的树篱里的？请注意，这还是在他往自己身上连续划了三刀……而不是一刀……之后完成的。这不可能，你们知道。”

菲尔博士对着报纸直皱眉，显然没注意到他展示的恐怖证据都要举到玛德琳的脸上了。此时他看着男管家。

“另一方面，我们怎能怀疑这位老兄的视力呢？他说法恩利一个人站在水池边；这一点也得到证实。纳撒尼尔 · 巴罗斯也说他是独自一人。听见水声立刻跑到阳台的法恩利夫人没看见水池边或附近有人。因此我们得做出选择。一方面我们得承认这是一起有些荒谬的自杀；但另一方面，很不幸，我们发现这又是一起不大可能的谋杀。哪位能好心帮我出个主意吗？”

第九章

菲尔博士的发言很热烈，甚至可以用激烈来形容，抑或是在自言自语。他并未指望有人回答，也确实没有人回应。一时间他对着书架眨眨眼睛，直到诺尔斯猛然咳嗽一声才让他回过神来。

“请问一下，先生，那把就是……”他朝那把刀点了下头。

“我们是这么认为。在水池左边的树篱里发现的。你觉得和自杀有关系吗？”

“我不知道，先生。”

“你以前见过这把刀吗？”

“我不记得见过，先生。”

“你呢，戴恩小姐？”

尽管玛德琳似乎受到了一点惊吓，她还是平静地摇了摇头，然后往前探了探身。佩奇再次注意到，她宽阔的脸庞和略微宽厚的鼻子对于她的美貌所起的作用是有增无减。看见她时，他脑子里总是在搜寻一些类比或文学人物形象，她身上所流露的中世纪风范、细长的眼睛、圆润的嘴唇和控制自如的文静，使人联想起玫瑰园或是塔楼窗口。这样多愁善感的类比并没有什么错，因为他切实感受到并且相信它。

“恐怕，您知道，”玛德琳近乎恳求地说，“我根本没有权利待在这里，因为这件事与我无关。不过……呃，我想我必须要说。”她朝诺尔斯笑笑。“不知道您愿意在车里等我吗？”

诺尔斯鞠了个躬就出去了……他迷惑不解。外面还下着灰蒙蒙的雨。

“好了，”菲尔博士再度坐下，双手叠放在拐杖头上说，“我想问你些问题，戴恩小姐。你怎么看待诺尔斯的观点？我是指关于真正的继承人一事？”

“只能说比您想的要困难得多。”

“你相信他说的话吗？”

“哦，他绝对诚实可信，您一定也看见了。可他上了年纪。而且在那些孩子里面，他一向最疼爱的是茉莉（她的父亲，您知道，曾救过诺尔斯母亲的命），然后就是小约翰·法恩利。我记得他有一次给约翰做了顶圆锥形的巫师帽，外侧的纸板涂成蓝色，用银箔纸做成小星星之类的贴在上面。他做完这件事之后，实在不好跟茉莉讲。他没办法说，于是来找我。他们都来找我，就是那样。而我会尽我所能帮助他们。”

菲尔博士眉头紧锁。“我还是想知道……嗯……过去你和约翰·法恩利就很熟识吧？据我所知，”说到这儿他注视着对方，“你们之间有过一段青梅竹马的浪漫故事吧？”

她脸上显出尴尬的神色。

“您提醒了我，我已经不再年轻。我都三十五岁了。大概是这年龄，没必要问得太精准。没有，其实我们之间从来没有过什么青梅竹马的浪漫故事。倒不是我不想，而是他没有兴趣。他……他亲过我一两次，在果园里，还有在树林里。但他曾说我还不足以做亚当夏娃之事。总之还不够坏。”

“那你一直没结婚吗？”

“哦，真是的！”玛德琳嗔叫道，涨红了脸然后笑起来，“瞧您说的，好像我戴着老花镜在壁炉边织毛衣一样……”

“戴恩小姐，”菲尔博士严肃地大声说，“我没有那意思。我的意思是我看见你家门外的求婚者络绎不绝，队伍长得像中国的万里长城；我还看见努比亚奴仆背的大巧克力盒子的重量压得他弯下了腰，我还……嗯。不说那些了。”

佩奇已经有相当长时间没真正见过脸红了，他以为现如今这种表情已经随着渡渡鸟一起绝迹。不过他还是不介意看见玛德琳脸红。因为她说的是：

“要是您认为这些年我对约翰·法恩利的浪漫之情无法释怀，那恐怕就大错特错了。”她眼中闪过一丝光芒。“我一直有点害怕他，甚至不确定是否喜欢他……在那时候。”

“那时候？”

“是的。我后来才喜欢他的，但仅仅是喜欢。”

“戴恩小姐，”菲尔博士边从他堆叠的下巴里发出闷声闷气的话音，边好奇地摇头晃脑，“我心里似乎有些小声音在对我说，你想传达某种信息给我。你还没回答我的问题呢。你觉得法恩利是个骗子吗？”

她稍稍比画了个手势。

“菲尔博士，我并非要故作神秘。真的不是，我的确有事要告诉您。不过，在我说之前，您或其他人能跟我讲讲昨晚庄园里的情形吗？我是说，在最后那件可怕的事发生以前，那俩人都声称自己是真爵士的时候说了或做了些什么？”

“我们得把故事再温习一遍了。”艾略特说。

佩奇复述了他能记住的尽可能多的细节和印象。玛德琳在听的过程中频频点头，呼吸急促起来。

“告诉我，布莱恩，整个对质过程中，最让你震惊的是什么？”

“两个对手的绝对自信，”佩奇说，“法恩利有一两次结巴，但都发生在看似无关紧要的时间点，不管提到什么真假测试时，他都表现得很急切。只有一次我看见他露出微笑、放松的样子。就是当戈尔指责他在泰坦尼克号上企图用海员的木槌杀人的时候。”

“还有一件事，请问，”玛德琳呼吸更加急促地问道，“他们俩谁提到过人偶吗？”

一阵沉默。菲尔博士、艾略特督察和布莱恩·佩奇面面相觑。

“人偶？”艾略特又问一遍，清了清嗓子，“什么人偶？”

“或者提到让它活了起来？或者关于那本‘书’的什么内容？”她脸上的表情好像有掩饰之意。“抱歉。我本不该提这个，我还以为他们最先提出的问题就是这个。请忘掉吧。”

菲尔博士的大脸上浮现出一种舒畅的喜悦。

“亲爱的戴恩小姐，”他瓮声瓮气地说，“你这是强人所难。你的要求比在花园里发生的一切都更加令人费解。想想你的请求吧。你提到了一个什么人偶、让它活起来的可能性，以及提到某一本‘书’，大概所有这些都与案子有关。你认为这些应当是最先谈及的话题。然后你又让我们忘掉。你觉得具有旺盛好奇心的普通人能——”

玛德琳一脸固执。

“可是您本不该问我，”她辩解道，“我什么都不知道，真的。您应该去问问他们。”

“那本书，”菲尔博士若有所思地说，“我猜你指的不会是《艾平的红书》吧？”

“没错，我记得后来我听说过这个书名。我在哪儿读过。其实这不是书，只是一份手稿，好像是有一次约翰告诉我的。”

“等一下，”佩奇插了一句，“墨里问了这个问题，他俩也都写下了答案。戈尔后来跟我说那是个陷阱，根本就没有《艾平的红书》这种东西。假如真的有，那就说明戈尔是冒充的，不是吗？”

菲尔博士似乎激动兴奋地要说话，不过他从鼻子里深吸一口气，又忍住了。

“真希望我知道答案，”艾略特说，“我从没考虑过仅仅两个人就能引发这么多疑问和困惑。你都已经认定了其中一个，这会儿又认定应该是另外一个。正如菲尔博士所说，只有先解决这个问题才能更进一步。我希望，戴恩小姐，你不是在试图回避这个问题。你还没有回答：你觉得过世的法恩利是冒名顶替者吗？”

玛德琳把头向后面的椅背一靠。这是佩奇在她身上所见过的最生动的反应，唯一一次本能的反应。她的右手张开又合上。

“我不能告诉你们，”她无奈地说，“我不能说。总之我见茉莉之前都不能说。”

“法恩利夫人和我们这事又有什么关系呢？”

“只因为约翰告诉过我一些事情，一些连她都不知道的事。哦，请别这么吃惊！”（事实上艾略特并不惊讶，只是表现得感兴趣。）“相信你们都听说过不少流言蜚语。但我得先跟茉莉说。你们知道的，她信任约翰。当然了，他离开家时茉莉只有七岁。她只依稀记得有个小男孩带她去吉卜赛营地，在那里他们教她学会了比别人都厉害的骑马和投石本领。此外，任何与法恩利头衔或财产有关的事她都毫不关心。毕索医生可不是个乡下的全科医生，他死后留下了五十万镑遗产，全部由茉莉继承。还有，有时我觉得她从来没有真正喜欢做那所宅子的女主人，她似乎不太关心那些职责。她嫁给他不是因为地位或是财产，而且她从没真正在乎……现在也没有……他是叫法恩利、戈尔还是别的什么。因此，他为什么要告诉她呢？”

艾略特一脸茫然，他这个样子并不奇怪。

“等一下，戴恩小姐。你想跟我们说什么？他到底是不是冒牌货？”

“我不知道啊！我不知道他是不是！”

“我们掌握的信息少得惊人啊，”菲尔博士沮丧地说，“来源五花八门，真正有用的却不多。我们暂时把问题放在一边。可是有一个问题我很好奇，还是得问清楚。人偶到底是怎么一回事？”

玛德琳犹豫不决。

“我不知道他们是否还留着它，”她入神地盯着窗户，回答说，“约翰的父亲把它锁在一间阁楼里，和他不喜欢的书放在一起。正如你们或许知道的那样，过去几代法恩利家族的人并不受人爱戴，达德利爵士总怕约翰会步他们的后尘。虽说这个人偶仿佛并没有什么不妥或令人讨厌的地方。

“我……我只见过一次。约翰从他父亲那里偷来钥匙，拿着一盏带蜡烛的提灯，领我一路爬上楼梯去看。他说那扇门已经有好几代人都没打开过了。他们说在那个人偶还是崭新的时候就像个活人似的坐在一个软垫盒子上，穿着王政复辟时期的服装，仿佛就跟真的女人一样。不过我看见的时候，它又旧又黑又干瘪，吓了我一跳。我猜至少有一百年没人碰过它了。但我不清楚人们因为什么事而害怕它。”

她的语气让佩奇隐隐感到不安，因为他辨别不出其中的语调变化：他以前从没听玛德琳这样讲过话。当然他也从没听说过这些“人像”或是“人偶”，不管是什么吧。

“它制作得惟妙惟肖，”玛德琳解释说，“我还是不明白它有什么可怕之处。你们听说过肯佩伦和梅泽尔的机械棋手吗，或者马斯基林的‘佐伊’和‘疯子’，就是会玩惠斯特纸牌的人偶？”

艾略特尽管看起来感兴趣，但还是摇摇头。菲尔博士来了兴致，眼镜都从鼻梁上滑了下来。

“你该不会是指——”他说，“我的神啊，这简直是我梦寐以求的东西啊！它们都是一系列接近真人尺寸的机器人偶里面最好的，曾经风靡欧洲两百年。你没看过有书里提到一种会自动演奏的大键琴吗？在路易十四面前展示过。还有由肯佩伦发明、梅泽尔操控的人偶，它归拿破仑所有，后来在费城博物馆大火中遗失了？拿实际的用途来说，梅泽尔的机器人可以说是活的。它跟你下棋总是能赢。关于它的工作方式有几种解释……坡[①] 写过一种——但我这简单的头脑还是弄不清楚。现在你在伦敦博物馆还能看到‘疯子’。你的意思该不会是在法恩利庄园里就有一个吧？”

“是的。这就是我本以为墨里先生会问这个的原因。”玛德琳说，“我说过，我并不清楚事情的来龙去脉。那个机器人偶在查理二世统治期间的英国展出过，并且被法恩利家买下来。我不知道它会不会玩牌或者下棋，但它会走路和说话。正像我说的那样，我看见的时候是又旧又黑又干瘪。”

“可这个……咳咳……让它活过来是怎么回事？”

“哦，那只是约翰小时候常说的傻话。我并没有把它太当真，你没发现吗？我只是试着回忆，有哪些往事他可能还记得。放人

①指埃德加·爱伦·坡，曾写过《梅泽尔的象棋手》一文。

偶那个房间里堆满了书……呃，邪恶至极的书，”她的脸又是一阵红，“正是那些才会吸引约翰。怎么让人偶动起来的诀窍已经没人记得了，我敢说他指的就是这个。”

佩奇桌上的电话铃声响起。他正全神贯注地看着玛德琳，看她微微扭头的样子和深蓝色眼珠的专注之情，以至于摸索着才找到电话。他一听电话那头是巴罗斯的声音，十分警觉。

“看在上帝的分上，”巴罗斯说，“马上到庄园来吧，把警官和菲尔博士也叫来。”

“淡定点！”佩奇感觉有一股不祥的预兆涌上心头，“发生什么事了？”

“首先，我们找到了指纹记录本——”

“什么！在哪？”

他们这会儿都盯着他看。

“有个女仆，贝蒂，你知道她吗？”巴罗斯稍作犹豫。

“知道，继续说。”

“贝蒂失踪了，没人知道她出了什么事。他们到处找了个遍，把她可能出现的所有地方都找了，还是没找到。情况显得有点乱，因为诺尔斯不知怎么也不见了。最后，茉莉的女仆在绿室里找到了贝蒂，可她不可能去那里。贝蒂躺在地板上，手里拿着那份指纹记录本。还不止是这些。她的脸色怪异，呼吸也很异常，我们立即送医。老金为此担心。贝蒂还昏迷不醒，看来很长一段时间里都不可能告诉我们什么了。她没受外伤，老金说造成这种情况的原因倒是无可置疑。”

“是什么？”

巴罗斯又犹豫了一下。

“惊吓。”他说。

第十章

在法恩利庄园的书房里，帕特里克·戈尔坐在窗台边抽着一支黑雪茄。围在他身旁的是巴罗斯、威尔金和睡眼惺忪的肯尼特·墨里。艾略特督察、菲尔博士和布莱恩·佩奇坐在桌子旁边。

庄园里的一家人受到惊吓，忙乱不已，更因在普通的下午发生了令人全然摸不着头绪的事件而恐惧，还有因为管家不在而更加混乱。

实情？您说的实情是什么意思？家里的一群人听到艾略特的问题都不知道是什么意思。只不过是有个叫贝蒂·哈伯特的女仆，一个平凡的好女孩，自从午饭后就失踪不见。到了她和另一位女仆艾格尼丝清洗楼上两间卧室的窗户时间，艾格尼丝就去找她。可直到四点钟才找到。当时法恩利夫人的女仆特里萨走进绿室，即已故约翰爵士的书房，发现她躺在地板上，靠近俯瞰花园的那扇窗。她侧身躺倒，手里拿着那个纸质封面的本子。金医生从马林福德赶过来，不管是他脸上的表情还是贝蒂的脸色，都无法让家人们放心。直到现在金医生还陪着病人。

这件事不正常。家里不应该有什么让人恐惧的东西。好比在自己的家里，你可能在四个小时里消失得无影无踪。好比在自己的家里，打开一扇熟悉的门，进入的却不是自己的房间，而是一个没见过的房间，里面有东西正对你虎视眈眈。艾略特从女管家、厨师和其他女仆那里仅仅了解到关于贝蒂的一些生活琐事，只知道她爱吃苹果，给加里·库珀写过信。

诺尔斯的归来让大家松了一口气，还有玛德琳的到访，佩奇期待这些对茉莉·法恩利会起到正面作用。当男人们在书房里大眼瞪小眼时，玛德琳已经在起居室里陪着她了。佩奇关心的是玛德琳与帕特里克·戈尔见了面会怎样，不过事实并没给人太多的想象空间。没人介绍他们认识。玛德琳挽着茉莉的胳膊轻轻走过，和申诉人对视了一下，佩奇觉得戈尔眼里闪过一丝认出来的喜悦之情，不过他俩都没说话。

这时大家在书房里集合，由戈尔向督察叙述案件，菲尔博士马上投出一枚重磅炸弹。

"没有用的，警官，"戈尔说着把一根总是熄灭的黑雪茄又重新点燃，"一早上你问的都是相同的问题，我可以告诉你，这么做没用。这一次你要是问我，当那个女孩……呃，不管她出了什么事吧……手里攥着指纹记录本时，我在哪里？我已经说了，如果我知道才见鬼呢。其他人也是一样。我们来这儿集合。你让我们来的。可你要知道我们不会互相监视活动，而且根本不知道那个女孩是什么时候晕倒的。"

"瞧，你知道，"菲尔博士突然说，"这一步总是要解决的。"

"我只希望你有能力解决，我的朋友，"戈尔回答，似乎有点真诚地仰慕他，"不过，警官，你已经取得了仆人们的笔录。我们还得再来一遍，而且——"

艾略特督察满心雀跃。

"你说得对，先生。"他说，"而且，如果有必要，我们会再给他们做一次笔录。然后再来一遍。”

“真的吗——”威尔金从中打断。

申诉人再次制止他。“然而，既然你对指纹记录本之谜这么感兴趣，怎么不去花点精力看看上面记了些什么呢？”他瞟了眼那个破旧的灰色本子，此刻正放在艾略特和菲尔博士中间的桌子上。“于情于理，你是不是该打开看看呢？为什么不从我和那个死人中间确认出到底谁是真正的继承人？”

“哦，这个我可以告诉你。”菲尔博士和蔼可亲地说。

全场顿时鸦雀无声，只能听见申诉人脚蹭石质地板的声音。肯尼特·墨里拿开捂着双眼的手。苍老的脸上仍旧带着嘲讽之情，不过他的目光显得明亮、有力、宽容，他用一根手指来回摩挲着胡须，就像在聆听吟诗一样。

“是吗，博士？”他用一种学者经常使用的语调提醒说。

“而且，”菲尔博士轻轻拍了拍桌上的本子继续说，“没必要追究这本指纹记录了。它是伪造的。不，不，我的意思不是你没拿到证据。我只是说这一本指纹记录，被偷的这本，是伪造的。他们告诉我，你过去有好几本指纹记录本。”他盯着墨里看。“老兄，你保持着过去的调皮本性，我很高兴。你认为有人企图偷走指纹记录本。于是你昨晚带了两本过来——”

“真是这样吗？”戈尔问。

墨里似乎立刻变得喜忧参半，但他还是点点头，好像在谨慎地表示同意。

“还有，”菲尔博士继续说，“你在书房里给这些人看的那本是假的。所以你做事才慢慢吞吞。嗯？等把众人赶出书房以后，你才从兜里拿出真正的指纹记录本（这本破破烂烂，都要解体了），把假的那本揣起来。但是他们说了要紧紧盯着你，况且房间里有一面墙的窗户，你怕有人看见你对证据搞鬼而告发，于是不得不确保没人盯着——”

“最终我想到了办法，”墨里严肃地说，“溜进橱柜里去弄。”他抬头指了指摆在窗户一侧墙面的旧书橱。“我都这把年纪了还感觉像考试在作弊似的。”

艾略特督察一言不发。犀利地扫视了每个人之后，他开始写笔记。

“嗯，对吧。你动作慢了点，”菲尔博士说，“在谋杀发生仅仅几分钟之前，佩奇先生在去花园后方的路上经过这儿的窗户，看见你正要‘打开’指纹记录本。如此一来你根本没时间真正着手比对——”

“三四分钟。”墨里纠正道。

“非常好。你几乎没时间真正开始工作就接到了血案的警报。”菲尔博士的表情很痛苦，“我亲爱的墨里，你不是头脑简单的人。那样的慌乱也许是有人要花招，尤其是你会想到那是陷阱。你绝不可能把翻开的指纹记录本引人注目地留在桌上，就那么冲出去。我听说时一点都不相信。不，不，不。于是，你把真的那本揣进兜里，掏出那本假的作为诱饵。对吧？”

“该死。”墨里有气无力地说。

“当假的那本被偷时你决定按兵不动，并且充分运用你的侦探才能。很可能你花了一整晚坐在那里写指纹声明，以及宣布谁是真正继承人的誓词，因为真的指纹记录本就摆在你面前。”

“真正的继承人是谁？”帕特里克·戈尔冷冷地问。

“当然是你。”菲尔博士气呼呼地说。

然后他转头看着墨里。

“别装了，”他轻松自若地往下说，“你肯定一清二楚吧？

他是你的学生。你一定区分得出来。我一听他开口说话就知道——”

申诉人本来站着，此刻很随意地坐下了。他的脸上表现出一种猿猴般的喜悦，亮灰色的眼睛甚至是头上的秃斑都闪闪发光。

“菲尔博士，谢谢你，”戈尔把手放在胸前说，“不过我必须得说，你连一个问题都没问过我呢。”

“听我说，各位，”菲尔博士说，“你们昨晚有的是机会听他说话。现在再看看他，听听他说的。有没有让你们想起谁来？我指的不是外貌，而是措辞、思考方式以及自我表达上。嗯，让你们想起谁来了？嗯？”

博士眨着眼环顾众人。终于，佩奇的脑海里浮现出一种不舒服的熟悉感。

“像墨里。”佩奇打破了沉寂。

“像墨里，没错。当然，随着时间的流逝，个性有了变化，但终究错不了。墨里是在他生命早些年全权照料他的人，成为唯一对他产生影响的人。看看他的仪态。听听这些话语的流畅程度，起伏得像《奥德赛》。我承认这只是表面，他们在性格上的相似性还不如我和艾略特或哈德利之间来得多。但是重点不在这里。我跟你们说，昨晚墨里问的唯一重要问题是真正的约翰·法恩利小时候喜欢和讨厌哪些书。看看这个家伙吧！”他指着戈尔，“你们没看见当他谈起《基督山伯爵》跟《修道院和壁炉》时，本来无神的眼神都亮起来了吗？还有那些他以前讨厌现在依然讨厌的书？冒名顶替的人才不敢在人前那样吐露多年以前的心声。像在这种案子里，案情都是废话。谁都能了解案情。你们想了解的是内心世界。要我说，墨里，你最好老老实实地收手并把真相告诉我们。不管你想玩大侦探游戏还是装疯卖傻都可以，但事情已经闹得够大了。”

墨里有些面红耳赤。他看起来既急躁又有些羞愧。不过他的心思似乎不在这儿。

“案情不是废话。”墨里说。

“我告诉你，”菲尔博士吼道，“这些案情——”他欲言又止。“哼，好吧。算了。也许不是。都不是。但我说得没错吧？”

“他不认识《艾平的红书》。他纸条上写的是没有这么个东西。”

“也许他只记得那是一份手稿。哦，我无意为他辩护。我只是试图证实一些事。再问一次，我说得没错吧？”

“可恶，菲尔，你真够扫兴的。”墨里抱怨道，语气稍有不同。他看向戈尔，“是的，他就是真正的约翰·法恩利。喂，约翰尼。”

“嘿。”戈尔说。佩奇首次发现他的表情不再那么严肃。

房间里的安静开始烟消云散，好像价值观又重新恢复，模糊的图像渐渐聚焦起来。戈尔和墨里都看着地板，不过似乎隐隐有种略带不安的愉悦。这时威尔金那深厚的嗓音伴着权威感响起。

“你准备好证明这一切了吧，先生？”他直截了当地问道。

“我的假期泡汤了。”墨里说。他把手伸进鼓鼓囊囊的衣兜里，神情又严肃起来。“准备好了。给你。原来的指纹记录本，上面有指纹……约翰·纽纳姆·法恩利小时候印上去的，还有日期。以防带来的这本原始版本有什么差池，我还拍了照片，保存在汉密尔顿警察局长那里。有两封约翰·法恩利写的信，是一九一一年写给我的，签名上面的拇指指纹可以用来对比。现在的拇指印，昨晚采的那一枚，以及我对指纹配准点的分析……”

“好，好，太好了。”威尔金说。

佩奇看看巴罗斯，发现他脸色惨白。佩奇没想到长时间的紧张气氛被打破之后会让他们的神经如此紧张。

不过当他向四周看去，发现房间里的茉莉 · 法恩利时，才认识到了这一点。

没人注意她是什么时候进来的，玛德琳 · 戴恩就在她身后，肯定一字不漏都听见了。大家纷纷站起来，伴随着椅子蹭地板的尖锐声响。

“他们说您生性坦诚，”她对墨里说，“这是真的吗？”

墨里欠身鞠躬。“夫人，很抱歉。”

“他是个骗子？”

“他是个骗子，所有不真正了解他的人都被他骗了。”

“那么，”威尔金顺势介入，“也许巴罗斯先生应该和我谈一谈，当然，不带任何偏见。”

“等一下，”巴罗斯用同样温和的语气说，“这件事还蹊跷得很，恕我直言，我还没看到什么确凿的证据。我能否检查一下那些文件？谢谢。另外，法恩利夫人，我希望和你单独谈谈。”

茉莉露出一种恍惚、焦虑又困惑的眼神。

“可以，这样最好，”她表示同意，“玛德琳告诉了我一些事情。”

玛德琳的一只手轻抚着她的手臂，却被结结实实地甩开。金发玛德琳的谦逊之美与茉莉的怒火中烧和遍体鳞伤形成了鲜明对比。茉莉从玛德琳和巴罗斯中间穿过，走出了房间。大家听到巴罗斯的鞋嘎吱作响。

“天哪！”帕特里克 · 戈尔说，“现在又怎么了？”

“你还是放轻松听我说吧，先生，”艾略特板着脸说，“我来告诉你。”他说话的声调使得戈尔和威尔金都看向他。“有个冒名顶替的家伙在我们这儿被人以某种方式杀死在水池边。什么原因、谁干的都不清楚。我们知道有人偷了本没用的指纹记录本，”他拿起那个小本，“之后又还了回来，很可能那人已经知道这本是假的。我们还得知有个叫贝蒂的女仆，自从中午就没人看见她，但是下午四点钟时在这间书房楼上的房间里被人发现，受惊吓昏死过去。她是被什么人或是什么东西吓坏的，我们不清楚，也不知道指纹记录本怎么会在她手里。对了，金医生现在在哪儿？”

“还陪着那个倒霉的贝蒂，我想。”戈尔说，“接下来呢？”

“最后，我们还拿到一些新的证据。”艾略特停顿了一下，“就像你所说的，你们一直耐着性子复述昨晚的事。现在，戈尔先生，关于案发时你的行踪，你说的是事实吗？想好再回答。有个人的说法与你不一致。”

佩奇就等着这一刻，他正想着要等多久艾略特才会提出来。

“和我说的矛盾？是谁说的？”戈尔强烈质疑，把抽完的雪茄从嘴里拿出来。

“请先别管是谁。你听见死者落入水池时人在哪里？”

戈尔面带笑意打量着他。“我猜你们找到证人了吧。我当时正盯着这个老家伙，”他指了指墨里，“从窗户外面。我突然想到，这样一来就没什么可藏着掖着的了。谁看见了我？”

“你可知道，先生，如果你说的是实话，那就有了不在场证明？”

“是的，很不幸那就洗清了我的嫌疑。”

“不幸？”艾略特一愣。

“开个玩笑，警官。请原谅。”

“我想问问你为什么一开始不跟我说实话呢？”

“好的。我要是那么说，你就会问我从窗户望见了什么。”

“我没懂你的意思。”

艾略特总是习惯深藏不露。戈尔的脸上显现出些许愠怒。“简单来说，警官，自从我昨晚来到这间屋子就怀疑有什么见不得人的勾当。后来这位先生走了进来。”他看着墨里，不知如何措辞。“他认出了我，我知道他认出了我。但是他没有说破。”

“然后呢？”

“发生了什么？我绕到房子侧面，正如你刚好知道的那样，大概就在谋杀发生前的一分钟左右。”他停顿一下，“对了，你们确定是谋杀吗？”

“这个后面再说。继续。”

“我往窗户里瞧，看见墨里背对我坐着，像个假人似的一动也不动。紧接着我就听见那一再被人提起的声响，一开始是喉咙呛住的声音，直到最后的落水声。我离开窗口，朝左边走过去，远远看见花园里发生的事情。但我没有再靠近。这时巴罗斯从屋里冲出来，跑向水池。于是我就又撤了回去，回到书房窗户外面。这时似乎屋里引起了骚动。这次我看到了什么？我看到这位著名的老先生，”他又朝墨里点点头，“在小心翼翼地摆弄着两本指纹记录本，做贼似的把其中一本揣进兜里，匆忙把另一本放在桌上……”

墨里摆出一副挑剔的神情在听。

“那又怎样？”他用几乎日耳曼式抑扬的声调说，“你觉得我在跟你对着干？”他显得很得意。

“当然了。就是跟我对着干！像以前一样，你隐瞒了事实。”戈尔回击，脸色一沉，“所以说，我当时在哪儿根本不重要。我先前不能透露我的所见，以防有人要搞鬼。”

“你还有什么要补充的吗？”

“没有，警官。我想没有了。我后来说的那些都是真的。不过能告诉我是谁看见了我吗？”

“诺尔斯当时正站在绿室的窗边。”艾略特说，戈尔吹出一声口哨。接着艾略特的目光从戈尔转移到墨里身上，又转向威尔金。“你们有谁看见过这个吗？”

他从口袋里掏出一小卷报纸，里面小心包裹着那把沾有血迹的折叠刀。他打开来，亮出小刀。

戈尔和威尔金面无表情。但络腮胡的墨里吸了口气，朝着所见之物眨眼，把椅子拉近一些。

“你们在哪儿找到它的？”墨里忙问。

“在案发现场附近。你认得？”

“嗯。你采集上面的指纹了吗？没有。啊，可惜，”墨里越说越来劲，“能允许我碰一下吗？我会十分小心。假如我记错了可以纠正我。小约翰尼，”他瞟了眼戈尔，“你不是有把一模一样的小刀吗？当时不是我送你的吗？你不是随身携带它好多年了吗？”

“我当然记得。我总是带着把折叠小刀。”戈尔说着伸进衣兜里，掏出一把旧小刀，比面前这把稍小稍轻一点。“可是……”

“就这么一次，”威尔金打断他，用手拍了下桌子，“我要坚决执行你所赋予我的权力，先生。这种问题太荒唐而且不合时宜，但作为你的法律顾问，我必须告诉你不要有所顾虑。这样的小刀像黑莓一样常见。我自己就曾经有一把。”

“有什么不对吗？”戈尔不解地问，“我真有过一把这样的小刀。在泰坦尼克号上和我的衣服一起丢了。但假如说这把可能就是我那把，似乎太可笑了……”

还没人来得及阻止，墨里就从兜里掏出一块手帕，在嘴边弄湿（把手帕放嘴里是让佩奇恶心的事之一），并且在刀刃约中间的地方擦拭出一小块来。在擦干净的不锈钢表面粗糙地刻着几个字：

玛德琳

“这是你的，约翰尼。”墨里得意地说，“有一天我带你去伊尔福德学习石雕，你刻上了这名字。”

“玛德琳。”戈尔又重复一遍。

他打开身后的一扇窗，把雪茄扔进潮湿的树丛里。佩奇看见昏暗的玻璃上一时映出他的脸来：那是一张古怪、僵硬、难以辨识的脸，与平常嘻嘻哈哈、觉得自己与众不同的戈尔大相径庭。他转过身来。

“可是有这把刀又怎样？你该不会暗示说那个饱受良知折磨的可怜骗子这些年一直保存着它，最后又在水池边用它割断了自己的喉咙吧？你好像已经认定这是一起谋杀案了，然而……然而……”

他用手掌慢慢敲击着膝盖。

“我来告诉你是怎么回事，先生，”艾略特说，“这绝对是一起不可能犯罪。”

他把诺尔斯的证词一五一十都跟大家说了。戈尔和墨里表现出极大兴趣，这与明显感到困惑反感的威尔金恰恰相反。当艾略特描述发现刀的过程时，三个人有点不安地躁动起来。

“独自一人，却被谋杀。”戈尔若有所思地说，并看了看墨里。“老师，这个案子正合你意啊。我都有点不认识你了。或许我们分开得太久，要是在以前，你会围着这个满是稀奇古怪的理论、胡子留得像只豹子的警官问这问那——”

“我不再是傻子了，约翰尼。”

“我们还是听听你的理论吧。随便什么都好。到目前为止，只有你还没对整个案子发表意见。”

“我赞成这个提议。”菲尔博士说。

墨里调整了下坐姿让自己更舒服，就开始晃起手指来。

“纯逻辑推理的练习，”他说，“常常用来比作算术上的大数求和运算，到最后发现在哪个地方忘记进一位或者乘个二。一千个数和因子都算对了，只错了一个，求和结果就可能相差很大。因此我不会用纯逻辑推理来说事。我有个想法。你知道，警官，尸检报告几乎可以确定这是自杀吧？”

“也不能这么说，先生。也不见得，”艾略特表态，“指纹记录本被偷走又还回来，一个女孩受惊吓差点死掉——”

“你和我一样清楚，”墨里瞪大眼睛说，“验尸陪审团会做出判决。死者绝不可能自杀后把刀扔得那么远，但也不可能是谋杀。不过要我猜，这的确是一起谋杀。”

“嘿，”菲尔博士搓着手说，“嘿嘿嘿。你的想法是？”

“假设是谋杀，”墨里说，“我认为死者实际上不是被你们找到的这把刀杀死的。我认为他喉咙上的伤口更像是尖牙或爪子留下的印迹。”

第十一章

“爪子？”艾略特问道。

“这么说是有点异想天开，”墨里说，他这时的说教模样让佩奇很想踢他一脚，“我的意思不一定指的是爪子的字面含义。我能就我的想法与你们切磋一下吗？”

艾略特一笑。“说下去吧。我不介意。你可能会惊讶于有很多地方需要切磋呢。”

“这样说吧，”墨里的语气出奇地平淡，“假设这是谋杀，并且假设这把小刀是凶器，那么有个问题严重困扰着我。为什么凶手事后没有把小刀扔进水池里？”

督察还是不解地望着他。

“想想当时的情况。杀人凶手有几乎完美的……呃……”

“布局？”戈尔在他想词时提示一句。

“这个词用得很糟，约翰尼，不过还算合适。好吧，凶手布置的自杀现场几近完美。假设他割断死者喉咙后把小刀扔进水池，那么事后谁都不会对自杀有所怀疑。这个人，这个骗子，就要现身了：他的手法差不多已经被看穿。尽管事情很难让人相信不是自杀，但如果小刀掉进水池里，案情就一片明朗。甚至连死者该留在刀子上的指纹都可能被水冲刷得一干二净。

“现在，先生们，我们无法确定凶手不想让这个案子看起来像是自杀。我们也无法确定是谁想这么做。如果手段够高明，是完全有可能伪装成自杀的。为什么没把小刀扔进水池里？那样的话小刀又不会归罪于谁……除了死者。小刀在水池里是另一条指向自杀的线索，凶手很可能有意为之。但相反凶手没把它带走，而是（如果我没记错的话）远远扔进距离水池十英尺以外的树篱处。”

“这证明什么？”艾略特问。

“不，没有。不能证明什么。”墨里抬起手，“不过很耐人寻味。想想这样的行为与案子的关联吧。你们相信老诺尔斯说的话吗？”

“推理的人是你，先生。”

“不，这个问题很合理。”墨里针锋相对。佩奇感觉他只是在稍稍自我克制，墨里接着说，“好了，好了，先生！要不然我们会毫无进展。”

“要是我说我觉得不可能是谋杀，才会毫无进展吧，墨里先生。”

“这么说你认为是自杀喽？”

“我没这么说。”

“那你认为是哪种呢？”

艾略特微微一笑。“如果你想追根问底，先生，你得说服我，让我觉得应该回答你的问题。诺尔斯说的话证据确凿。为了便于讨论，让我们假设我相信他说的是实话，或者以为他说的是实话。然后会怎么样？”

“然后就是，为什么他什么都没看见，因为根本没东西可看。这是毫无疑问的。那个人独自一人站在圆形沙地中间，所以没有凶手接近他，所以凶手没有使用你们这把有刻痕并且疑似沾血的小刀。事实上，刀是事后‘插’在树篱下的，好让你们以为是凶器。懂了吗？因为这把刀不可能飞到空中，朝着他的喉咙连割三下，又掉进树篱，这把刀显然根本没用过。这事儿简单吧？”

“不够简单，”督察驳斥道，“你是说用的其他凶器？这么说有别的凶器悬在空中，朝他喉咙割了三下，而后消失了？不对，先生。我不相信。绝对不信。这比用这把刀更不可信。”

“我请菲尔博士来说说吧，”墨里显然受挫，“你怎么看，博士？”

菲尔博士哼了一声。怪异的喘息声和燃烧的内心表明他急于争论，但一开口却十分温和。

“我还是相信这把刀有其重要性。况且，你知道，花园里确实有异动，气氛有些阴森，如果你懂我的意思。我说，警官啊，你已经做过笔录。你是否介意让我看看，稍微研究一下？在座各位之中最有意思的那位，我真的很想问你几个问题。”

“在座各位之中最有意思的那位？”戈尔念叨着，以为是自己。

“嗯，是的。当然，我指的是，”菲尔博士举起拐杖一指，“威尔金先生。”

哈德利警长经常劝告他不要这样做。菲尔博士总是太急于证明对的事情常常是错的，或者至少让人出乎意料，太急于在逻辑的废墟上摇旗呐喊。当然佩奇怎么也没想到哈罗德·威尔金是这里最有意思的人。这位肥胖的律师，不满的脸拉得老长，显然也不认同这个说法。然而，就连哈德利也得承认，这个老家伙经常不幸言中。

“你说的是我吗，先生？”威尔金问。

“不久前我跟警官说起，”菲尔博士说，“你的名字很耳熟。现在我想起来了。这是玄学使然吗？还是你专门找稀奇古怪的客户？我宁愿猜测是你找来的我们这位朋友，”他朝戈尔点点头，“前不久你以同样的方式找来那位埃及人。”

“埃及人？”艾略特问，“什么埃及人？”

“想一想！你会记起那个案子的。莱德维奇控告阿里曼，兰金法官将其定为诽谤罪。在此期间，这位威尔金先生被委托为被告的法律代理人。”

“你是指那个亲眼见鬼还是什么的人？”

“是的，”菲尔博士兴奋地说，“一个小个子，比侏儒高不了多少。但他不是看见了鬼魂，而是能看穿人体，他自己说的。他是伦敦的名人，所有女人都围拢在他身边。当然了，依据至今仍然有效的旧《巫术法案》，他本该遭起诉——”

“一项臭名昭著的法案，先生。”威尔金拍着桌子高声说道。

“那可是场关于诽谤罪的诉讼啊，凭着威尔金先生机智的辩护，加上戈登－贝茨作为辩护律师，他最终被判无罪。还有一个巫师迪凯纳夫人被指控过失杀人，因为有个客户在她家里受到惊吓而死亡。（相当有趣的法律观点，嗯？）也是威尔金先生代表被告出席。我记得那场审判相当恐怖。哦，对了！还有一起：一个女孩，我记得是个漂亮的金发女孩。针对她的指控一直没有通过大陪审团，因为威尔金先生——”

帕特里克·戈尔兴致勃勃地看着他的律师。“是真的吗？”他问，“相信我，先生们，我根本不知道这些。”

“这是事实，不是吗？”菲尔博士问道，“都是你干的吧？”

威尔金的脸上满是冰冷的诧异之情。

“当然是事实，”他回答，“那又怎样？与眼下的案子又有什么关系呢？”

佩奇说不出为什么感觉如此不对劲。哈罗德·威尔金盯着自己粉色的指甲，从小眼睛里发出犀利的目光，堪称商务礼节的典范，然而为什么不对劲呢？马甲里面的白色衬衣，光滑的衣领两侧，和他寻找的客户或是秉持的信仰没什么关系。

“听我说，威尔金先生，”菲尔博士咕哝道，“我之所以问你还有其他原因。你是昨晚唯一一个看见或听见花园里有异常的人。你可以读一下威尔金先生那一段证词吗，警官？”

艾略特点点头，盯着威尔金看，而后才打开笔记本。

“‘我听到从树篱或者灌木丛里传来沙沙声，而且我觉得看见了什么东西隔着其中一扇玻璃门在望着我，就是离地面最近的那扇。我担心可能发生了什么与我不相干的事。’”

“就是这段。”菲尔博士说着闭上了眼睛。

艾略特犹豫着，左右为难。不过佩奇有种感觉，就要真相大白了，而且菲尔博士和督察都觉得这样更好。艾略特那固执的、长着浅黄色头发的脑袋微微低垂着。

“那么，先生，”他说，“今天早上我没想问你太多，直到我们——有了更深入的了解。那份证词是什么意思？”

“就是字面的意思。”

“你在餐厅里，距离水池只有大约十五英尺，你都未曾打开门看看外面吗？即使你说你听到有声音都没这么做？”

“没有。”

“‘我担心可能发生了什么与我不相干的事’，”艾略特念道，“这个，是指谋杀吗？你认为当时发生了凶杀案吗？”

“不，当然不是，”威尔金说，他差点要跳起来，“而且我到现在都没理由怀疑有什么谋杀。警官，你疯了吗？清晰的自杀证据就在你面前，你还不切实际地朝别的方向去……”

“这么说，你认为昨晚发生的案子是自杀吗？”

“不，我没什么理由来推测。”

“那你是什么意思？”艾略特直截了当地问。

威尔金把整个手掌按到桌面上。他稍稍一抬起手指，肩膀就跟着耸起，但他矮胖木然的外表却没什么变化。

“我试着换个说法，威尔金先生，你相信超自然现象吗？”

“相信。”威尔金回答得干脆。

“你相信这里有人在蓄意制造超自然现象吗？”

威尔金看看他，“亏你还是从苏格兰场来的！能说出这种话！”

“哦，没那么严重。”艾略特说。他显现出同胞无比熟悉的诡异忧郁的表情。“我说的‘蓄意’有各种各样的方法来体现。不管真实与否，相信我，先生，这里有怪事发生……根深蒂固……代代相传……超乎你想象的诡异事件。我来这里是因为戴利小姐遇害，背后绝非流浪汉偷钱包这么简单。同样，提出这里有超自然现象的人不是我，而是你。”

“我提的？”

“是的。‘我觉得看见了什么东西隔着其中一扇玻璃门望着我，就是离地面最近的那扇。’你说的是‘什么东西’。为什么没说‘人’呢？”

威尔金额头边靠近太阳穴的大静脉处冒出一小滴汗珠。如果算得上的话，这是他唯一的神情变化，至少是他脸上仅有的动态。

“我没认出是谁。假如我认出是某个人，我就会说是‘人’。我只是试图描述精确罢了。”

“这么说那是个人对吧？是‘某个人’喽？”

对方点点头。

“不过，要想从下方一扇窗格窥视，这个人一定得是蹲下或躺在地上？”

“不见得。”

“不见得？你这话是什么意思，先生？”

“那家伙动作飞快，只是一晃眼。我真不知道该如何表达。”

“你不能描述一下吗？”

“描述不出来。给我的唯一感觉是那家伙是死的。”

类似恐惧的感觉钻进布莱恩·佩奇的骨头里，他说不上来是怎么钻进去的，甚至是什么时候有的感觉。谈话间几乎是不知不觉就加入了新要素，而他感到这要素一直就在案件的背后，等着在某个点被激发出来。哈罗德·威尔金这时做了个极快的动作。他从衣兜里掏出一块手帕，迅速拿它擦了擦手心，又放回去。当再次开口时，他已经恢复了向来庄重、谨慎的态度。

“等一下，警官，”艾略特说话前他插进一句，“我一直试着告诉你真实具体的所见和所感。你问我是否相信这种事。我信。坦率地讲，给我一千英镑我都不愿意在天黑之后走进那座花园。你也许会惊讶，一个我这种职业的人会有这样的想法。”

艾略特琢磨着。“说真的，不知怎么我的确惊讶。我也不知道为什么。虽然这样，我想即使是律师也可能相信超自然现象。”

对方语气冷淡。

“即使是律师也有可能，”他赞同，“而且这样做也不算是这一行的败类。”

玛德琳走进房间。只有佩奇注意到她，其他人都把注意力放在了威尔金身上。她踮着脚走进来，不知是否听见了之前的对话。虽然他想让座给她，但是她坐在了座椅扶手上面。他看不见她的脸，只能看见下巴和脸颊旁顺滑的线条，不过他发现她白色丝织上衣里面的胸脯正在剧烈起伏着。

肯尼特 · 墨里眉头紧皱。他很讲礼节，那态度就像个要检查行李的海关职员。

“威尔金先生，我想，”墨里说，“你……呃……说的是事实。这件事的确很反常。这座花园名声不太好。坏名声持续了几百年。事实上，为了能让新景观驱散那些阴影，它在十七世纪末期被重建过。小约翰尼，你还记得你用学到的妖术在那里驱魔吧？”

“记得。”戈尔回答。他还想补充一些话，但又忍住了。

“还有在你回家的路上，”墨里说，“花园里有个没腿的人爬着朝你打招呼，有个女仆差点吓疯了。喂，小约翰尼，该不是你用那套老把戏吓唬人吧？”

令佩奇惊讶的是，戈尔黝黑的脸变得惨白。看来墨里是唯一能刺激并让他摘掉文雅面具的人。

“不是，”戈尔说，“你知道我在哪儿。我在书房外面一直盯着你。还有一件事。你究竟以为自己是谁，还把我当成十五岁的小孩子来训话？你对我父亲俯首帖耳，真是的，你得好好尊重我，否则我会像你以前对我那样用手杖伺候你。”

这通愤怒来得太出人意料，就连菲尔博士也咕哝抱怨起来。墨里站起身。

“你已经昏头了吗？”他说，“随你便。我没有利用价值了。你得到了你要的证据。如果还有需要我的地方，警官，请去旅店找我。”

“约翰，”玛德琳的柔声插了进来，“你不认为这么说话很糟糕吗？抱歉我打断你们说话。”

墨里和戈尔都是头一回仔细打量她，她也回望着他们。

戈尔一笑。“你是玛德琳。”他说。

“我是玛德琳。”

“我冷淡的老情人。”戈尔说着眼睛周围都笑出了褶。他挽留墨里，语气充满歉意。“别这样，老师。我们回不到过去，而且我现在很确定我不在乎过去的事。在我看来，这二十五年我在心理上处于进化状态，而你还是保持不变。我曾想象当我回到父辈们富有诗意的门廊会发生什么。我曾想象自己看到墙上的画或是用小刀刻在椅背上的字母会受到触动。但我却发现一群外来的人在此争论不休，我开始希望自己没有被卷进来。不过眼下这不是重点。有些情况似乎失控了。艾略特警官！一分钟前你不是说来这里是因为‘戴利小姐遇害’吗？”

“没错，先生。”

墨里又坐下来，看上去有点好奇，这时戈尔开口对督察说：

“维多利亚·戴利。该不会是曾经和她的姑妈欧内斯廷·戴利一起住的那个小女孩吧？住在‘挂图’另一边的玫瑰亭小屋那个？”

“我不了解她的姑妈，”艾略特回答，“不过她是住在那里。去年七月三十一日晚上她被人勒死了。”

申诉人表情凝重。“这么说我至少能提出不在场证明。当时我正在美国逍遥快活。话说回来，谁来给我们指点一下，维多利亚·戴利遇害和这里的事情有什么关系？”

艾略特用探询的目光看向菲尔博士。博士昏昏欲睡但用力地点了点头，他在观望，庞大的身躯仿佛喘不上气来。艾略特提起放在椅子旁边的公文包，打开拿出一本书。这本书四开大小，包着不算古老（大约一百年前）的深色小牛皮，书脊上是不怎么吸引人的书名《历史之美》。督察把书推到菲尔博士面前，博士翻开书。佩奇发现这本书太旧了，是由塞巴斯蒂安·米凯利斯译自法语，于一六一三年在伦敦出版。纸张已经泛黄并且发皱，扉页里夹着一张极为奇特的藏书票。

“嗯，”菲尔博士说，“你们有谁以前看过这本书吗？”

“我看过。”戈尔平静地说。

“这张藏书票呢？”

“见过。从十八世纪开始它在我们家族里就没再用过。”

菲尔博士指着上面的题词。“‘他的血流到我们和我们子孙身上[①]，托马斯·法恩利，一六七五年。’他的血流到我们和我们子孙身上。’……庄园的这间书房可曾收藏过这本书？”

戈尔看书时眼睛飞快地闪着光，不过还是有些困惑。他嘲讽似的说：

“不，当然没有。这是一本邪恶的书，我父亲和他之前的父辈一直把它锁在阁楼上的小屋子里。我偷过一次钥匙，并且配了几把，以便可以上去看书。天哪，有一次我去那里……怕被人发现，编了个去隔壁苹果室拿苹果的借口。”他转过头来。“你还记得吗，玛德琳？有一次我带你上去，让你瞥了一眼黄金女巫？我还给了你一把钥匙。但恐怕你一直都没什么兴趣。博士，你在哪儿找到这本书的？怎么拿到外面来了？”

艾略特督察站起来，按铃叫诺尔斯进来。

“能否叫下法恩利夫人，”他对战战兢兢的管家说，“问她愿意过来一下吗？”

---

①原文为拉丁语。

菲尔博士极其悠闲地取出烟斗和烟袋。他往烟斗里填满烟丝，点燃，满足地深吸一口气才说话，还边说边比画着。

“这本书吗？因为书名很无趣，当时连翻一下它的人都没有，更没人再看第二眼。实际上书里包含了一个最让人闻风丧胆的历史文献记录：玛德琳·德拉·帕卢德于一六一一年在艾克斯供述参与了巫术仪式和撒旦崇拜。是在戴利小姐床边的桌子上发现的。她遇害前不久在看的正是这本书。”

第十二章

在安静的书房里，茉莉·法恩利和巴罗斯走进来时的脚步声佩奇听得格外清楚。

墨里清了清嗓子。“你的意思是……”他追问，“难道戴利小姐不是我所了解的被流浪汉杀死的？”

“极有可能。”

“那还有什么好说的？”

茉莉·法恩利开口道：“我是来告诉你，我要与这个荒唐的诉求，也就是你的诉求抗争下去，”她的活力全都转化为对戈尔的冷漠厌恶，“抗争到底。纳特·巴罗斯说可能会耗上好几年，而且会让我们倾家荡产，但我承受得了。与此同时，最重要的是谁杀了约翰。只要你罢手，我就暂时停火。我进来时你们一起在谈些什么？”

一群人松了一口气。但是有个人立即警觉起来。

“你觉得你胜券在握吗，法恩利夫人？”威尔金问道，又亮出律师的本性，“我可得警告你——”

“胜算比你想的要大得多，”茉莉反驳他，并意味深长地看着玛德琳，“我进来时你们在谈论什么？”

菲尔博士此刻兴致勃勃，用雷鸣般的声音表示歉意。

“刚才我们正谈到案子的一个重要环节，夫人，”他说，“你要是能提供帮助我们将感激不尽。在这所房子的阁楼里，是否有一间小屋子还储存着一堆关于巫术这类主题的书？嗯？”

“当然有。不过跟这个有什么关系呢？”

“看一下这本书，夫人。能否肯定地告诉我们它是不是在那堆书里？”

茉莉走向书桌。所有人都站起来，不过她打了个手势，显示出对礼数的不耐烦。

“我想是的。没错，我几乎能确定。那些书都有这种藏书票，其他书没有：因为这是一种标识。你到底是从哪儿拿到这本书的？”

菲尔博士告诉了她。

“但是这不可能啊！”

“为什么？”

“因为那些书堆得乱糟糟，很麻烦，正要处理它们呢。我丈夫弄的，我也不知道为什么。我们才结婚一年多一点，你知道。”她褐色的眼珠仿佛凝视着过往。她坐在巴罗斯拉过来的椅子上。“当我以……以新娘的身份来到这里时，他给了我所有房间的钥匙，除了那个屋子。当然我直接转交给了女管家阿普斯太太，你也知道这些事的规矩。这让我相当在意。”

“比如《蓝胡子》①？”戈尔说。

“请别吵架。”一看她怒气冲冲地看向申诉人，菲尔博士赶忙说。

“很好，”茉莉说，“不管怎样，我是听说过。我丈夫想把它

①蓝胡子是法国童话故事的主角，他先后杀害了六任妻子，其第七任妻子在家里的密室中发现了这六具骸骨。

们烧了……我是说那些书。好像他在烧之前要对其估个价，专门从伦敦请人来查看。他说阁楼上那点东西值成千上万英镑，那头蠢驴还眉飞色舞的。他说里面有好多罕见的书，其中有一本独一无二。我还记得是哪本。那是一本手稿，自从十九世纪初期就失传了。没人知道它的下落，可它就在我们的阁楼里啊。他们管它叫《艾平的红书》。他说那应该是本高级魔法的大作，它神奇到任何人读这本书都要头戴钢盔的地步。我很高兴自己记住了书名，因为昨晚你们提起了它，而这个人……”她看看戈尔，“连它是什么都不知道。”

“菲尔博士说了，别吵架。”戈尔心平气和地说。他转而问墨里，“竞争是公平的，老师。我一直不知道那本神圣的著作是这个名字，你知道。但我可以告诉你那是本什么书，假如它还在楼上我甚至能辨别出来。我还可以告诉你们那上面讲的一种魔力。拥有那本书的人在有人开口提问之前就知道问题是什么。”

“想必对你非常有用，”茉莉惬意地说，“昨天晚上。”

“对于证明我看过那本书来说，是有用。据说它可以为无生命的东西赋予生命的力量，看来法恩利夫人自己一定也读过。”

菲尔博士用金属拐杖头敲击地板，以唤起众人的注意。等争吵的大风暴过去之后，他和善地看着茉莉。

“嘿，”菲尔博士说，“嘿嘿嘿。夫人，我觉得你并不相信《艾平的红书》之类所讲的魔法吧？”

“哦，见鬼去吧！”茉莉说了句简短的盎格鲁－撒克逊用词，这让玛德琳脸都红了。

“嗯，好的。正是。不过你想跟我说的是？”

“呃，总之，我丈夫对那些书感到极为苦恼和不安。他想烧掉。我说别那么傻，与其销毁那些书，为什么不卖掉呢，不管怎么说也没什么坏处吧？他说里面全是色情和邪恶的内容。”茉莉犹豫了一下，又坦率地往下说，“你要知道，这确实勾起了我的兴趣。我偷偷看过一两本……当他带我看那间屋子时……可根本不像他说的那样。你这辈子都没读过那么乏味的书。没有什么低俗的内容，是关于一对双胞胎一生之类的故事，冗长无聊。都是些 f 和 s 音节混淆的笑话，好像是作者口齿不清造成的。我对这些提不起任何兴趣。因此，当我丈夫坚持把那地方锁上时，我一点都没有在意，而且我确信直到现在都没有人打开过。”

“可是这本书，”菲尔博士拍了拍，“就是那里面的？”

“是……是的，我很确定。”

“那间屋子的钥匙一直由你丈夫保管着。然而这本书不翼而飞，跑到了戴利小姐那里。嗯，”菲尔博士本来是小口抽着烟，这时他从嘴里拿下烟斗大口吮吸。“结果，我们把戴利小姐和你丈夫的死……借由这个线索……关联了起来。”

“可是有什么关联呢？”

“比方说，夫人，会不会是他自己把书拿给戴利小姐的呢？”

“可我已经告诉过你他对那些书的看法了啊！”

“这个不是问题，你知道，夫人，”菲尔博士表示歉意地说，“他会吗？毕竟，我们听说在他年少时……像你所说，假如他是真正的约翰 · 法恩利……他是很看重那些书的。”

茉莉坚持己见。

“你让我进退两难。如果我说他就是讨厌那些书，你会说他的转变太大，证明他不是约翰 · 法恩利。如果我说他本来是要把书带给维多利亚的——呃，我不知道你又会怎么说。”

“我们只希望你诚实回答，夫人，”菲尔博士说，“当然了，或者说出你真实的感受。老天会站在诚实的人一边。话说回来，你和维多利亚·戴利很熟悉吗？”

“相当熟。可怜的维多利亚是个很能干的人。”

“你的意思是说，”菲尔博士用烟斗随便画了个手势，“她是那种对巫术有着浓厚兴趣的人吗？”

茉莉双手紧扣。

“可是能不能请你告诉我，这到底怎么会跟巫术扯上关系？假使这本书是关于巫术的——如果是从阁楼上拿的那肯定就是——就因为她在读这本书，那又能证明什么呢？”

“还有别的证据，相信我，”菲尔博士温和地说，“夫人，你自身的聪慧天资会让你发现戴利小姐、上锁的藏书室以及那本书之间关联的重要性。比如，你丈夫和她熟吗？”

“嗯，我不清楚。我本以为不太熟吧。”

菲尔博士前额紧皱。“不过想想他昨晚的行为，有人向我描述过。再确认一下，有个人出现，声称是他财产的所有人。财产的所有权不管正当与否，都是他一生中最重要的驱动力。而现在城堡被人攻占了。戈尔先生、威尔金先生正带着令人信服的说辞和指纹铁证包围他。他在地板上踱步是真实的反应，然而，在对手发动攻击那一刻，他似乎更关心村里有个侦探在调查维多利亚·戴利的死。是这样吗？”

这是事实。佩奇记得很清楚。茉莉也不得不承认。

“于是，我们发现了蛛丝马迹。让我们尝试抽丝剥茧吧。我对阁楼那间上锁的屋子越来越感兴趣了。那里除了书还有别的东西吗？”

茉莉想了想。

“只有那个机器人偶似的东西。我还是个小小孩时看见过一次，相当喜欢。我问过我丈夫为什么不能把它拿下来，看看是否有办法让它动起来，我喜欢东西能发挥作用，可它一直放在那里。”

“啊，机器人偶似的东西，”菲尔博士重复道，兴奋得气喘吁吁地站起来，“你能给我们讲讲那东西吗？”

茉莉摇摇头，这时肯尼特·墨里给予回应。

“这里面有个问题，博士，”墨里惬意地靠着椅子说道，“你可有的要调查了。几年前我试着调查过，小约翰也是。”

“然后呢？”

“这是我所能发掘到的全部事实。”墨里强调，“达德利爵士从来不准我看那个人偶，于是我不得不从外部着手。它是由特鲁瓦的风琴演奏家雷森先生打造，他曾经为路易十四制作了一架自动弹奏的大键琴，一六七六年至一六七七年在查理二世的宫殿里展出，取得巨大成功。人偶接近真人大小，坐在一张小沙发椅上，据说是按哪位国王王后的样貌做的，至于具体是哪一位颇有争议。当时它的表演引人瞩目，演奏出两三曲西特琴（我们现在叫齐特琴）。它用拇指按住鼻子，朝观众做鬼脸。它能完成多种动作，当然有一些不太得体。”

他的话无疑把听者的注意力一下子就吸引住了。

“它被托马斯·法恩利爵士买下，你那张藏书票也是他的。”墨里说，“后来这个机器人偶损毁了，不知道是因为运转失灵，还是其他原因，我一直没能查清楚。反正是有事发生了——没有留下任何记载。它在十八世纪引起恐慌的原因我们已无从知晓，毕竟这么个新鲜玩意儿不会向达德利爵士或他的父亲和祖父毛遂自荐。大概老托马斯发现了操纵它的秘密，但终究没能流传下来。呃，小约……你说什么，约翰爵士？”

他沙哑的语调中透着夸张的客气，戈尔有点嗤之以鼻。不过他把心思放在其他事情上。

“是的，没有流传下来，”戈尔表示认同，“而且再也学不到了。我知道，各位。我在年少时就费尽心思探究黄金女巫的秘密。我可以很容易地告诉你们那些浅显的解释为何一个都行不通。假如我们——”他一愣。“天哪，为什么我们不上去看一看呢？我突然意识到，我的想法被限制住了。我在想各种借口和手段像以前那样溜上去。但为什么不可以呢？为什么大白天不可以上去呢？”

他用拳头捶了下椅子扶手，眼睛好像刚见光一样眨着。艾略特督察突然插话进来。

“等一下，先生，”艾略特说，“这太有意思了，我们可以另找时间上去，不过我没看出来这有什么关联——”

“你确定吗？”菲尔博士问。

“什么？”

“你确定吗？”博士使劲重复了一遍，“我说，各位！这个机器人偶长什么样子？”

“自然是破烂不堪，至少是二十五年前——”

“是的，”玛德琳·戴恩附和道，还打了个冷战，“别上去。求你们别上去！”

“究竟为什么不上去？”茉莉嚷道。

“我不知道。我害怕。”

戈尔对她倒是比较宽容。

“没错，我依稀记得那东西对你影响极大。你在问它长什么样子，博士。崭新的时候一定是活生生的吧。整体框架是用铁焊接起来的，当然，只不过‘肉身’是用蜡做的，眼睛是玻璃的——少了一只——头发是真的。破损后也没好到哪儿去，相当的胖，当你胡思乱想时再看它会有点恐怖。它穿着，或者说以前穿的是织锦长袍。手和指头是刷了漆的钢铁：为了演奏齐特琴以及摆出各种姿势，手指做得又尖又长，有活动关节，几乎像是……它会微笑，不过我上次见它时，已经看不出那是笑容了。”

“还有贝蒂·哈伯特，”菲尔博士突然说，“贝蒂·哈伯特，像夏娃一样特别爱吃苹果。”

“你说什么？”

“你知道吧，”菲尔博士急匆匆地说，“贝蒂·哈伯特，那个吓坏的女仆，她爱吃苹果。我们询问用人时，大家最先提起的就是这一点。我推测好心的女管家阿普斯太太给了个提示。在厄琉西斯的黑夜里，正是这个！而你——”博士满面红光地直朝戈尔眨眼，“一分钟前告诉我当你想要去那间堆放书和黄金女巫的小屋时，都会拿去苹果室当借口，就在阁楼隔壁。哪位可以告诉我，贝蒂·哈伯特是在哪儿受到的惊吓，昨晚指纹记录本又被藏在了哪里？”

哈罗德·威尔金站起来，开始绕着桌子转，不过他是唯一有动作的人。事后佩奇将回忆起这间昏暗的书房里每张脸的圆形轮廓，以及其中一张脸令他感到惊讶的转瞬即逝的表情。

墨里捋着胡须说话了。

“啊。是啊。没错，确实有意思。假如我记的位置没错，绿室旁边过道的后面就是通向阁楼的台阶。你是暗示那个女孩被人抬下楼放在了绿室里？”

菲尔博士摇摇头。“我只是建议我们动动脑筋，否则就回家睡觉去吧。每条线索都指向那间小屋。它是迷宫的核心，是多种干扰项的本质，就像《房子和头脑》里的小水碗：这个书名真是想我们之所想。我们最好去那儿瞧瞧。”

艾略特督察不紧不慢地说：

“我觉得我们现在过去吧。你介意吗，法恩利夫人？”

“不，完全不介意，只是我不知道钥匙在哪儿。哦，真烦！撬锁吧。我丈夫装了把新锁，如果你们认为有必要可以拆掉……”茉莉用手擦了下眼睛，忍住情绪的波动，又恢复平静。“要我带路吗？”

“谢谢。”艾略特简短回应，“其他人还有谁去过那个房间？只有戴恩小姐和戈尔先生？你俩跟着菲尔博士和我去，好吗？加上佩奇先生。其他人请留在这里。”

艾略特和博士走在前面，低声交谈起来。茉莉不声不响地超过他们，以便把自己和申诉人隔开。佩奇和玛德琳跟在后面。

“如果你真的不想上去——”他对玛德琳说。

她贴紧他的臂膀。“不，拜托。我想上去。我真的想，看看能否弄清楚是怎么回事。你知道，我担心我说的有些事让茉莉非常生气，但我得告诉她，没有其他办法。布莱恩，你不会认为我是个恶毒的女人吧，会吗？”

他吃了一惊。虽然她似笑非笑的表情像在自嘲，细长的眼睛却是咄咄逼人。

“天哪，不会！你怎么会有这种想法呢？”

“哦，没什么。不过她不爱他，真的。她做的这些都只是因为她觉得应该做。抛开外貌不谈，我跟你讲，他们不般配。他是理想主义者，而她是现实主义者。等等，我知道他是冒充的，但是你不了解整个情况，不然你就会明白——”

“看清现实吧。”佩奇厉声说。

“布莱恩！”

“我是说真的。理想主义个鬼！假如他做了他们所说的那些事，你自己也承认他做过，那么我们这位过世的朋友就是个十足的畜生，你很清楚。你该不会是爱上他了吧？”

“布莱恩！你没有资格说这种话！”

“我知道我没资格，但你爱他吗？”

“我不爱，”玛德琳看着地板，轻轻地说，“如果你眼睛擦亮些，或者对事情理解得更透彻，就足以明白不该这么问了。”她迟疑着，显然想转移话题。“菲尔博士和那位警官对整件事是怎么看的？”

他张了下嘴想要回答，却发现自己一无所知。

他一无所知。这群人沿着过道走上了宽敞的浅橡木色楼梯，经过一条通道后向左转。绿室就在左边，从敞开的门望去是上世纪笨重的书房家具和装饰夸张的墙面。右边是两间卧室的门。笔直的过道尽头有扇俯瞰花园的窗户。通向阁楼的台阶——佩奇隐约记得——是在过道尽头的墙壁外侧，他们要进的门在左手边墙上。

但是他没在想这些。尽管菲尔雷鸣一般说着关切的话语，艾略特督察坦诚且容易沟通，他还是发现自己一无所知。毫无疑问，这两个人非要讨论到世界末日才罢休。那警方办案的例行公事呢：这儿找找指纹，那儿找找脚印，艾略特该搜查花园，或者把证物密封起来？找到了一把刀，是的，他知道这件事是因为在这种情况下警方很难保密。其他还有什么，哪怕是比较受重视的推理？某些人给出了某些证词，但怎么去看待那些证词呢？

毕竟，这是他们的事。只是他对此感到不安。在他原来想法的基础上又有了新发现，好似布伦海姆[①] 的骷髅，总是等到骷髅

①巴伐利亚地名，一七〇四年在这里发生了布伦海姆之战。英国作家罗伯特·骚塞的诗中提到“布伦海姆战役之后”及“这是一个可怜人的骷髅”等。

从桌上滚过去才警觉起来。不，这比喻不太恰当。前面站立着的菲尔博士的庞大身躯仿佛把过道都堵住了。

“她住在哪个房间里？”艾略特低声问道。

茱莉指了指稍远那间卧室的门，在通往阁楼门的过道里。艾略特很轻地敲敲门，里面只传出一声微弱含糊的回应。

“贝蒂。”玛德琳小声喊她。

“在吗？”

“在。他们把她安置在最近的卧室。她不太……”玛德琳说，“她的情况不太好。”

整个错综复杂的关系渐渐渗入佩奇的脑海。金医生打开卧室门，回头扫了一眼，然后把门轻轻掩上，溜到过道里。

“不，”他说，“你们还不能见她。晚上，可能明天或者后天更好。希望镇静剂能起到作用。可惜多半是没什么用。”

艾略特表现出困惑和担忧。“好的，不过，医生，该不会——不会太——”

“严重，你是想说？”金医生问，他低下头，像是要用头撞人似的。“天哪！请稍等。”

他又打开房门。

“她说过什么话吗？”

“没什么好让你记录的，警官。大部分是胡话。希望我能知道她看到了什么。”

他对着这群默不作声的人说话。茱莉的表情发生了变化，似乎正极力去遵守既定的规则。金医生是她父亲一生的挚友，两个人也就不拘礼节地站在那儿。

“内德叔叔，我想要知道。我愿意为贝蒂做任何事，这你也知道。可是我从来没想到——我是说，情况不会真的那么严重吧，对吗？不可能的。人受到惊吓，这和生病不同吧？不会有生命危险吧？”

“哦，”医生说，“没有生命危险。很好，精力充沛的姑娘，没什么心机，精力过剩，认死理。没错，你就是这样。这个，惊吓因人而异。有可能是只老鼠，或是烟囱里的风声。我只希望我不要遇上，不管是什么。”他语气缓和起来，“不，没事的。不需要帮忙，谢谢，阿普斯太太和我处理得过来。不过你可以叫人送些来。”

门关上了。

“好啦，我的朋友们，”帕特里克·戈尔把手深深插进兜里说，“我想可以确定是真的有怪事发生了。我们上楼吧？”

他走过去打开对面那扇门。

里面的楼梯陡峭倾斜，从用来砌墙的旧石块里散发出令人窒息的酸味。就像在房子里看见尸骨一样，有种现代建筑的粗糙感。仆人们的住处，佩奇知道，就在房子的另一侧。这里没有窗户，走在前头的艾略特不得不用手电筒照明。戈尔跟着他，后面是菲尔博士，再往后是茉莉，玛德琳和佩奇走在最后。

自从伊尼戈·琼斯为这间阁楼开了几扇小窗户，并用石头顶着砖块之后，这里任何一部分都没有被改造过。平台上的地板都倾斜得朝楼梯那边鼓了起来，人稍有不慎就可能跌下去。上面是极粗壮的橡木房梁，它太大了，不太美观，仅仅是为了能起到支撑或震慑的作用。暗灰色的光线射进来，空气里弥漫着浓浓的潮湿和闷热。

他们在走廊尽头发现了想要找的那扇门。这扇门厚重，呈黑色，更像是地窖而非阁楼。门铰链是十八世纪的，门把手不见了，一把比较现代的锁也废弃不用，现在把关的是一副密实的锁链和挂锁。不过艾略特最先照到的却不是门锁。

有什么东西突然掉落，并且被关上的门压碎了一部分。

那是个啃了一半的苹果。

第十三章

艾略特用一枚六便士硬币的边缘充当螺丝刀，小心翼翼地开启链锁上的 U 形环。虽颇费一番时间，不过督察像个木匠一样仔细地操作着。锁链一落下来，门也自行打开了。

“这就是黄金女巫的藏身之处。”戈尔起劲地说，一脚踢开那个咬了一半的苹果。

“别乱动，先生！”艾略特厉声呵斥。

“怎么？你认为苹果是证据吗？”

“这可难说。我们进去之后，没经过我允许请不要碰任何东西。”

“我们进去之后”说得有点乐观了。佩奇本以为会见到一个房间，其实看到的却是一个将将六英尺见方类似藏书室的地方。倾斜的天花板上开了扇小窗，窗玻璃蒙上一层厚厚的灰，透不出光线来。书架上有很多处裂缝，上面混杂地摆放着小牛皮装订式和更多现代封皮的书。到处都堆积着一层灰，可就在这间满是稀薄、发黑的沙尘中残留着极少量待破解的印记。一把维多利亚早期的扶手椅映入眼帘……当艾略特将手电筒光线照向里面时，那女巫仿佛突然出现在他们面前。

就连艾略特都后退了几步。女巫并不漂亮。它也许曾经魅力四射，但现如今只剩下一只眼睛挂在半边脸上：另外半边脸已经被毁掉了，原来可能是黄色的织锦长袍也是残破不堪。脸上划过的几条裂缝让它的外表更加吓人。

假如它站起来，应该只比真人略矮。它坐在一个盒子上，这个盒子曾经装饰成沙发，没比它的尺寸大多少。它依靠轮子站在地板上，轮子显然比人偶本身更新一些。双手轻佻地半举着，在相当恶心地卖弄风情。整部低矮笨重的机器怎么也得有两三百磅重。

玛德琳发出一阵咯咯的笑声，好像神经得到了放松。艾略特嘟囔着，菲尔博士咒骂起来。博士说：

“乌多芙堡[①] 的阴影罢了！太让人扫兴了吧？”

“什么？”

“你知道我的意思。那个女孩设法溜进蓝胡子的房间，头一次看见这东西，然后——”他停下来，吹着胡子的末梢，“不。不对，这样不合理。”

“恐怕是不合理，”艾略特神情镇定，表示赞同，“她一定在这里遇到了什么事。她怎么进来的？又是谁把她带到了楼下？还有她从哪儿拿到的指纹记录本？你别告诉我她只是看见这东西就会造成这么严重的后果。她也许会大声尖叫，会大吃一惊，但不会造成这样的情况，除非她有歇斯底里症。法恩利夫人，仆人们知道这个人偶的事吗？”

“当然，”茉莉说，“虽然亲眼见过的只有诺尔斯，可能还有阿普斯太太，不过仆人们都知道这个人偶。”

“那么她应该不至于惊讶了？”

---

①《乌多芙堡之谜》是英国小说家安·拉德克利夫于一七九四年所写的哥特式小说，通过幽灵、鬼魂和死亡等超自然因素表现恐怖的气氛。

“没错。”

“如我所说，她是被这个二乘四英尺见方的地方里的什么东西吓到了——只是我们还没掌握什么证据——”

“看那里。”菲尔博士用拐杖指着说。

手电筒的光束照在机器人偶底座旁的地板上。那里有一团弄皱的亚麻布，等艾略特捡起来才发现是女仆的褶边围裙。尽管不久前刚刚洗过，上面还是沾着片片灰尘和泥土，而且还有两条参差不齐的小口子。菲尔博士从督察手中接过来，递给了茉莉。

“是贝蒂的吗？”他问。

茉莉检查了缝在围裙边的一小块标签，又看了看上面用墨水写的小字，然后点了点头。

“等一下！”菲尔博士眯起眼睛突然说。他开始在门边来回走动，扶着眼镜以防掉下来。当他把手再拿下来的时候，脸色阴沉而严肃。“好了。我来告诉你，老弟。这里就像关于苹果和苹果室那个环节一样，我无法证明。不过我能说出来在藏书室里发生过什么事，就像我亲眼所见一样肯定。这可不只是例行调查，这是本案中最关键的地方。我们得问清楚，那个女孩在午餐时间到下午四点之间的什么时候受到了惊吓，还有这里每个人当时在干什么。

“老弟，因为凶手来过这间藏书室。贝蒂·哈伯特在这儿发现了他。我不知道凶手在做什么，但重要的是他根本不许任何人知道他来过这里。中间发生了什么事情。之后他用那女孩的围裙擦掉了可能留下的脚印、指纹以及灰尘里的各种印记。他或抱或拖地将她搬下楼，把头一晚偷来的已经没用的指纹记录本放在她手里。然后像众多凶手一样离开现场，并且索性把围裙扔在了地板上。嗯？”

艾略特抬起手来。

“别急，先生。别那么快下结论。”他仔细想了想，“我对你的说法有两点疑义。”

“是什么？”

“第一点，假如隐瞒他来过这个小房间的事实如此重要，不管他做了什么，为什么他隐匿行踪的方式仅仅是把那个昏迷不醒的女孩从一个地方转移到另一个地方呢？这么做无法防止事情败露，只是拖延些时间罢了。女孩还活着。她早晚会康复。这样她就会说出是谁来了这里，他在做什么——如果他做了的话。”

“显然是个难题。”菲尔博士说，“真是一语中的。不过，你可知道，”他语气有些强烈，“如果解决那些看似是矛盾的办法正是我们问题的答案，我不会感到惊讶。另外一个疑点是什么？”

“贝蒂·哈伯特没有受外伤。身体上安然无恙。她的情形明显是看见什么东西而受惊的典型症状。不过她最多也就看见个普通人在做不该做的事。这不太合常理啊，博士，姑娘们现在内心都很强大。那么究竟是什么把她吓成这个样子呢？”

菲尔博士看着他。

“也许是机器人偶吓的。”他回答，“设想一下它现在伸出手来和你握手呢？”

这个假设的威力让每个人纷纷退避。六双眼睛朝着人偶残缺的脑袋和怪异的手看去。没人愿意去握或是摸那双手。那人偶从发霉的长袍到脸上开裂的蜡都让人没有兴趣触碰。

艾略特清了清嗓子。

“你的意思是他让人偶动了起来？”

“他没法让它动起来，”戈尔插话道，“我好几年前就想过这个问题。我当时的结论是这东西动不起来，除非用上电动装置或者塞进去其他什么骗人的玩意儿。该死的东西，各位，法恩利家族九代人挖空心思寻找让它动起来的方法。我愿意开个价。哪位先生能给我演示一下它怎么动起来，我给这个人一千英镑。”

“先生还是女士？”玛德琳说。佩奇发现她是在强忍笑意，不过戈尔说话的态度极其认真。

“不管是先生、女士、小孩，还是其他任何人都行。只要这个人不使用当今时代的玩意儿，符合二百五十年前展出时同样的条件就好。”

“这开价可够大方的。”菲尔博士兴高采烈地说，“好吧，就把她推出来，让我们看看吧。”

艾略特和佩奇抓住人偶坐着的铁盒子，用力把它从藏书室里拽出来，还被门槛绊了一下。它的脑袋突然晃了晃，全身颤动起来，佩奇还想着头发会不会脱落。不过轮子出奇地顺滑。在嘎吱一声巨响和轻微的咔嗒咔嗒声过后，他们把它推到了楼梯顶端附近那扇窗户的光亮下面。

“继续，来讲讲。”菲尔博士说。

戈尔仔细检查了一番。“首先，你们会发现这东西身上装满了齿轮装置。我不是机械专家，没法告诉各位这些齿轮都是不是真的，也说不出它们在这里都起不起作用。我猜有真的，但其中大部分都是摆设。总之重点是身体全都被齿轮填满了，背后开了条长长的口子。如果还能打开，你可以把手伸进去，然后——啊，你抓我，是吗？”

戈尔的脸色一沉，匆忙把手缩回去。他太专注了，用手示意时离机器人偶的尖手指太近，手背上出现一道弯曲的血痕。他用嘴吸住手背。

“你这个老齿轮怪！”他说，“我忠诚的老齿轮怪！我应该敲掉你另外半边脸。”

“不要！”玛德琳叫道。

他被逗笑了。“就听你的，小东西。总之，警官——你愿不愿意在这里面戳一戳？我想证实的是身体里全是这些东西，而不可能有人藏在里面。”

艾略特像往常一样认真。背后窗户上的玻璃早已不见踪影，在手电筒光线的帮助下，他伸手进去摸索并检查起机械装置。他似乎被什么吓了一跳，但只是说：

“是的，没错，先生。这里面什么也装不下。你的意思是怀疑有人藏在里面操作它？”

“谁都会这么猜吧。好了，关于机器人偶本身就说这么多吧。另一方面，正如你们所见，是它坐着的这个沙发。看着。”

这一次他讲解得更不容易。沙发的左前侧有个小圆钮，佩奇看到整个前部可以像装了铰链的小门一样打开。他操作一番之后将门打开。盒子内部不足三英尺长、十八英寸高，裸露的铁皮已经严重锈蚀。

戈尔高兴得笑容满面。

“你们记得，”他说，“梅泽尔先进的下棋机器人的原理吗？人偶坐在一排大盒子上，每个盒子都有单独的小门。在表演之前，表演者打开这些门，让观众看里面没有玄机。然而，据说里面藏着一个小孩，熟练地从一个格子挤到另一个，他的动作和对门的精巧操作配合得天衣无缝，以至于观众以为他们看见的所有盒子都是空的。

“这个女巫据说也是如此。不过有观众写信认为这套把戏用在这个人偶上行不通。这个原因不用我指明，首先，得是个子非常小的小孩才行；第二，表演者不可能带个小孩满欧洲旅行而不被人看到。

“这个人偶体内只有一个小空隙，以及一个开口。观众受邀检查里面的空间，也确定没有作假。大多数人都确认过。这个人偶能够独自站立，离开地面坐到主人准备的地毯上。然而，尽管不能让它在真正意义上活过来，我们这位充满活力的女士却能听到指令拿起西特琴——无论观众喊出什么曲名她都能弹奏——然后把琴归还，还能和观众用手势交流，以及表演符合当时潮流的滑稽动作。你们可知道我那受人尊敬的父辈有多兴奋吗？不过我经常在想，是什么让他发现其中奥秘之后一改之前的态度。”

戈尔放下他高傲的姿态。

“现在告诉我怎么让它运转起来吧。”他补充说。

“你这只小猴子！”茉莉·法恩利说。她说话的方式虽说可爱，双手却在两侧紧握着。“你不管发生什么事都是这么活蹦乱跳的吗？你满意了吗？要不要玩玩小火车或者玩具士兵？天哪，布莱恩，过来，我忍不了了。还有你也——你，一个警察摆弄起了人偶——像一群孩子似的围着它爬来爬去，你们是否还记得昨晚有个人被杀了吗？”

“很好。”戈尔说，“让我们换个话题。那么，告诉我他是怎么被杀的？”

“当然，我猜你会说他是自杀的。”

“夫人，”戈尔做了个绝望的手势说，“不管我说什么都没区别。无论如何总有人对我不满。如果我说是自杀，A、B和C批评我。如果我说是谋杀，D、E和F批评我。我也不能说那是意外，因为G、H和I会发火。”

“这无疑是明智之举。你说呢，艾略特先生？”

艾略特的话语中显示出他个人的诚意。

“法恩利夫人，我只是在尽力解决我所遇到的最难案件，但你的态度帮不上一点忙。你可要明白这点。如果你愿意花点时间想想，一定会发现这台机器跟案子有着千丝万缕的关系。我只希望你别再说气话了。因为我们在这台机器上还有别的事要忙活。”

他把手放在它的肩膀上。

“我不知道这里面的齿轮装置是真的还是像戈尔先生说的那样是摆设。我想把它带回我的工作室查清楚。我也不知道这组机械经过两百年是否还能运转起来——可是如果那时可以，为什么现在不行呢？不过我观察它背部时发现了关键一点。这台机器最近上过油。”

茉莉皱起了眉头。

“什么？”

“我在想，菲尔博士，你是不是——”艾略特转过身来。“喂！你在哪里，博士？”

博士如此显眼的庞大身形消失了，这让佩奇确信什么事情都有可能发生。他还没有适应菲尔博士的神龙见首不见尾，总是去做一些无用功。这次是从藏书室闪出的一道光线让艾略特回过神来。菲尔博士正一根根地擦亮火柴，聚精会神地盯着书架的底层。

“嗯？你说什么？”

“你没在听我们说话吗？”

“哦，那个吗？嗯，是的。既然家里那么多代人都失败了，我一时也很难办得到，不过我很想知道当年的表演者穿的是什么样的衣服。”

“穿的什么？”

“没错。我敢说就是传统魔术师的服装，我一向觉得那种衣服再普通不过，但是隐藏着很多机关。总之，我在柜子里翻来找去，有没有结果不好说——”

“那些书呢？”

“有常见的正统宗教和非正统宗教的书，但是也有几本女巫审判的书我从没见过。我的确看到一些书上好像记载着机器人偶展览的内容，不知道能不能借我看看？谢谢。但主要还是这个。”

戈尔带着明亮且顽劣的眼神饶有兴趣地看着他吃力地搬起一个破旧的木盒走出藏书室。与此同时，佩奇觉得这时候阁楼里好像全是人。

肯尼特·墨里和纳撒尼尔·巴罗斯显然已经等得不耐烦，执意要跟他们上楼来。巴罗斯的大眼镜，还有墨里极其冷峻的脸从阁楼的台阶上显现，就像是从暗门里出来似的。此时他俩并没有靠得太近。菲尔博士把木盒弄得叮当作响，把它搭在机器人偶沙发的窄边上保持平衡。

“来这儿，把这台机器扶稳了！”博士着急地说，“这里的地板太不平，我可不想让它撞上我们然后滚下楼梯。来看看吧。你们不觉得这是个尘封多年的古怪藏品吗？”

他们在盒子里看到的东西有几颗小孩玩的玻璃弹珠，有一把手柄刷了漆、生了锈的小刀，有些假的钓鱼蝇饵，一个挺沉的小铅球上焊接了四个大铁钩，就像一朵花，（不协调的是）还有一条多年以前的女人吊袜带。但他们并没有看这些。他们看的是压在最上面的东西：一张用羊皮纸粘在铁丝上做成的双面假脸或面具，像雅努斯[①] 那样有个前后两张脸的头部。它已经发黑干瘪得不成样子。菲尔博士没碰这个东西。

①罗马神话中的一尊两面神，他的脑袋前后各有一副面孔，一副看着过去，一副注视未来。

“看上去真恶心，”玛德琳小声说，“这到底是什么玩意儿？”

“神的面具。”菲尔博士说。

“什么？”

“是女巫集会时主持仪式的祭司所戴的面具。大多数读过书，甚至部分写过相关书的人都不清楚到底什么是巫术。我不想在这里发表长篇大论。不过我来举个例子吧。撒旦崇拜是在基督仪式中一种邪恶的模仿，可它与异教信仰有很深的渊源。两位神是富饶与抉择之神双头雅努斯和分娩与贞洁之神狄安娜。祭司（或女祭司）会佩戴撒旦的山羊面具，或是我们看到的这种面具。呸！”

他用食指和拇指勾住面具。

“您暗示这种事情已经很多次了，”玛德琳轻声说，“也许我不该问，但您能不能直截了当地回答？问这个问题好像有些可笑。您是说在这一带的某个地方有撒旦崇拜的组织吗？”

“这是个玩笑罢了，”菲尔博士摆出一副极力说教的神情，“答案是否定的。”

沉默片刻。艾略特督察转过身来。他惊讶得几乎忘了他们正在证据面前说话。

“等等，先生！你不能这样说。我们的证据——”

“我就是这个意思。我们的证据无法证明这一点。”

“可是——”

“哦，老天，我为什么早没想到呢！”菲尔博士激动地说，“一个正合我心意的案子，我这才想到解决办法。艾略特，我的兄弟，‘挂图’附近没有邪恶的集会。到了晚上也没有山羊角笛和狂欢盛宴。这群忠实的肯特人谁都没有参与任何这种愚蠢疯狂的行为。当你收集证据的时候，这件事让我感到如鲠在喉，而现在我发现了肮脏的真相。艾略特，整件事当中有个心灵扭曲的人，而且只有一个。一切的一切，从内心残忍到实施谋杀，都是由一个人干的。我会无偿告诉你全部真相。”

墨里和巴罗斯凑到这群人里面，脚步声嘎吱嘎吱地响。

“你好像很兴奋。”墨里冷冷地说。

博士一脸的歉意。

“这个嘛，是有一点。我还没有完全解开，不过发现了些端倪，眼前我有话要说。就是——呃——动机的问题。”他凝视着远方，眼里微微闪烁。“另外，这件事相当奇特。我从没听说过这种手法。我坦率跟你说，跟某人发明的智力愉悦相比，撒旦崇拜本身算是正当的事情。不好意思，女士们、先生们，我得到花园里去看看。继续吧，警官。”

还没等艾略特反应过来，他就摇摆着走向楼梯了。艾略特排除一切干扰，又变得干练起来。

“好了——嗯？你有事吗，墨里先生？”

“我想看一看那个机器人偶，”他粗暴地回答，“我之前没有参与进来，发现自从我给出身份证明之后就没什么贡献了。原来这就是那个女巫啊。还有这个，介意我看下它吗？”

他拿起那个木盒，摇晃出声，然后拿到窗边灰蒙蒙的光线底下。艾略特仔细观察它。

“你以前看过这类东西吗，先生？”

墨里摇摇头，“我听说过这个羊皮面具，但从来没见过。我在想——”

就在这时，机器人偶动了起来。

佩奇至今仍然敢发誓没有人推过它。这可能是真的，也可能不是。七个人叽叽喳喳挤在一起，将楼梯方向隆起的地板踩得嘎吱作响。可是从窗户透过来的光线飘忽不定，墨里背对着女巫，他右手拿着的东西牢牢吸引住大家的注意力。哪怕有人手在动、脚在动或是肩膀在动，都没人会察觉到。他们没看到那个破烂的人偶突然像汽车刹车失灵那样悄悄向前滑动。眼前是个三百磅叮当响的铁家伙飞了出去，像个炮架似的正好朝楼梯那边冲过去。他们听见轮子的吱吱声响、菲尔博士用拐杖敲击台阶的声音，以及艾略特的尖叫声：

“上帝啊，下面快让开！”

接着是它翻下去的碰撞声。

佩奇上前去拦它，用手指拉住铁盒，就好像在尽力阻止一把走火的枪。他让它保持直立，否则可能会四下翻滚，一路疯狂地冲下楼梯，撞碎所有挡它路的东西。这个黑色重物还在继续滑行。佩奇趴在最上面几级台阶上，发现菲尔博士在楼梯中间往上看呢。他看见楼梯下敞开的门里透出光亮。他眼看菲尔博士在这样狭小的空间里完全动弹不得，像在挡开打来的拳头一样使劲挥手。他看见黑色的家伙和博士擦身而过，只差一点儿就撞在了一起。

但他看到了更多无法事先预料的事。他看见那个机器人偶冲过敞开的房门，进到楼下的走廊里。一个轮子啪的一声被撞掉，可它的惯性实在太大，倾斜了一下，直接朝走廊对面那扇门猛冲过去，门应声而开。

佩奇踉踉跄跄走下楼。他不听走廊对面房间里传来的叫声也能猜到。他知道那个房间里有谁，知道贝蒂住在那里的原因，以及此刻闯进去和她相见的是什么。机器人偶停了下来，嘈杂声也随之停息，轻微的声音娓娓飘出。过了一会儿，他清晰地听见房门嘎的开启。金医生走了出来，面如土色。他说：

“楼上的混蛋，你们在搞什么鬼啊？”

第三部分

七月三十一日，星期五

女巫的兴起

因为，基本上这就是撒旦主义，他自言自语道。恶魔的外在表象是次要的问题。他不需要借助人类或野兽的外形来证实其存在。他要想证明自己，只要找一个灵魂的宿主就够了，腐蚀人心，煽动人去犯下莫可名状的罪行。

——J.K. 于斯曼[①]：《那边》

①若利斯 · 卡尔 · 于斯曼（Joris-Karl Huysmans,1848—1907），法国十九世纪著名作家，前期拥护自然主义，和左拉、莫泊桑等人合著了短篇集《梅塘夜话》，之后转向象征主义，《逆流》是于斯曼转型之后的代表作。

第十四章

对约翰·法恩利爵士的死因调查在次日进行，这引发了全英国所有记者的关注。

艾略特督察，像大多数警察一样，不喜欢讯问。这是有实际理由的。布莱恩·佩奇不喜欢则是出于唯美主义：因为你学不到任何以前也不曾了解的东西，因为其中极少有非同一般的元素，还因为无论是什么样的裁决，都不会比以往的解决方法更好。

但是这场讯问——于七月三十一日星期五的上午进行——他不得不承认与以往模式有所不同。结论可以预料得到，当然是自杀。第一位出场的证人也就刚说出十个词，那一流的辩论场面就显得尤为壮观，最终让艾略特督察都茫然不知所措。

佩奇早餐时喝着很浓的黑咖啡，暗自庆幸他们没有因为前一天下午的事而再被讯问一次。贝蒂·哈伯特还活着。但是她再次看到那个女巫之后吓得半死，到现在还说不出话来。艾略特不停地问话后来陷入索然无味的循环。“你推它了吗？”“我发誓我没推；我不知道是谁干的；我们脚踩的地板凹凸不平，说不定根本没人推它。”

艾略特晚些时候和菲尔博士边抽烟边喝酒时归纳着这些证词。佩奇送玛德琳回家并让她吃了点东西，以平复受到惊吓而产生的歇斯底里，之后才试图整理脑中的千头万绪，听取督察给出的结论。

“我们失败了，”他言简意赅地说，“什么都没能证明，再看看我们手上的事情真是一团乱麻！维多利亚·戴利遇害：凶手可能是流浪汉，也可能不是；其他无耻之事的端倪我们在这里就没必要讨论了。那是一年前的案子。约翰·法恩利爵士遭人割喉而死。贝蒂·哈伯特以某种方式‘遇袭’，然后被人从阁楼抬到下面；我们在楼上的藏书室里找到她破损的围裙。指纹记录本失而复得。最后，有人把那台机器推下楼，蓄意杀害你，你以毫厘之差逃过一劫，感谢上帝吧。”

“相信我，我满怀感激，”菲尔博士不安地念叨着，“当我抬头看见那怪物向我冲过来，那真是我这辈子最可怕的时刻之一。都是我的错。我话太多了。然而——”

艾略特急切地征询他的建议。

“正因如此，先生，这说明你的推论方向是正确的。凶手发现你知道得太多了。至于方向如何，倘若你有什么想法，现在就告诉我吧。你知道，如果有什么进展，我就要被召回城里了。”

“哦，我很快就会告诉你的，”菲尔博士咆哮着说，“我没有故作神秘。就算我现在告诉你，就算这个案子我推论正确，也还是什么都不能证明。况且，我还有一件事不确定。当然，你太抬举我了。大家想当然认为那个人把机器人偶推下楼的目的是要置我于死地，但对这一点我不敢确定。”

“那是什么目的？不会只是想再吓那个女孩一次吧，先生。凶手不可能预料到掉下来时会撞开那间卧室的门。”

“我知道，”菲尔博士固执地说，把手伸进蓬乱的灰白色头发里抓着，“可是——可是——证据——”

“我正是这个意思。所有这些问题，接二连三发生的事件，没有一个是我能证明的！我没有一件事能拿去给我的长官说，‘就是这里，抓住这条。’没有任何一项证据经得起认真检验。我甚至无法搞清楚它们之间是怎么相互联系的，这才是真正的麻烦。明天去参加讯问吧，虽说根据警方的证据肯定会做出自杀认定——”

“你不能让讯问延期进行吗？”

“当然可以。通常我是该这么做，而且一直延期到要么我们掌握了谋杀的证据，要么彻底放弃案子。但是现在还有个最大的问题。既然事情有了定论，我还怎么指望去做进一步的调查？我们警司就是认定约翰·法恩利爵士死于自杀，助理警察总监也是。他们在得知伯顿警长在树篱下找到的折叠刀上有死者的指纹后——”

（这对佩奇来说是个新闻，是坐实自杀说法的最后一根稻草。）

“这就没辙了，”艾略特证实了他的想法，“我还能指望什么呢？”

“贝蒂·哈伯特？”佩奇给出建议。

“好吧，假设她康复了，会说出真相吗？假如她说在藏书室里看见了谁，做了些什么，又怎样呢？她和花园里发生的自杀有什么关联？你的证据在哪里，小子？指纹记录本又如何解释？从来没有人认为指纹记录属于死者，关于这一点你有什么好争辩的？不，看问题别太感性，先生，从法理上多看看。今天晚些时候他们极有可能调我回去，那么这个案子就得先搁置起来。你我都知道有个杀人凶手在这里，他巧妙地混进来，除非有人阻止，否则那个人会继续用老方法犯案。但显然谁都没有能力阻止。”

“你打算怎么办？”

艾略特大口喝下半品脱啤酒才回答他。

“正如我所说，我们只剩一个机会：来一场正式的讯问。我们的嫌疑人大多数会给出证据。可能性微乎其微，但也许有人会从信誓旦旦的话语中露出破绽。希望不太大，我承认——但以前发生过（还记得纳斯·沃丁顿的案子吧？），有可能再度重现。既然没什么管用的办法，这就是警方最后的希望了。”

“审讯官会配合你吗？”

“很难，”艾略特若有所思地说，“巴罗斯这家伙在搞什么名堂我清楚得很。但他不会来找我，我也无法从他那里换得什么。他去找过审讯官。据我所知审讯官不怎么喜欢巴罗斯，也不太喜欢那个已故的自称‘法恩利’的人，他自己也认为是自杀。不过他会秉公执法，他们会联合起来对抗外人——也就是我。讽刺的是，巴罗斯本人想要证明是他杀，因为自杀的裁决或多或少说明他的客户是个冒牌货。整件事只是成了对已故爵士的一场嘲笑狂欢，唯一可能的裁决就是：自杀，我被叫回去，然后案子了结。”

“好了，好了，”菲尔博士安抚他说，“对了，那个机器人偶现在哪里？”

“什么？”

艾略特把不满放在一边，盯着对方看。

“机器人偶？”他说，“我把它推进了一个橱柜里。经过那次重创，它现在只是一堆废铁。我本打算去看一眼，但我怀疑无论哪个专业技师都回天乏术了。”

“没错，”菲尔博士说，一边叹气一边取过床前的蜡烛，“明白了吧，这才是凶手把它推下楼的原因。”

佩奇彻夜难眠。明天除了讯问还有许多事情。他想，纳特·巴罗斯和他父亲大有不同；对佩奇来说，像葬礼这种事就够忙的了，而巴罗斯看起来还有精力去应对其他方面的困难。还有个问题是该不该把茉莉“独自一人”留在气氛诡异的房子里，还有仆人们异口同声地威胁要辞职的消息也令人不安。

这些事情整晚搅闹着佩奇，一觉醒来已经是温暖明媚的一天。汽车从九点钟开始喧闹起来。他在马林福德从没见过这么多车；媒体和外界的人排山倒海而来，让他见识到这桩案子在他们家门之外所引起的巨大反响。这惹恼了他。他认为，此事根本与其他人无关。他们怎么不搭起秋千和旋转木马，并卖起热狗呢？他们挤爆了公牛与屠夫旅馆，因为它的“大厅”——其实是为采啤酒花的人举行欢宴所建的一处狭长小屋——就是进行讯问的地方。一路上阳光照在众多相机镜头上直晃眼。路上满是女人。老朗特里先生的狗一路追着个家伙直到钱伯斯上校的家，而且整个上午狂吠不止。

这一带的人对此不置可否。他们哪头都不支持。在乡下的生活中，每个人在一定程度上相互信赖，付出的同时也接受回报；对于这个案子你只能等待，看事情如何发展，无论判决结果如何都是轻松合理的事。但是外界的传言呢，比如“已故继承人是被杀还是骗局”。在炎热的上午十一点钟，讯问开始了。

狭长、低矮、昏暗的小屋里拥挤不堪。佩奇感觉上了浆的衣领正合时宜。审讯官是位直率的官员，决心认真对待法恩利一案。他坐在一张堆着文件的大桌子后面，在他左边是证人席。

首先，由新寡的法恩利夫人来验证死者身份。即便是这个环节——仅仅作为例行公事的一条规定——也有争议。茉莉刚要开口说话，身穿礼服、别栀子花的哈罗德·威尔金就代表他的客户站了起来。威尔金先生说他对辨认死者在技术层面表示抗议，因为死者实际上不是约翰·法恩利爵士；而且最重要的问题是确定死者是自杀还是他杀，他由衷恳请审讯官对此加以关注。

接着是冗长的辩论，审讯官在既冷淡又愤慨的巴罗斯的帮助下，总算得体地让威尔金先生坐了下来。不过满意之余的威尔金再度冒汗。他圈出重点，定下基调。他大概说出了这场战役的真正价值，每个人都心知肚明。

茉莉也不得不回答审讯官关于死者心理状况的提问。他对待她比较温和，但依旧态度坚定地刨根问底，茉莉被问得极为慌乱。审讯官接下来求证的不是在尸体上的发现，而是传唤肯尼特·墨里，佩奇这才开始意识到当前的事态。整件事呼之欲出：在墨里温和而坚定的语气下，死者假冒身份如同指纹一样一目了然。巴罗斯寸步不让，却只是愈加激起审讯官的怒火。

尸体的证言由巴罗斯和佩奇给出。（后者的说话声自己听起来都不太对劲。）接着法医出庭做证。西奥菲勒斯·金医生证实在七月二十九日星期三，他接到柏顿警长的电话赶到法恩利庄园。他做了初步查验，确认那个人已经死亡。第二天，尸体转移到太平间，他根据审讯官的指示进行了尸体解剖检查，确认了死因。

审讯官：金医生，现在你能否描述一下死者喉部的伤口？

医生：有三道相当浅的伤口，从喉咙左侧以轻微上扬的方向向右下颌划过。有两道伤口相互交叉。

问：凶器是从喉咙左侧划向右侧的吗？

答：是这样的。

问：这是否有可能是一个人手持凶器自杀而形成的伤口？

答：如果这个人惯用右手的话，有可能。

问：死者是惯用右手吗？

答：据我所知，他是。

问：你是否认为死者不可能在自己身上留下这样的伤口？

答：不是。

问：从这些伤口的形态上看，医生，你认为是什么样的凶器造成的？

答：我觉得是一把四五英寸长、破旧且不平整的利刃所造成的。有大量组织撕裂的痕迹。这种情形很难描述得精准。

问：非常感谢你，医生。我要出示一件证物，是在离死者十英尺远的树篱下找到的一把如你所述的利刃。你见过我说的这把刀吗？

答：见过。

问：在你看来，这样的刀能否造成像死者喉部所呈现的那样的伤口呢？

答：在我看来，可以。

问：医生，最后一个关键问题，你必须谨慎对待。纳撒尼尔·巴罗斯先生做证说死者跌倒前是背对着房屋站在水池边的。尽管我一再追问，巴罗斯先生始终无法确定死者当时是否独自一人。现在，如果，我是说如果，死者是独自一人，那么他有没有可能把凶器扔到离他大约十英尺远的地方？

答：从身体条件上讲是有可能的。

问：让我们假设他右手拿着凶器。有没有可能把凶器朝左边扔过去呢?

答:我没法对一个濒死者的行为妄加猜测。我只能说这种事从身体条件上讲是有可能的。

在这种高压式讯问之下,欧内斯特·韦尔伯森·诺尔斯的证言就更确凿无疑了。每个人都了解诺尔斯。大家都清楚他的好恶和秉性。十年来,没有人见过他偷奸耍滑。他说从窗户看到那个人独自站在一片封闭的圆形沙地上,不可能是谋杀。

问:你确定自己亲眼看见死者是自杀身亡的吗?

答:恐怕是的,先生。

问:那么你怎么解释刀拿在右手却扔向左侧而不是右侧的事实?

答:我不确定能描述好那位已故先生的动作。起初我以为可以,但我反复思考后就不确定了。动作太快以至于任何动作都有可能。

问:可你并没有真正看到他把刀扔出去吧?

答:是的,先生,我是凭印象说的。

“哇!”观众席中有人叫了一声。听起来像托尼·韦勒在画廊里大声说话。事实上发出声音的是菲尔博士,他在整个过程中都昏昏欲睡,酷暑中涨红的脸都要冒烟了。

“全体肃静。”审讯官喊道。

巴罗斯以遗孀律师的身份进行交叉询问,诺尔斯说他不敢肯定看见死者扔掉了刀。他视力很好,但还不至于好到那个程度。而他真诚的态度有目共睹,博得了陪审团的同情。诺尔斯承认他只是从印象出发，有看错的可能性（虽然极小），这一点还是让巴罗斯满意的。

随之而来的是必不可少的一环，就是由警方出示最终证据，关于死者活动的证据让事证吻合。在闷热的小屋里，数排铅笔像一条条蜘蛛腿疾走着。死者为了实际利益而冒名行骗的行为就此确定。众人目光纷纷投向帕特里克·戈尔，这位真正的爵士。其中有快速扫过的目光，有评判审视的目光，也有犹豫不决的目光。即使是面对友善的目光，他仍旧面无表情。

“各位陪审员们，”审讯官说，“还有一位证人的证言我想让你们听听，虽然我对这段证言的性质也不太了解。在巴罗斯先生和她自己的请求下，证人来到这里做出重要声明，我相信会有助于你们艰难地履行职责。所以我要传唤的是玛德琳·戴恩小姐。”

佩奇站了起来。

法庭里有人因困惑而起了骚动，记者们当即对玛德琳及其美丽的相貌产生了兴趣。她来这做什么佩奇毫不知情，但他对此感到不安。人们腾出路来让她走上证人席，审讯官递给她《圣经》，她虽然紧张但宣誓的话语吐字清晰。仿佛为了寄托远方的哀思，她穿着深蓝色的衣服，戴着一顶与她眼珠颜色相衬的深蓝色帽子。神经紧绷的感觉消失不见。陪审员们僵硬的自我意识也放松下来。他们确实没有紧盯着她，不过佩奇觉得也差不了太多。就连审讯官的思绪也受到影响。对于男性群体来说，玛德琳是数一数二的尤物。庭审中透着一种美好的气氛。

“我必须再次要求全体肃静！”审讯官说，“那么请问你的姓名？”

“玛德琳·埃尔斯佩思·戴恩。”

“年龄？”

“三……三十五。”

“你的住址，戴恩小姐？”

“蒙普莱西尔，在弗列丹顿附近。”

“好，戴恩小姐，”审讯官干脆而和蔼地说，“听说你希望发表一份有关死者的声明？你要出示的证据是什么性质的呢？”

“是的，我必须跟您说。只是不知道该从哪儿说起。”

“或许我可以帮助戴恩小姐，”巴罗斯带着满心的傲气站了起来，“戴恩小姐，是否——”

“巴罗斯先生，”审讯官有点气急败坏地打断了他，“你蔑视你自己和我所拥有的权利，一再打断审问的进行，我无法也不会继续容忍你了。等我问完，你才有权问证人问题，在那之前不允许提问。现在你得保持沉默，否则就离开本庭吧。哼！嗯哼。好，戴恩小姐？”

“请不要争吵。”

“我们没争吵，女士。我在告诉他要尊重本庭，召开庭审是为了确定死者的死因，表达对他的尊重，不管各方对他评价如何——”说到这儿他的目光在记者中搜寻起来，“我都要加以维系。好了，戴恩小姐？”

“是关于约翰·法恩利爵士，”玛德琳认真地说，“以及他究竟是不是约翰·法恩利爵士。我想要解释为什么他面对申诉人和律师那么焦虑；为什么他不把他们逐出家门；为什么他那么急于采集指纹；噢，还有有助于明确他死因的一切事宜。”

“玛德琳小姐，如果你仅仅想针对死者是否是约翰·法恩利爵士给出意见的话，恐怕我要告知你——”

“不，不，不是。我不知道他是不是。但最可怕的是这一点。你要知道，他自己都不知道自己是谁。”

第十五章

从昏暗小屋里面的骚动程度来看，大家都觉得一天当中的重头戏要来了，即使谁也说不清是什么。审讯官清了清嗓子，像个灵活的木偶似的转了转脑袋。

“戴恩小姐，这里不是法庭，而是讯问，因此允许你做任何证明，但必须有助于我们理清案情。你能否解释一下你说这话的意思？”

玛德琳深吸了口气。

“好的，如果听我解释，您就会明白这有多么重要，怀特豪斯先生。让我难以当你们面启齿的是，他怎么会来找我说这件事。他对法恩利夫人爱得太深，以至于对她开不了口，这让他在一定程度上感到烦恼；有时他心烦到极点，你们可以注意到他的神情是多么憔悴。我想我是个可以吐露心声的可靠之人，”她皱起眉头，强颜欢笑，“因此就是这样。”

“什么？就是哪样，戴恩小姐？”

“您让他们叙述的前天晚上见面时关于身份之争和采集指纹的事，”玛德琳或许是下意识地继续说，“当时我不在场，但一个当时在场的朋友把全部情形都告诉了我。他说让他印象深刻的是双方都信誓旦旦，一直到采集指纹和那之后都是如此。他说可怜的约翰——抱歉，我是说约翰爵士——唯一一次露出笑容或看上去放轻松，是当申诉人讲到泰坦尼克号上发生的可怕事件，讲到被海员的木槌击打的时候。”

“是的，然后呢？”

“这件事约翰爵士几个月之前和我说过。泰坦尼克号失事以后，还是个小男孩的他在纽约的一家医院里醒了过来。但他并不知道那是纽约，也不记得泰坦尼克号的事情。自己在哪儿，怎么来到这的，甚至自己是谁，他全然不知。轮船失事时头部由于遭到有意或无意的击打而造成脑震荡，导致他患上失忆症。您明白我的意思吗？”

“完全明白，戴恩小姐。请继续。”

“他们告诉他说，从衣服和证件辨认出他是约翰·法恩利。有个男人站在医院的病床前，自称是他母亲的表兄——哦，这样说不太好，不过您懂我的意思吧——并且让他好好休息把病养好。

“可是您也了解这个年龄段的男孩。他害怕极了，担心不已。因为他对自身情况浑然不知。最糟糕的是，就像同龄的孩子一样，他不敢告诉其他人，唯恐自己疯了，或者有什么问题，害怕会被抓去坐牢。

“他的感觉就是这样。他没什么理由怀疑自己不是约翰·法恩利，也没有理由怀疑他们所讲的关于他的事情不是事实。他有一段模糊不清的记忆，满是呼喊和混乱，与露天或寒冷有关：可是他只记得这么多。因此他从来没有对其他人吐露一个字。他在表兄——从科罗拉多来的一位伦威克先生——面前假装什么都记得。伦威克先生从没起疑过。

“他守护着这个小秘密许多年。他反复读着日记，努力去回忆过去。他跟我说，有时他一坐就是几个小时，用手按着脑袋全神贯注去想。有时他模模糊糊记起某张面孔或者某件事，好像水中望月一般。但再想时似乎又不对劲。他唯一还清晰记得的是一个短语而不是影像，与门铰链有关：扭曲的铰链。”

观众在铁质屋顶下像假人似的坐着。没有纸张的窸窣声，也没人交头接耳。佩奇感觉他的衣领已经湿透，心口像嘀嗒作响的表一样跳动。耀眼的阳光从窗户射进来，照得玛德琳眯起了眼睛。

“扭曲的铰链吗，戴恩小姐？”

“是的。我不懂这个短语是什么意思。他自己也搞不清楚。”

“请继续说。”

“在科罗拉多最初那几年，他害怕万一哪里出了错被他们发现的话，会被抓去坐牢。他没法写字，因为他有两根手指在海难时几乎压碎，再也不能正常地握笔。他害怕给家里写信，正因如此他从没写过。他甚至不敢去找医生问自己是不是疯了，因为怕医生会告发他。

“当然，时间冲淡了一切。他说服自己，总有人遭遇不幸的事情之类的。世上有战争和各种灾难。他咨询了一位心理专家，专家给他做了许多心理测试后说他的确是约翰·法恩利，没什么好忧虑的。可是那些年他一直摆脱不掉恐惧，甚至当他以为已经忘掉的时候，又开始做梦。

“可怜的达德利死后，他继承了头衔和遗产，一切恢复正常。他必须回到英国。他——该怎么说呢——产生了学术兴趣。他以为假以时日他定会记起来的。可是并没有。你们都知道他过去常常像鬼魂似的游荡，一个可怜人。你们知道他有多么神经质。他热爱这里。他热爱这里的每一英亩土地和庭院。说真的，他其实并没有怀疑自己是约翰·法恩利。但他非要确认不可。”

玛德琳咬了下嘴唇。她明亮的双眼此刻正用力地扫过观众席。

“我曾经和他聊过，试图安抚他。我想劝他别想太多，也许反而会恢复记忆。我曾有意安排，来唤醒他对一些事的回忆，让他以为是自己记起来的。有时候是晚上用留声机播放《美丽的女士，献给你》这样久远的歌曲，如此他就会记起我们孩提时是怎样跳舞的。有时候是房子里的某个细节。在书房里有个满是书的橱柜——嵌在窗边的墙里，你们知道——它不只是个柜子，打开里面的一扇门可以通向花园。如果你找到把手，现在依然打得开。我引导他找到了正确的把手。他说打那以后几个晚上他都睡得很香。

“可他还是得确认。他说如果能够知道真相，甚至证实他不是约翰·法恩利，也不会太介意。他说自己不再是个野孩子，可以坦然面对，知道真相对他来说是这世界上最重要的事。

“他去伦敦又看了两个医生，我知道这事。你可以想见当他去见一个当时红得发紫、据说有超能力的人——一个在半月街上叫阿里曼的小个子烂人——的时候是有多么忧虑。他以给我们算命为由拉了一群人去，还假意嘲讽。可他却把自己的一切都告诉了那个算命师。

“他还是时常在这地方到处游荡。他曾经说，‘嗯，我是个好管家。’你们也知道他的确是。他也常去教堂，他最喜欢唱赞歌；有时去听他们演奏《追随我》——总之，当他走进教堂，抬头仰望墙壁，他曾说如果可以——”

玛德琳停住了。

她的胸脯随着深呼吸起伏着。她的目光锁定在前排，摊开手放在椅子扶手上。此时她似乎充溢着全部的热情和神秘，深如根，强如心；不过她毕竟只是个女人，在闷热的屋子里尽其所能辩护着。

“对不起，”她脱口而出，“也许还是不说这些比较好；这跟我们没什么关系。很抱歉用这些无关紧要的事情占用了大家的时间——”

“请肃静，”审讯官边说边扫视着逐渐骚动的观众席，“我没法确切说你是否浪费了我们的时间。你还有别的话要对陪审团说吗？”

“有，”玛德琳说着转头看向众人，“还有一件事。”

“什么事？”

“当我听闻申诉人和律师来到庄园时，我知道约翰是怎么想的。现在你们应该清楚他自始至终的想法了。你们能理解他每一步的想法和他说的每句话。现在你们该明白，他在听完申诉人讲述在泰坦尼克号海难中海员的木槌和击打头部之后为什么笑，为什么长长地松了一口气。因为他本人就承受着脑震荡和失忆之苦长达二十五年之久啊。

“请等一下！我并没有说申诉人的故事是捏造的。我不了解，也不能妄下结论。但约翰爵士——你们称之为死者的那位，就像他从没活过一样——听到他原以为无法证实的事之后肯定感到极为轻松吧。他终于梦想成真，身份得以验证。现在你们知道他为什么乐于接受指纹测试，而且是最热衷于此的人了吧。也知道他为什么迫不及待，一门心思想要知道结果了吧。”

玛德琳紧紧抓着椅子的扶手。

“拜托，或许我讲的所有这些太愚蠢了，不过我希望你们能理解。无论如何要证明一件事是他毕生的目标。假如他是约翰·法恩利爵士，那么他会快乐地生活直到老死。假如不是，那么他也不会太在意，因为心中已了然。就像赌球赢了一样，你知道。你下了六便士的赌注，以为也许能赢得成千上万英镑。你对此相当笃定，发誓真能赢。但直到捷报传来之前你都不能确定。如果捷报没来，你想，‘好了，就这样吧。’然后放手不管。嗯，约翰·法恩利就是这样。这就好比他参与了赌球。他所钟爱的东西数不胜数：这些是他的赌注。尊敬、荣誉和每夜的酣睡：这些也是他的赌注。折磨终了和未来降临：这些还是他的足球赌注。他相信马上就要赢得胜利。而现在人们都说他是自杀。为何不好好想一想，想想会更清楚。你能相信，敢相信再有半个小时就将揭晓谜底，他会蓄意割喉自杀吗？”

她用手捂住了双眼。

下面彻底骚动起来，审讯官压下声音。哈罗德·威尔金先生站了起来。佩奇发现他闪着油光的脸上微微发白，说起话来喘得像刚跑完步似的。

“审讯官先生。这位女士作为特殊请求的一番言辞，内容无疑相当有趣，”他刻薄地说，“我不愿冒昧地提醒您的职责，也不会鲁莽地指出在这十分钟里您没有任何提问。但是如果这位女士的精彩陈述已经彻底结束——假如证实所言为真，说明死者是个比我们想象中还要坏的骗子——作为真正的约翰·法恩利爵士的律师，我会要求进行交叉询问。”

“威尔金先生，”审讯官又摇头晃脑地说，“等我准许时自会让你提问，在那之前请你保持肃静。好，戴恩小姐——”

“请让他问吧，”玛德琳说，“我记得在半月街那个恐怖的埃及小个子阿里曼屋里见过他。”

威尔金先生掏出一方手帕擦拭起额头来。

于是开始进行提问。审讯官做了总结。艾略特督察走进另一个房间偷偷跳起了萨拉邦德舞[①]。而陪审团认定这是由一名或多名未知凶手犯下的谋杀案，直接交由警方处理。

① saraband，一种悠缓的三拍子西班牙舞。

第十六章

安德鲁·迈克安德鲁·艾略特端起一杯口味尚佳的莱茵白葡萄酒细细欣赏着。

“戴恩小姐，”他说，“你真是个天生的政治家。不，得说是外交家；这样说更好听，我也不知道为什么。拿赌球来类比实在是神来之笔。就像六便士和输赢让陪审团很容易理解。你是怎么想到的？”

借着落日斜长温暖的余晖，艾略特、菲尔博士、佩奇在名不副实却舒适自在的蒙普莱西尔与玛德琳共进晚餐。餐桌摆放在餐厅的落地窗边，透过落地窗是一片浓郁的月桂树花园。花园的尽头是两英亩苹果园，一端有条小路穿过果园直通以前马戴上校的家。另一端跨过一条小溪，穿过“挂图”，斜坡上的树位于果园左侧，在夜空中呈现出一片漆黑。如果沿着后一条路上行穿过“挂图”，越过山肩再爬下去，就来到了法恩利庄园的后花园。

玛德琳一个人住，雇了个妇人每天到家里来做饭和“打扫”。小屋整洁明亮，挂着她父亲留下的军旅照片，到处是黄铜饰品和嘈杂的时钟。这间屋子孤零零的，离这里最近的房子便是那位不幸的维多利亚·戴利的家；不过玛德琳向来不介意独居。

此刻她坐在敞开的窗户旁边那张餐桌的主位上，餐桌上的烛光映在抛光的木质桌面和银器上，使房间还不至于太昏暗。她身穿白衣。餐厅低矮粗大的房梁、锡器还有忙碌的时钟都成为衬托她的背景。晚餐后，菲尔博士点着一根大号雪茄；佩奇为玛德琳点了根香烟，对于艾略特的问题，玛德琳在火柴的光芒中笑了起来。

“关于赌球吗？”她问道，脸微微泛红，“说实话，那不是我想出来的。是纳特·巴罗斯的点子。他写出来让我转化成口语……简直就像背书一样。哦，我说的每个字都千真万确。感觉糟透了。当着那么多人那样说话，实在是难为情；而且我无时无刻不在担心差劲的怀特豪斯先生打断我；可纳特说那是唯一的方法。事后我到公牛与屠夫旅馆的楼上号啕大哭了一场，才感觉好一点。我是不是表现得很糟糕啊？”

他们正自然地盯着她看。

“不，”菲尔博士颇为认真地说，“表现得出色极了。不过，哦，天啊！是巴罗斯教你的？哇！”

“是的，他昨晚在这里花了大把时间教我呢。”

“巴罗斯？可他是什么时候来的？”佩奇惊讶地问，“我送你回的家。”

“你走之后他来的。他听了我告诉茉莉的那些事情，兴奋极了。”

“要知道，各位，”菲尔博士深思着猛吸了口大号雪茄，低声说，“可不要低估我们的朋友巴罗斯。佩奇早就告诉过我们，他是个聪明绝顶的家伙。威尔金看似在这出马戏一开场时用套圈套住了他；但自始至终在心理上——这个该死的词——审讯恰恰按照他所想的进行。他当然会去争取。能否处理好法恩利的家业对于巴罗斯公司来说至关重要，而他就是个斗士。什么时候，一旦法恩利对戈尔一案开庭，肯定是个热闹场面。”

艾略特关注的是其他方面。

“喂，戴恩小姐，”他倔强地说，“我不否认你为我们有力地扭转了局面。这是一场胜利，尽管只是一场外在表象和新闻媒体的胜利。现在这案子不会正式结束，虽然副审讯官对着陪审团吹胡子瞪眼，说他们是一群呆头呆脑的乡巴佬，被一个漂亮的……呃……女人迷得团团转。不过我想知道的是你为什么不带着这些信息先来找我呢。我又不是骗子。我不算是个……呃……太糟糕的人，如果可以这么说的话。那你为什么不告诉我呢？”

佩奇心想，奇怪而又滑稽的是，他听上去貌似很受伤。

“我本来是打算这么做，”玛德琳说，“我真的很想。但我必须先告诉茉莉。后来纳特 · 巴罗斯让我发各种毒誓，在审讯结束以前绝不向警方透露一个字。他说他不相信警方。另外，他有个论点想要证明——”她克制住，咬了咬嘴唇，然后拿着香烟做了个道歉的手势。“你们知道有些人就是那样。”

“可我们的立足点在哪里？”佩奇问，“今天上午过后，我们是不是绕了一圈又回到谁是真爵士的问题上？只要墨里坚称是戈尔，他们不推翻那份指纹证明，就没戏唱。至少我是这么想的。今天上午，有那么一两次，我不太确定。你话中有些暗示和影射似乎集中在老好人威尔金身上。”

“真是的，布莱恩！我只是把纳特教我说的说出来而已。你是什么意思？”

“嗯，整个财产申诉案也许就是威尔金一手策划的。威尔金，鬼神的游说者和招魂术的拥护人。威尔金结交了一些酒肉朋友，也许他找来戈尔就像找上阿里曼和迪凯纳夫人之流一样。我说过我们见到戈尔时，他就有点像个演员。威尔金说案发时他看见花园里有鬼魂。案发时他离死者只有十五英尺远，而且中间只隔了层玻璃。威尔金……”

“可是布莱恩，你肯定不会怀疑威尔金先生是凶手吧？”

“为什么不会？菲尔博士说过……”

“我说过，”博士瞧着雪茄，皱起眉头插嘴说，“他是这群人里面最有趣的一个。”

“同一个意思嘛，”佩奇沮丧地说，“关于真爵士，玛德琳，你究竟是怎么想的？昨天你跟我说认为过世的法恩利是个骗子，不是吗？”

“是的，我说过。可我觉得没有人会不同情他。他无意成为一个骗子，难道你不明白吗？他只想知道自己是谁。至于威尔金先生，不可能是凶手。不过当机器人偶掉下来时——呃，在晚餐后这样一个怡人的晚上谈论起来真是吓人，他是我们之中唯一一个不在阁楼里的人。”

“凶险，”博士说，“太凶险了。”

“您一定非常勇敢，”玛德琳无比严肃地说，“才能对那个铁皮人跌落下来一笑了之。”

“亲爱的年轻女士，我不是勇敢。风吹得好猛，我感觉不舒服。后来我就开始像圣彼得一样咒骂。接着我开起了玩笑。哼。所幸我想起另一个房间里的女孩，她可没有我这身肉垫来支撑着。然后我心里狠狠发誓——”暮色之下他在桌子上方挥舞着的拳头显得特别大。他们感受到在玩笑和心不在焉的背后有种威慑力，是一种让人觉得下坠和束缚的力量。但他的拳头没有砸下来。他向外凝视着漆黑的花园，继续不温不火地抽着烟。

“那么我们的立足点在哪里，先生？”佩奇问，“现在你觉得能信任我们了吗？”

回答他的是艾略特。艾略特从桌上的盒子里取出一支香烟，小心翼翼地划亮火柴点燃。在火柴的光亮之中，他的神情又变得干练和冷漠起来，但似乎又透露着佩奇无法解释的东西。

“我们得马上行动，”督察说，“伯顿开车带我们去帕多克伍德，菲尔博士和我乘十点钟的火车进城。我们在苏格兰场和贝尔彻斯特先生开个会。菲尔博士有个想法。”

“是关于——这里的事吗？”玛德琳急切地问道。

“是的。”菲尔博士说。他昏昏欲睡地连着抽了好一会儿烟。“我在想，假如我放出一点假风声，也许会更好。比方说今天的讯问有双重目的。我们希望此案判定为谋杀，希望某个证人说漏嘴。结果真认定为谋杀，而且有人真就说错了话。”

“就是在你发出‘哇’的一声时吗？”

“我说了好几次‘哇’，”博士严肃地回答道，“是自言自语。只要你舍得花本钱，警官和我会告诉你是什么让我们俩都说了‘哇’，至少会给个提示。我是说：只要舍得花本钱。到头来你也应该为我们做点你为巴罗斯先生做过的事，而且同样得保证不泄密。一分钟之前你说他正着手证明一件事。是什么事？他想要证明什么？”

玛德琳掐灭了香烟，局促不安起来。昏暗之中，她一袭白衣显得清爽又干净，低领口上方的喉头上下起伏。佩奇永远都会记得此时此刻的她：金色波浪长发覆耳，面若银盘，在黑暗处更显柔美娇艳，双目幽幽闭合。外面一阵微风搅动着月桂树林。花园西面的低空呈现出淡淡的橙黄色，如同易碎的玻璃；然而“挂图”大片树林的另一侧有一颗星星。这个房间似乎隐形似的，仿佛也在等待什么。玛德琳把手搭在桌子上，像要把自己向后推。

“我不知道，”她说，“这些事是人家来告诉我的。他们认为我会保守秘密；我看起来像能守住秘密的那种人，而且的确可以。如今我好像非要把所有秘密都揭发出来不可，今天说了那番话让我感觉像是做了什么卑鄙的事。”

“然后呢？”菲尔博士问。

“还是那句话，您应当知道这件事。您肯定知道。纳特·巴罗斯怀疑某人是元凶，他希望能够证明。”

“那他怀疑的是——”

“他怀疑肯尼特·墨里。”玛德琳说。

艾略特发光的烟头在空中突然熄灭。接着他用手掌一拍桌面。

“墨里！墨里？”

“怎么了，艾略特先生？”玛德琳睁大眼睛问道，“这让您惊讶吗？”

督察说话的语气仍然冷漠。“不管是切身感受还是从博士所讲的侦探故事来判断，墨里都最不该被怀疑。他是所有人注视的对象。也许只是个玩笑，不过大家都以为他是会被干掉的那个人。巴罗斯他妈的聪明得过了头吧！——抱歉，戴恩小姐，请原谅我的措辞。不，绝对不可能。巴罗斯这么想有没有什么理由，除了这个卖弄聪明的想法之外？为什么，那个人的不在场证明牢不可破啊？”

“这个我也不了解，”玛德琳皱起眉头说，“因为他没跟我说。可重点就在这里。他真的有不在场证明吗？我说的只是纳特对我说过的话。纳特说如果你仔细过一遍证词，会发现只有戈尔先生才真正站在书房窗前看到了他。”

督察和菲尔博士交换了一下眼神。他们没发表意见。

“请继续说。”

“你们记得我今天在讯问时提到有个嵌在书房墙里的小橱柜或者书架吗——就像阁楼上那个？只要找到机关就能开启一扇通往花园的门？”

“我记得，”菲尔博士相当严肃地说，“嗯。墨里亲自向我们提过那里，当时他说他在受到监视的情况下走了进去，把假指纹记录本换成真的，以防被人从窗户看见。我开始明白了。”

“是的。我把这事跟纳特说了，他极为感兴趣。他说让我务必提这件事，这样才会被记录在案。如果我没误解他的话，他说你们关注错了人。他说整件事都是针对可怜的约翰而凭空捏造的阴谋。他说那是因为这位‘帕特里克·戈尔’能说会道，你们误把他当作那群人里的头目。可是纳特坚持认为墨里才是真正的——惊险小说里常用的那个可怕的词是什么来着？”

“主谋？”

“就是这个。团伙的主谋。由戈尔、威尔金和墨里所组成的团伙；戈尔和威尔金是从犯，他们没胆量实施任何真正的罪行。”

“继续说。”菲尔博士好奇地说。

“纳特向我解释这点时兴奋极了。他指出墨里先生在整个过程中非常怪异的行为。这个，当然我——我不知道那些。我对他不够了解。他做事和以前有点不一样，但后来我想我们都是这样吧。

“可怜的纳特甚至有了一套逻辑去解释整个事件是如何策划的。墨里先生和一个名声不太好的律师（威尔金先生）素有来往。威尔金先生从客户里一个算命师口中得知，约翰·法恩利爵士正遭受着失忆和你们所知道的精神创伤，就告诉了墨里。于是这个老教师墨里想到用一个伪造身份的冒名顶替者来行骗。他通过威尔金从客户中找到一个合适的替代者（戈尔）。墨里花了六个月对他进行各种特殊训练。纳特说这就是为什么戈尔的言谈举止与墨里那么相似：纳特说您注意到了这点，菲尔博士。”

博士注视着桌子那端的她。

他把胳膊肘架在桌子上，头埋进双手当中，因此佩奇看不出来他在想什么。从敞开的窗户吹进来的风非常暖和，充满香气，然而事实上菲尔博士却打了个哆嗦。

“继续。”艾略特又催促道。

“纳特对于事发经过的想法太——太可怕了，”玛德琳回应道，又闭上了眼睛，“我看得见，尽管我不想看见那情景。可怜的约翰，他没想过要加害任何人，却有人杀害了他，这样一来就没人跟他们争权夺利了，而且还要让大家相信他是自杀的。偏偏大多数人就相信了，你们知道。”

“是的，”艾略特说，“偏偏大多数人就相信了。”

“威尔金和戈尔，这两个无足轻重之人没什么胆量，他们有该干的事。他们守住房子的两侧，你知道。威尔金在餐厅里。戈尔盯着书房窗户有两个原因：第一，给墨里先生制造不在场证明；第二，防止其他人从窗户外面发现墨里先生离开了书房。

“他们悄悄接近可怜的约翰，就像个——唉，你们知道。他毫无反抗的机会。当他们发现他在花园里时，墨里轻轻地溜了出去。他是个狠角色。他抓住约翰并且杀了对方。直到最后关头他才决定下手，因为他们原本指望约翰会崩溃，承认自己患有失忆症以及或许不是真爵士。这样他们不见得要杀掉他。但是他没有崩溃，所以他们决定下手。不过墨里先生可得好好解释解释为什么花那么多不必要的时间去‘比对指纹’。于是他编造了偷换指纹记录本的故事，偷了其中一本，而后再归还。纳特还说——”她看着菲尔博士，呼吸急促地说，“他说您正中他们的陷阱，完全被墨里牵着鼻子走。”

艾略特督察轻轻掐灭了香烟。

“是这样吗，嗯？这位巴罗斯先生有没有解释墨里是如何在诺尔斯尤其是巴罗斯本人的视线范围内行凶的呢？”

她摇了摇头。

“他没告诉我。要么他是不想说，要么他还没想出来是怎么回事。”

“他还没想出来是怎么回事。”菲尔博士闷声闷气地说，“脑子转得有点慢啊。功课做得有点晚。哦，我的老毛病又犯了。真是糟糕。”

玛德琳再次说话时有点气喘。她的精神紧张到了极点，仿佛是被花园里吹来的风所动，抑或是被房间里的期待感所影响。

“您对此是怎么看的？”她问。

菲尔博士仔细想了想。

“其中有瑕疵。大大的瑕疵。”

“无所谓，”玛德琳正视着他说，“我想我自己也不相信。不过我把您想知道的都说出来了。关于真相，有什么线索要透露给我们吗？”

他好奇地打量着她，似乎有些不解。

“你都说完了吗，女士？”

“全部——我能说或者敢说的都说了。别再问我了，拜托。”

“然而，”菲尔博士坚持道，“我想再问你一个问题，尽管有可能更加难以解释。你和已故的法恩利非常熟悉。嗯，这个问题有点含糊而且还和心理有关；但找到下面这个问题的答案你就离真相不远了。为什么法恩利忧虑了二十五年？为什么失忆让他沮丧压抑成那样？大多数人只会烦恼一段时间，而不至于在心中留下那么巨大的创伤。比方说，他是不是被什么犯罪或邪恶的记忆所折磨呢？”

她点点头。“是的，我相信是有。我常觉得他就像是书里写的那些清教徒，生错了时代。”

“但是他记不起来究竟是什么事了？”

“是的——印象中只有一个扭曲的铰链。”

佩奇发现这个词本身就够让人心烦意乱的了。它似乎可以表达或者暗示什么含义。扭曲的铰链是什么？或者换个说法，平整的铰链呢？

“是对脑子脱线的含蓄说法吗？”他问。

“不，我不这么认为。我的意思是，那不是一种比喻的说法。有时他好像真的看见了铰链：一扇门上的铰链；白色的铰链。他看见那东西弯曲变形，断裂开来垂在上面。他说这个情景让他印象深刻，就像生病时看着墙纸图案那种感觉。”

“一个白色的铰链？”菲尔博士说。他看了看艾略特。“真是伤脑筋啊，老兄，是吧？”

“是啊，博士。”

博士的鼻孔呼哧作响，他使劲吸了口气。

“非常好。现在让我们看看是否能从这里面找出什么真相的线索，我来给你们说几条吧。”

“首先，从一开始就不断提到有人被一把据说是‘海员木槌’的东西砸到脑袋。大家主要的兴趣点都集中在这件事上面，但却很少有人提及那个木槌。这东西是从哪里拿来的？究竟是如何拿到的？在现代机械化的船上，这种东西对海员来说没什么太大用处。我只能想到一个东西符合这描述。

“假如你横跨过大西洋，那么很可能见过这种木槌。在新式邮轮上，沿着甲板下方的通道，每隔一段距离就会放置一个，悬挂在每一道钢铁门上。这些钢铁门是或者说应该是防水的。在灾难事件发生时会关闭，形成一排舱壁或隔间，以抵挡水流冲进去。而每扇门上的木槌——很遗憾又提它——是给船舱乘务员在乘客惊慌奔逃时当作武器之用。泰坦尼克号，你们记得吧，它的密封舱是出了名的。”

“怎么？”就在博士停顿时，佩奇连忙问，“那又有什么关系？”

“对你没有什么启发吗？”

“没有。”

“第二点，”菲尔博士说，“那个有趣的机器人偶，黄金女巫。弄明白这个机器人偶在十七世纪是如何运转起来的，你就能解开本案的核心奥秘。”

“但一点也说不通啊！”玛德琳大声说，“我是说，至少和我所想的毫无关联。我以为您和我想的一样呢，再说——”

艾略特督察看了看表。“我们必须要动身了，先生，”他语调平淡，“否则就别想赶上火车，也无法顺路再探访一下庄园了。”

“不要走，”玛德琳突然说，“不要走。拜托了。你们不会走，是吧，布莱恩？”

“我想我们非走不可，女士，”菲尔博士语气非常平和地说，“有什么不对劲吗？”

“我害怕，”玛德琳说，“所以我才说了这么多话，真的。”

布莱恩·佩奇发现了她有点不对劲，以及相应的原因，这让他有点震惊。

菲尔博士把雪茄放在咖啡杯的托盘上。他极其小心地划燃一根火柴，俯身点亮桌上的蜡烛。四团金色的火苗在温暖静止的空气中缓缓升起，好像脱离蜡烛悬空燃烧一般。暮色已向花园退去。在花园边缘舒适的一角，玛德琳的眼里映照着烛光：眼神笃定却偾张着，仿佛在恐惧之中透着些许期盼。

博士显现出不安。“恐怕我们要走了，戴恩小姐。明天就回来，有些关于案子的琐事得去城里处理一下。不过，如果佩奇可以——”

“你不会离开我，对吗，佩奇？抱歉，我真傻，不该这么烦你——”

“老天，我当然不会离开你！”佩奇大声说，他从来没有过这么强烈的保护欲，“这样会闹出丑闻的。我会守着你直到明天早晨。倒不是说真有什么好害怕的。”

“你没忘记那个日子吧？”

“什么日子？”

“周年纪念日。七月三十一日。一年前的今晚，维多利亚·戴利遇害。”

“今天也是，”菲尔博士好奇地看着他俩，补充道，“今天也是收获节的前夕。像艾略特这样的苏格兰好公民会告诉你它的意义。今晚将是伟大的安息日夜晚，来自阴间的力量将得到释放。嗯，哈。好了。我可真是个乐天派，嗯？”

佩奇觉得既困惑又不安，还有些愤怒。

“你啊，”他说，“给人家说那些胡扯的想法有什么用？玛德琳因为这事已经够苦恼的了。她为了别人的事情奔波，为了帮助别人筋疲力尽。你还雪上加霜到底是什么意思？这里没有危险。假如我看见有什么东西在外面晃悠，我会先拧断它该死的脖子之后再报警。”

“抱歉。”菲尔博士说。身材高大的他站在那里往下看了一会儿，眼神中显现出疲惫、和蔼和一丝困惑。然后他从椅子上拿起宽大的外衣、铲形帽和叉头拐杖。

“走吧，博士，”艾略特说，“如果我没弄错附近地理位置的话，我们可以走花园左侧的小路，穿过树林到另一边的法恩利庄园吧？我说得对吗？”

“对。”

“好吧——呃——那么晚安吧。再次谢谢你所做的一切，戴恩小姐，让我们度过了一个非常愉快而受益匪浅的夜晚。只是——提高警惕，你懂的，佩奇先生。”

“好的。当心树林里有幽灵哦。”佩奇朝他们身后喊道。

他站在落地窗前望着他们穿过月桂树林走出花园。这个夜晚非常温暖，花园里的芬芳浓郁，让人招架不住。东方的星星在倾斜的天空中闪亮，但只是隐约可见，仿佛被热浪侵袭。佩奇无名火起。

“一群婆婆妈妈的人，”他说，“还想要——”

他转过身去，发现玛德琳的笑容一闪而过。她又恢复了平静，不过脸色泛红。

“很抱歉，我显露出这样一面，布莱恩，”她柔声细语地说，“我知道这里没什么危险。”她站起来。“请恕我失陪一会儿好吗？我想上楼去补补妆。很快就好。”

“一群婆婆妈妈的人，还想要——”

落单的他小心地点了一支烟，不久就对自己的恼火行为付之一笑，感觉好多了。另一方面，和玛德琳共度良宵是他梦寐以求的美事之一。一只褐色的飞蛾从窗户飞进来，径直扑向一团烛火。他挥手把它赶走，在它飞到面前时正好避开。

这一小圈烛火非常舒适宜人，不过还是再亮一点才更合适。

他走向电灯开关。柔和的壁灯烘托出这个房间的优雅和印花的图案。他心想，奇怪的是时钟的嘀嗒声竟然如此清晰和突然。房间里有两座时钟，它们之间没有相互冲突，而是弥补对方所欠缺的节拍，创造出一种仓促窸窣的节奏。其中一个小钟摆以一种吸引人的韵律前后摆动着。

他走回到桌旁，倒了杯几乎已经冷掉的咖啡。他走在地板上的脚步声、杯子放在托盘上的响声、瓷咖啡壶碰到杯子边缘的叮当声：所有这些声响都像那两座时钟一样清晰可辨。他头一次意识到纯粹的空虚也是一种享受。他的思绪渐渐飞扬起来：这间屋子几乎空空荡荡，我独自一人，会怎么样呢？

通明的灯光更显出房间的空旷。有个问题他一直避免去思考，尽管那天下午他已经猜中某个秘密，并且在书房里的一本书上得到了确认。结果令人欣喜——当然，是对玛德琳而言。这座房子还算整齐，就是显得孤零零的。环绕它四周的是一道延伸半英里的黑墙。

玛德琳补妆着实花了太长时间。又有一只飞蛾从敞开的窗户画着之字形飞进来，落在桌子上。窗帘和烛火微微晃动了一下。还是关上窗户吧。他穿过明亮刺眼的房间，站在落地窗前望着外面的花园，突然僵立不动。

有微弱光线从窗户照到花园里，在光线边缘后方的黑暗处，坐着法恩利庄园的那个机器人偶。

第十七章

他站在那里看着机器人偶得有八秒钟，就像那东西般一动不动。

窗户透出来的光微微发黄，向草坪照过去有十到十二英尺远，正好落在人偶上过漆的底座上。它那张蜡脸似乎皲裂得更厉害了；从楼梯滚落之后它稍稍向一侧倾斜，里面的机械装置也掉了大半。要想修理只好费点力气，拉过那身破烂的长袍来遮住破损的地方。它破旧且伤痕累累，还瞎了一只眼，就站在月桂树的阴影下面不怀好意地看着他。

他只得硬着头皮采取行动。他慢慢朝它走过去，发觉离亮着的窗户越来越远。它独自在那里，或者说看上去是这样。他注意到上面的轮子已经修好。但七月长时间的干旱，地面干燥，以至于轮子在草地上几乎不留痕迹。左边不远处的砾石路同样没有任何印迹。

接着他急匆匆回到屋里，因为听见了玛德琳下楼的声音。

他小心翼翼地关上所有落地窗，然后把沉重的橡木餐桌推到屋子中央。有两根蜡烛晃动起来。玛德琳来到门口，发现他刚摆好桌子，正伸手扶住一根蜡烛。

“有蛾子飞进来。”他解释说。

“可是这样不会太闷了吗？是不是最好留一扇——”

“我来开。”他把中间的窗户打开约一英尺宽。

“布莱恩！没出什么事吧，是不是？”

他再次清清楚楚觉察到时钟的嘀嗒声，但玛德琳那副楚楚可怜的样子尤其激起了他的保护欲。不安的情绪萦绕着他们。此刻她不再显得冷淡或是谦逊。她的气场——只有这个词能形容——充满整个房间。

他说：

“天啊，没有，当然没发生什么事。就是飞蛾太讨厌了，仅此而已。所以我才关上了窗户。”

“我们要不要到另一个房间去？”

最好不要离那家伙太远。最好别让它有机会为所欲为。

“噢，我们就待在这里再抽支烟吧。”

“没问题。再来些咖啡怎么样？”

“别麻烦了。”

“不麻烦。都在炉子上热着呢。”

她微笑着，是在神经紧张状态下的故作一笑，然后走进了厨房。在她离开的时间里他没有查看窗外。她似乎在厨房待得太久了，于是他进去找她。他们在门口相遇，她拎着一壶刚泡好的咖啡，轻声说：

“布莱恩，有点不对劲。后门开着。我确定我关上了，而且玛丽亚总是关上门才离开。”

“一定是玛丽亚忘了关吧。”

“好吧，既然你这么说。哦，我真傻。我自己知道。让我们做点高兴的事吧。”

她好像如梦初醒，略带歉意却旁若无人地笑着，容光焕发一般。在这房间的一角放着一台收音机，像玛德琳本人一样低调。她打开收音机。启动花了几秒钟，结果嘈杂的音量把两个人吓了一跳。

她调低音量，舞曲流畅的旋律充满整个房间，像在海边冲浪的感觉。曲调似乎一般，歌词更是不怎么样。玛德琳听了一会儿，接着回到桌子旁坐下，给两个人倒上咖啡。他们呈直角对坐着，近得可以触碰到对方的手。她背对着窗户。他始终感觉外面有什么东西在伺机而动。他不禁想假如有张破损的脸贴在窗玻璃上面，自己会是什么感觉。

然而与此同时，他的神经受到触动，大脑也运转起来。他似乎如梦方醒，好像是第一次找回理智。打破了束缚，脑袋也从铁箍中挣脱开来。

那个人偶到底是怎么回事？它只是一堆无生命的铁片、轮子和石蜡。危险性和厨房里的锅炉差不多。他们检查过它，清楚得很。它的目的就是吓唬人，通过人为控制来达到个人目的。

它不会像个恶毒的老女人坐在轮椅上那样自己从法恩利庄园沿着小路滑过来。是有人带到这儿来吓唬人的，目的和手法都很明显。这个机器人偶从一开始就参与到案子里，他早该看出来的……

“好了，”玛德琳的话打断了他的思绪，“我们来谈谈吧。这样比较好，真的。”

“谈什么？”

“整件事情，”玛德琳说着握紧双手，“我……也许我了解到的比你想象的要更多。”

她又一次出现在他的视野之中。她再度将手掌平放在桌面上，像是要把自己往后推那样。眼角和嘴边依然挂着略微惶恐的微笑。不过她不声不响，近乎迷人，而且态度前所未有地令人信服。

“我在想，”他说，“你知不知道我对这事的看法？”

“正在猜呢。”

他的眼睛紧紧盯着那扇半开的窗户。在他看来与其说是在和玛德琳讲话，不如说是和外面的东西在讲，那个出现在屋子周围伺机而动的家伙。

“最好不要猜我的想法。”他继续说，眼睛始终盯着窗户，“我想问你，你听没听说过在这附近有个……有个女巫异教？”

她有所犹豫。

“是的。我听过传闻。怎么了？”

“是关于维多利亚·戴利的事。我从菲尔博士和艾略特督察口中了解到基本情况。我甚至去收集信息来解释，但是没能把整件事串联起来。现在则明朗多了。你知道维多利亚遇害后，他们发现她的身上涂满了由泽芹汁、乌头草、委陵菜、颠茄和煤灰混合在一起的物质吗？”

“可凶手为什么这么做？所有这些恶心的东西和案子又有什么关系呢？”

“关系可大呢。这是著名的油膏配方之一……你一定听过……是撒旦崇拜者在安息日来临之前涂抹在自己身上的东西。只是缺少一种最原始的成分：小孩的肉。不过我想凶手再怎么努力照做也该有个限度吧。”

“布莱恩！”

他脑中所浮现的诡秘复杂事件的景象，与其说是撒旦崇拜者还不如说是凶手所为。

“噢，是的，是真的。关于这一点我略知一二，很难想象我怎么一开始没有想到呢。现在我想让你思考一下我们能从当前事实得到的明显推论，也就是菲尔博士和督察很早之前所做的推理。我指的不是维多利亚奉行撒旦崇拜的嗜好，或是伪装的嗜好。这一点显而易见，没什么好推理的。”

“为什么？”

“要知道，她是在收获节前夜，一个撒旦崇拜者重大集会的晚上涂了这种油膏。她是十一点四十五分遇害的，而安息日是从午夜开始。显然她在凶手抓住她的不久之前抹了油膏。她在一楼的卧室遇害，那里窗户是敞开的：这是——或者人们以为是撒旦崇拜者留下的集会传统。”

虽然他没正眼看她，却能想象出玛德琳的眉头微微一皱。

“我觉得我知道你的推论了，布莱恩。你说的是‘以为他们留下的’，因为——”

“我正要说这个呢。不过，首先，对于杀她的凶手我们能得出什么呢？最重要的是：不管是不是那个流浪汉杀的维多利亚·戴利，在行凶之时或刚发生过后，那个屋子里肯定还有第三个人。”

玛德琳噌地站起身。他即使没看她也感觉得到她蓝蓝的大眼睛紧紧盯着他的脸。

“怎么会呢，布莱恩？我还是没太明白。”

“因为这种油膏的特性。你发现这种物质会起什么作用吗？”

“是的，我想我知道。不过还是告诉我吧。”

“六百年来，”他接着说，“有大量的证言来自声称参加过女巫安息日并且见过撒旦本体的人。读这些证言时那种绝对虔诚、一丝不苟的细节让你印象深刻，因为所描写的那些事情根本不可能发生。我们不可否认，作为历史，撒旦崇拜团体确实存在，而且从中世纪到十七世纪一直长盛不衰。它设有精细化的组织，像教堂一样管理。可是那些不可思议的空中旅行，那些奇迹和鬼魂，那些恶魔和亲人，那些男妖和女妖呢？没人会承认这些东西是真的（不管怎样我现实的头脑不接受），然而有一大群不疯不傻也没受虐的人坚信那是事实。那么，是什么让人相信它们是事实的呢？”

玛德琳轻声说：“乌头草和莨菪，或颠茄。”

俩人对视了一眼。

“我相信这就是答案，”他对她说话时注意力依然在窗户上，“这事有争议，客观来看，我认为在多数案例中‘女巫’从没离开过她的房子甚至是房间。她以为自己是在树丛里参加的安息日仪式。她以为是被魔法传送到污秽的祭坛并且在那里见到了恶魔情人。她会这么以为是因为油膏的两种主要成分是乌头草和颠茄。你知道这类毒药擦在皮肤表面会有什么后果吗？”

“我父亲有一本《法医学》，”玛德琳说，“我想知道——”

“颠茄，透过皮肤的毛孔——还有指甲下的肉——吸收进去，让人迅速兴奋起来，接着出现暴力妄想和精神错乱，最终不省人事。另外，乌头草导致的症状有：精神错乱、头昏眼花、活动受限、心律不齐，最终也是不省人事。剩下的就是沉迷于各种撒旦狂欢（在维多利亚·戴利的床头柜上就有这样一本书）的仪式了。没错，就是这样。我觉得我们现在明白她在收获节前夜是怎样‘参加安息日’的了。”

玛德琳的手指沿着桌边游走。她打量着十指，然后点了点头。

“好……吧。但是就算我们认为这是真的，布莱恩，又如何证明在她死去那晚有其他人闯进屋子呢？我指的是除了维多利亚和杀她的流浪汉以外的人。”

“你还记得她被发现时身上穿的是什么吗？”

“当然。睡袍、睡衣和拖鞋。”

“是的——这是尸体被发现时的衣着。这正是问题的关键。谁会在黏糊糊、腻乎乎的煤灰色油膏上面穿一件新睡袍，更不用说外加一件华丽的睡衣了吧？这不是极其难受而且异常的打扮吗？安息日穿着睡衣？安息日的服装一向是简单的破旧衣服，这样才不会妨碍行动或者沾上油膏。

“你还不明白吗？那个女人在黑暗的屋子里由极度兴奋陷入昏迷状态。一个无家可归的可怜鬼发现有间开着窗户的黑屋子，心想可算逮到个好机会下手了。他所见到的是一个处于极度兴奋状态正在惊厥尖叫的女人：想必她像个冒失的幽灵一样从床上或是地板上爬起来走向他。于是他失去理智，把她杀了。

“任何涂了那种油膏且处于极度兴奋状态的人是不可能也不会穿上睡衣、睡袍和拖鞋的。也不可能是凶手给她穿上的。因为他还没完事就被人发现并追了出去。

“可是在黑暗的屋子里另有其人。维多利亚·戴利倒地身亡，身上涂满油膏，穿着奇怪的装束，一旦发现就会招来愤怒的丑闻。某个自作聪明的人或许猜到了事发经过。为了掩人耳目，这个第三人就在别人发现尸体之前潜入了卧室。（记得吧？那两个人听到尖叫，看见凶手跳窗逃跑并追上去，而后过了些时间才回到现场。）于是这个第三人脱下了维多利亚穿的‘女巫’装，为她换上得体的睡衣、睡袍和拖鞋。好了，就是这样。这就是真正的案发经过。”

他的心怦怦直跳。内心隐藏许久的影像清晰起来，让他坚信自己是对的。他朝玛德琳点点头。

“你知道这是事实，对吧？”

“布莱恩！我怎么会知道啊？”

“不，不，你没明白。我的意思是你像我一样确定，不是吗？这正是艾略特一直以来想要证明的。”

她思考良久才回答。

“是的，”她说，“我的确想过。至少今晚之前我是这么想的，当时菲尔博士给出的提示和我的想法相去甚远——我也这么告诉他了。此外，他们的想法也跟事实不符。你还记得昨天他说过这附近没有女巫异教吧？”

“的确是没有。”

“但你刚刚还说——”

“我说的是个人行为。有且只有这么一个人。记得昨天菲尔博士告诉我们说：‘一切的一切，从内心残忍到实施谋杀，都是由一个人干的。’还有，‘我坦率跟你说，跟某些人发明的智力愉悦相比，撒旦崇拜本身算是正当的事情了。’把所有这些话汇总到一起，套用一种模式。内心的残忍、智力的愉悦、维多利亚·戴利的死，加上艾略特跟我说的什么来着——这一带绅士阶层中间关于巫术的暧昧传闻。

“我想知道是什么促使这个人开始着手干这种事？单纯因为无聊乏味？对平凡事物提不起兴趣导致对生活彻底厌倦？或者是从童年延续下来的性格倾向，这种倾向从秘密事物中获取满足，隐藏在心底并逐渐形成？”

“开始着手什么？”玛德琳大声说，“我一直想弄明白你的意思。开始着手什么？”

在她身后有一只手敲击着窗玻璃，发出挠刮似的刺耳声响。

玛德琳厉声尖叫。那声敲击或是风声几乎把半开的窗户关闭，窗户撞击着窗框当当作响。佩奇犹豫不决。舞曲的叮当声仍然在屋内回荡。然后他走向窗边，推开了窗户。

第十八章

菲尔博士和艾略特督察没去赶火车。他们没赶火车是因为当他们到达法恩利庄园时，有人告知贝蒂·哈伯特醒过来了，可以和他们说话。

他们在穿过果园爬过树林的路上聊得不多。他们的对话在旁人看来可能也有些神秘。但是这跟一两个小时之后发生的事情有着极大关联，到那时菲尔博士所遇见过的最狡猾的凶手之一就要（或许提前）落入陷阱。

树林里既隐秘又黑暗。星光透过树叶形成深色的图案。艾略特的手电筒射出一道光束打在前方小路光秃秃的地面上，呈现出绿色的光谱。其后的幽暗之中传出两个声音，是督察刺耳的高音和菲尔博士喘息的低音。

“然而，先生，我们能进一步证实吗？”

“我觉得可以，希望可以。如果那个人我没看走眼的话，他会给我们所需要的全部证据。”

“而且你的说法得起效吧？”

“嗯，是的。如果起效的话。我东拉西扯了不少，但是应该会起作用的。”

“你觉得会不会有危险，”艾略特猛地朝玛德琳家的方向一甩头，“她那里？”

菲尔博士略微停顿才作答，两人踩着蕨类植物，脚下沙沙作响。

“该死，要是我知道就好了！可是我更倾向于没有危险。想想凶手的特点吧。一个狡猾的家伙，像那个人偶一样脑袋受损；隐藏在美好的外表之下——就像那个人偶以前那样。可他不是传说中让这个地方尸横遍野的恶魔。绝对不是恶魔。是个温和的杀手，老兄。当我想到以所有现代杀人罪的规律来判断这个案子里他原本要杀害的人数时，鸡皮疙瘩都要起来了。

“我们知道不少案例中，凶手处心积虑完成他最初的犯罪之后，又勃然大怒，开始到处杀人。就像从瓶子里倒橄榄一样，第一个让你烦恼万分，其他的就滚得满桌都是了。实际上，谁也不会去理会它们。这个凶手还算有人性，老兄。你知道，我不是赞扬凶手拥有能忍着不去杀人的自制力和好习惯。可是天啊，艾略特，当初有多少人陷入危险之中啊！贝蒂·哈伯特差点被杀死。我们认识的某位女士险些丧命。有位男士的安危我是从一开始就在担忧。而他们都平安无事。是凶手太没用了吗？还是别的什么？”

他俩沉默不语地走出树林，爬下山坡。法恩利庄园点亮的灯不多。他们从花园发生凶杀案位置的另一侧进入，再绕到前门。怏怏不乐的诺尔斯来迎接他们。

“法恩利夫人已经休息了，先生，”他说，“不过金医生让我转告说，如果方便，他希望先生们上楼去找他。”

“贝蒂·哈伯特是不是——”艾略特说了一半。

“是的，先生。我想是的。”

艾略特吹起口哨，两人走上楼，穿过绿室和女孩休息的卧室之间光线暗淡的过道。他们进去之前，金医生让他们等一下。

“好了，听我说，”金医生以他一贯强硬的语气说，“就五分钟，也许十分钟，不会更多。我得警告你们。你们会发现她很平静，如同在聊搭了趟巴士那般健谈。不过你们别为假象所迷惑。她刚打了一针吗啡，这是一部分副作用在作怪。你还会发现她眼睛转得很快，而且反应灵敏——好奇一直是贝蒂的首要特点——因此别用太多问题和废话去刺激她。懂了吗？那么，好吧。你们进去吧。”

女管家阿普斯太太见他们进来就溜了出去。这房间很宽敞，老式吊灯的所有灯泡都亮着。房间不太引人注目：墙上挂着法恩利家族的巨幅老照片，梳妆台上放着一些动物的瓷器摆件。黑色的床方方正正地立着。贝蒂躺在上面，面无表情地欢迎他们。

她长着一张所谓“神采奕奕”的脸，留着平直的短发。仅仅从她苍白的脸色和微微凹陷的眼眶就看得出生病的迹象。她似乎光是看到他们就很高兴了，唯一让她感到不太舒服的人是金医生。她用手缓缓地抚平床单。

菲尔博士打量着她。他的庞大身躯让整个房间顿时有了生气。

“哈啰！”他说。

“哈啰，先生！”贝蒂努力装出活泼的样子。

“你知道我们是谁吧，亲爱的？还有我们来这儿的目的？”

“噢，知道。你们想让我说说到底发生了什么事。”

“那你可以说说吗？”

“我不介意。”她不情愿地说。

她的眼睛盯着床脚。金医生取下手表放到梳妆台上。

“呃——我几乎不知道怎么跟你们说。我上楼拿个苹果——”

贝蒂好像突然改变了主意似的。她在床上扭了扭身体。“不，我没有！”她补充说。

“你没有？”

“我没上去拿苹果。等我病好后我姐姐会带我离开这里（我还要去黑斯廷斯度假），所以我才告诉你们的。我上楼去那里并不是为了拿苹果。我经常上去是想看看柜子里装了什么，就是那个上了锁的柜子。”

她的语气并没有显得大胆，她太疲劳了，根本没精力使用大胆的语气。她只是娓娓道出实情，仿佛不是吗啡而是东莨菪碱在起作用。

菲尔博士大为不解。“可你为什么会对那个上锁的柜子感兴趣呢？”

“哦，每个人都知道，先生。有人一直在使用它。”

“使用它？”

“有人提着盏灯坐在上面。屋顶有扇小窗户，类似天窗那种。晚上如果你靠近这房子，而且屋里亮灯的话，你就会看到屋顶的光。所有人都知道这事，虽说我们不应该知道。连戴恩小姐也知道呢。有天晚上我去戴恩小姐的家里，替约翰爵士送一个包裹给她，然后穿过‘挂图’回来。戴恩小姐问我天黑以后穿过‘挂图’害不害怕。我说，哦，不怕；或许我能看见屋顶的亮光，那就值了。我说的只是玩笑话，因为那个亮光总是在南面出现，而穿过‘挂图’那条小路是通向北面的。戴恩小姐笑了起来，伸出胳膊搂住我的肩膀，还问是不是只有我见过那个亮光。我说，哦，不，大家都见过；因为我们确实见过。此外，我们都对那部像留声机似的机器感兴趣，那个人偶——”

她的眼神发生了微妙的变化。

一阵沉默。

“那是谁在‘使用’那个房间呢？”

“这个，他们都说是约翰爵士。艾格尼丝有天下午见过他从阁楼下来，满脸都是汗，手里还拿了根像狗鞭子的东西。我说，要是你待在那么小的地方，还关着门，你也得满头大汗。但是艾格尼丝说他看起来不太像是那样。”

“总之，亲爱的，可否告诉我们昨天发生了什么事呢？嗯？”

金医生突然打断。“还有两分钟，小子们。”

贝蒂一脸诧异。

“没关系，”她回答，“我上楼去拿个苹果。可这一次，当我走过那间小屋的门时，我发现挂锁并没有锁上。锁是打开的，挂在 U 形环上。门关着，可是有东西夹在门和门框之间以防它关紧。”

“你做了什么？”

“我走过去拿了个苹果。拿完之后我往回走，看了看门，开始吃苹果。然后我又走进了苹果室，最后我又回去，想看看里面到底有什么东西。但我并不像往常那么想看。”

“为什么？”

“因为里面有声响，或者是我听错了。一种咯哒咯哒的响声，像给落地钟上发条那种声音，不过声音不太大。”

“你还记得那时是几点吗，贝蒂？”

“不记得了，先生。记不太清了。一点钟之后，可能是一点十五或更晚吧。”

“然后你做了什么？”

“我飞快地走过去，还没等想清楚就打开了门。塞住门缝的东西原来是只手套。就塞在门边，你知道，先生。”

“是男式还是女式手套？”

“我想是男式的。上面有油，或者说闻起来像是有油。它掉在地板上。我走了进去。我看见那个旧机器人偶在那里，有点侧面对着我的样子。我不想再多看它一眼：你们去过那里，应该非常清楚原因。可是我一走进去，门就轻轻关上了，有人把锁挂在了门上，而且我听见外面的挂锁扣上的声音。你们瞧，我就这样被锁在了里面。”

“到此为止！”医生突然说。他从梳妆台上拿起了手表。

贝蒂搅弄着床单边缘。菲尔博士和督察互相对视了一眼。菲尔博士尴尬的脸上显得沉重而严肃。

“可是——你还好吧，贝蒂？是谁在那里？谁在那间小屋里？”

“没有人。除了那个旧机器人偶以外什么人也没有。”

“你确定吗？”

“噢，是的。”

“你做了什么？”

“我什么都没做。我不敢喊叫来让人放我出去。我害怕会被解雇。里面不算太黑，我站在那儿什么都没干，哦，大约有十五分钟吧。而且另一个人也什么都没做，我是指那个机器人偶。后来我试着从它旁边后退，尽可能离它远点，因为它开始伸出胳膊来抱我。”

菲尔博士发誓，倘若这个时候有烟灰掉进烟灰缸，那声音准能听得一清二楚。艾略特能听见自己鼻孔里的出气声。艾略特说：

“它动了吗，贝蒂？那个机器动了？”

“是的，先生。它伸出手臂。动作不是太快，身体也没怎么动，稍稍低头朝向我；动的时候有声音。但这并没有太吓到我。我没什么感觉，因为我已经在那里站了十五分钟。我在意的是它的眼睛。它的眼睛不在正常的地方，而是在下摆，就在旧人偶膝盖的位置，并且向上看着我。我看见那双眼睛转来转去。我现在已经不怕了。我想我能渐渐适应。其他的事我就记不得了，我一定是晕倒了还是怎么样，还好现在它在门外面。”贝蒂说着朝门口点了点头，表情和语气都没有丝毫变化。

“我想睡觉了。”她语调哀伤地补充了一句。

金医生低声咒骂着。

“到此为止。”他说，“现在就出去吧。放心，她不会有事的，但是——你们走吧。”

“好，”艾略特看着贝蒂紧闭的双眼，同意道，“我想我们还是离开比较好。”

他们愧疚地静静离开房间，金医生随后做出关门的动作。“我希望，”他嘟囔着，“听到这些司空见惯的胡话对你们有所帮助。”菲尔博士和督察没说话，走进了漆黑的绿室。这里被布置成书房，古典风格浓厚，星光从几扇长方形的窗户照进来。他们走了过去，站在一扇窗户前面。

“有定论了吗，博士？虽说离——呃——真正的调查结果还——”

“是的。有定论了。”

“那么我们最好进城一趟，然后——”

“不，”菲尔博士停顿好久才说话，“我觉得没必要。我想我们最好现在就做个实验，趁热打铁。看那里！”

下面的花园在黑暗之中亮出了清晰的轮廓线。他们看见树篱迷宫里交叉有致的小路，水池周围的空地，还有那一抹抹白色的荷花。然而他们注意的不是这些。竟然有人在这样的光线下拿着个东西，从书房窗户下面溜过，然后绕到南边的屋角。

菲尔博士深吸一口气。他大步走向房间中央，打开吊灯的开关，转过身来，斗篷随之飞扬而起。

“就心理层面来讲，”他带着嘲讽的漠然对艾略特说，“就在今晚，老兄。就是现在，否则我们就会失去全部优势。把他们一网打尽，我跟你说！我想花点时间解释一个人如何能够在四下无人的情况下在一片沙地中央遭到谋杀，到时候我们就祈求撒旦过来处理吧。嗯？”

一阵轻微的咳嗽打断了他们的对话，是诺尔斯走进了房间。

“打扰了，先生，”他对菲尔博士说，“墨里先生来了，想要见两位。他说他找了你们好久。”

“他？现在？”菲尔博士极为和蔼地问道。博士笑容满面，抖了抖斗篷。“他说没说所为何事？”

诺尔斯犹豫起来。“没说，先生。是……”诺尔斯再度犹豫，“他说有件事让他心烦，先生。他还希望见见巴罗斯先生。还有，关于……”

“有话直说，老兄！你在担心什么呢？”

“好吧，先生，我想问下戴恩小姐收到那个机器人偶了吗？”

站在窗边的艾略特督察猛地转过身。

“戴恩小姐收没收到机器人偶？什么机器人偶？怎么回事？”

“就是那一个，先生。”诺尔斯回答，脸上带着愧疚的表情（不太自然）斜眼一瞥。“戴恩小姐下午打来电话，她问今晚可不可以把机器人偶送到她家去。我们——呃——我们觉得这个请求很奇怪，但戴恩小姐说有位先生要去造访她，是那方面的专家，她希望能让他看看那个机器人偶。”

“是这样，”菲尔博士平淡地说，“她想让人给看看。”

“是的，先生。马克尼尔（是个园丁）修好了轮子，我用车把它送了过去。马克尼尔和帕森斯说当时戴恩小姐家里没人，于是他们就把东西放进了煤房。后来——呃——巴罗斯先生来这里，对于机器人偶不见踪影很是恼火。他也认识一位这方面的专家。”

“这个女巫真是老来俏啊。”菲尔博士喃喃地说，喘着粗气，看不出是高兴还是不高兴。“在一大群仰慕者当中度过晚年，真是不错。绝对是，不错啊！一个完美的女人，顺利地制订计划，警告、安慰和控制别人。冰冷的眼皮下隐藏着珠宝似的眼珠，时而严酷时而柔和——哇！”他停顿一下，“这么说墨里也对这个机器人偶感兴趣喽？”

“不是，先生。据我所知并不是。”

“可惜了。嗯，去书房和他聊聊吧。他在那里一定感觉十分自在。我俩其中一个马上就下去。还有，”等诺尔斯离开，他问艾略特，“你对这小小骚动有什么看法？”

艾略特摸了摸下巴。“不知道。不过似乎和我们所见到的不太相符啊。不管怎样，我尽快回蒙普莱西尔一趟准没错。”

“我同意。深有同感。”

“伯顿应该在开车来这里的路上。等他来之后，我三分钟之内就能到那里。他要是没来——”

他果真没来。到底今晚的计划在哪个环节出了差错，艾略特也不知道。庄园的车库里一辆能给他用的车都没有，那些车都（耐人寻味地）上了锁。艾略特只好取道树林小径步行前往蒙普莱西尔。他离开庄园前最后一眼瞥见菲尔博士走下主楼梯，拄着他的叉头拐杖一步步下楼来。当时菲尔博士脸上的表情极为罕见。

艾略特督察告诫自己没必要太着急。可是当他爬上山坡穿过“挂图”时，他发现自己步伐飞快。对于周围人他没什么特别的好感。他知道他们是受害者，不再轻言上当，受到一连串精心设计骗局的愚弄，这些骗局并不比阁楼上的雅努斯黑色面具更可怕。骗局轻则令人讨厌，重则伤及性命，但它终究是个骗局而已。

然而，即使他加快脚步，也还是用手电筒左右扫射。根植在他血液和种族特征中的某种东西在内心翻腾着。长大以后他就在寻找一个适合描述眼前这种行为的词，这个词就是“歪门邪道”。

他预计什么事都不会发生。他相信不需要他在场。

等到快要走出树林时，他听到了一声枪响。

第十九章

布莱恩·佩奇站在落地窗前，望向外面的花园。在那次敲窗事件之后他随时准备应对各种情况。不过什么事都没有……或者看似如此。

机器人偶不见了。沉寂的光线照不出草坪的颜色，几乎无法看出那个铁家伙留下的轮子印。然而那堆破铜烂铁在或不在都没什么意义；有人或什么东西敲过这扇窗户。他往窗台那边迈了一步。

“布莱恩，”玛德琳轻轻地说，“你要去哪里？”

“只是去看看谁来找我们，或者想要来探访我们。”

“布莱恩，别去外面，拜托。”她走近一点，语气里满是焦急，“我以前从来没求你为我做过什么，对吧？好，现在我求你做件事。别去外面。如果你出去，我就——唉，我也不知道我会怎么做，说实话，反正是你不喜欢的事。拜托了！进来把窗户关上，好吗？跟你说，我知道。”

“知道？”

她朝着花园点了点头。“之前坐在那里的东西现在已经不在了。我在厨房的时候从后门看见的。我不想让你担心，因为万一你没看见呢，虽然我——我很肯定你看见了。”她伸手把外套的衣领往上拽了拽。“别出去。别去追它。那样就正中他人下怀。”

他回头看了看她祈求的眼神和上扬的喉咙曲线。尽管此时他有所想，有所感，但还是以一种极为冷漠的语气跟她说话。

他说：

“在所有我要说这话的奇怪场合里，这里是最奇怪的。在所有不适合说这话的时机里，此刻是最不适合的。但我还是坚持要说，因为我必须以最夸张的方式表达我胸中的感受，而我想说的是我爱你。”

“那么在收获节前夜还是有收获的。”玛德琳说着将嘴唇迎上去。

说起暴力，问题是当时他的想法或言论在多大程度上得到了表达。然而，要不是目睹游移在窗边的暴力事件，他永远不会有机会见识到或听闻刚才所遇见的事。他并不关心这些。他关心的是其他的事：由于彼此拉近距离而产生了一个悖论，这张可爱的脸看起来既遥远又神秘：亲吻玛德琳产生的奇妙化学反应改变了他的生命，甚至让他不相信这是真的。他单纯因为喜悦想要尽情嘶吼；在窗前相拥了好一会儿后，他终于这么做了。

“哦，真是的，布莱恩，你为什么以前没跟我说过呢？”玛德琳哭笑不得地说，“我不能骂人！我的道德本性正在堕落。可你为什么以前不对我说呢？”

“因为我看不出来你对我是不是有意思。我不想让你笑话我。”

“你觉得我会笑话你吗？”

“老实说……会。”

她靠着他的肩膀，抬头端详着对方。她的眼睛里表现出好奇。

“布莱恩，你是真的爱我，对吗？”

“有段时间我一直想弄清这一点。我丝毫不介意我们可以从头开始。如果……”

“像我这样的老女人——”

“玛德琳，”他说，“你说什么都可以，就是别用‘老女人’这个字眼了。这真是最难听的三个字，像是‘纺锤’和‘酸醋’之类的什么东西似的[①]。要恰当地形容你的话，必须——”

他再次注意到她眼中闪烁着好奇之光。

“布莱恩，假如你真的爱我（真爱我吗？），那么我想给你看样东西，可以吗？”

花园里的草坪上传来一阵脚步声。她的语气有点怪，怪得让他疑惑不解，但是眼下没时间考虑这个。一阵沙沙的脚步声让他们迅速分开。月桂树林现出一个身影，越走越近。这是个消瘦、窄肩的人，步履蹒跚却又跨步前行。佩奇见到后就松了口气，来的人正是纳撒尼尔·巴罗斯。

巴罗斯似乎不知道该继续板着比目鱼脸还是露出笑容。他在两者之间纠结着，挤出一种扭曲的友善表情。大玳瑁眼镜让他看上去很严肃。他那张长脸，只要他愿意还是能显现出十足魅力的，但此刻却只有部分魅力。他歪戴着一顶正式的圆顶礼帽，很是潇洒。

“啧啧！”他只是微笑着打了个招呼。“我来了，”他兴致勃勃地说，“为了机器人偶而来。”

“机——”玛德琳惊愕地看着他，“机器人偶？”

“你不该站在窗口，”巴罗斯认真地说，“如果有人来访会让

①在英文中，spinster 有从事纺织的女子之意，而“酸醋”（vinegar）可用来形容女子尖酸刻薄。

你心神不宁。你也不该，”他看着佩奇说。“那个人偶，玛德琳。你下午管法恩利庄园借的人偶。”

佩奇转向她。她盯着巴罗斯，脸红了。

“纳特，你到底在说什么？我借的人偶？我从没借过那种东西啊。”

“我亲爱的玛德琳，”巴罗斯回应道，他戴着手套的手摊开又合上，“我还没有正式感谢你在讯问中所帮助我的一切呢。暂且不提这个！”说到这里，他透过眼镜的侧边框看着她。“你今天下午打电话索要那个人偶。马克尼尔和帕森斯给送了过来，现在就放在煤房里。”

“你一定是疯了！”玛德琳用一种困惑而高亢的声调说。

巴罗斯冷静一如往常。“好了，它就在那里。我只能这么回答你。我没法说服前院的人。我到了这里，我——呃——还是没人听我的。我的车就停在路边。我来取机器人偶。我想不通你为什么想要这东西，但你介意我把它带走吗？然而我还不太清楚这玩意儿怎么会被牵扯进来。不管怎样，等我的专家看过之后，或许就会有答案。”

煤房建在靠厨房偏左侧的墙边。佩奇走过去把门打开。机器人偶就在那里。他依稀看得清它的外形。

“你看见了吧？”巴罗斯说。

“布莱恩，”玛德琳发疯似的说，“你相不相信我从来没做过这种事？我从没让人把这东西送过来，连想都没想过，反正就是没有。我究竟为什么要这么做啊？”

“我当然知道你没有，”佩奇告诉她说，“看来有人彻底疯了。”

“怎么不进里面瞧瞧？”巴罗斯提议，“我想和你们俩稍微谈谈这件事。等我一下，我去把车的侧灯打开。”

另外两个人面面相觑，走了进去。收音机里的音乐声已经停止，取而代之的是有人在说话，佩奇记不得是在谈论什么，玛德琳走过去把收音机关上。这似乎是她的一个反射性动作。

“这不是真的，”她说，“这是幻觉。我们在做梦。至少——我希望一部分是。”她朝他微笑着。“你知道这是怎么回事吗？”

至于接下来几秒钟发生的事情，佩奇的印象有些模糊不清。他记得他牵起她的手，开口向她保证只要几分钟之前在窗边发生的事不是幻觉，其他的倒无所谓。他俩都听见花园或果园的后方传来了爆炸声。那是阵低沉的爆裂声，声音大得足以吓他们一跳，不过距离他们很远，对两个人没什么影响。虽说实际上有个尖锐的声音在他们耳边响起——一座时钟停止了摆动。

一座时钟停摆。佩奇的耳朵听到的同时，眼睛注意到窗玻璃上有个小圆洞，四周形成放射状裂痕。很明显，时钟被一颗子弹给射中了。

另一座时钟仍旧嘀嗒作响。

“快离开窗口，”佩奇说，“这不可能啊，我不相信，花园里有人向我们开枪。纳特这家伙去哪儿了？”

他走过去关掉电灯。蜡烛还亮着，他同样给吹灭了。就在这时，满头大汗的巴罗斯像是为了确保安全般弓着身子从窗户钻过来，脑袋上的帽子都压扁了。

“有人——”巴罗斯的声音都变了调。

“是的。我们发现了。”

佩奇让玛德琳走过来。他在估算，子弹打进钟里的位置离玛德琳的脑袋只差两英寸，就在她小波浪头发的上方。

没等到有人再开第二枪。佩奇听见玛德琳受惊吓的呼吸声，还有房间另一边巴罗斯缓慢而剧烈的呼吸声。巴罗斯站在最后一扇窗的窗帘里：他把自己包裹住，只露出了光亮的皮鞋。

“你知道我是怎么想的吗？”巴罗斯问。

“怎么想？”

“你想听我说说我是怎么想的吗？”

“快说！”

“等等，”玛德琳压低声音说，“那是谁——听！”

惊魂未定的巴罗斯像乌龟似的从窗边探出脑袋。佩奇听见花园里有人打招呼就应了一声。那是艾略特的声音。他匆忙跑出去见督察，一下子就和从果园跑到草坪上的督察碰了面。艾略特在昏暗之中听佩奇讲述经过，脸上的表情难以捉摸。他的态度也是极为官方。

“好的，先生，”他说，“不过我觉得你现在可以开灯了。我想你不会再有麻烦。”

“警官，你不准备采取行动吗？”巴罗斯尖着嗓子抗议，“你是不是在伦敦早就习惯这种事了？告诉你，我们可不习惯。”他用戴着手套的手背擦了擦额头。“你不打算搜查花园吗？或者果园？不想查查是从哪里开的枪吗？”

“我说，先生，”艾略特漠然地重复道，“我想你不会再有麻烦了。”

“可是谁干的呢？这么做的目的何在？”

“先生，目的就是，”艾略特说，“这场闹剧就要结束了。永远结束。我们的计划有点改变。我想，假如各位不介意，请你们一起和我回到庄园——只是以防万一，你们明白。恐怕我得强制要求你们这么做。”

“哦，没人会反对，”佩奇表示乐意，“虽然我们似乎已经度过了一个足够刺激的晚上。”

督察笑了笑，似乎不太认同。

“我想你错了，”他说，“你还没见过何谓真正的刺激呢。但你会见识到的，佩奇先生。我保证你会的。有谁开车了吗？”

巴罗斯开车载着大家去法恩利庄园，这些人心里还是惴惴不安。不管怎么问督察都没用。巴罗斯坚持要把机器人偶一起带上，艾略特只是回答说没时间，而且也没必要。

愁容满面的诺尔斯在庄园迎接他们。焦点汇聚在书房。就跟前两晚一样，天花板上吊灯发出的光映在整面墙的玻璃上。原本墨里坐的椅子上现在坐着菲尔博士，墨里在他对面。菲尔博士拄着拐杖，下嘴唇往外突出。书房的门一打开，他们的情绪就激荡起来。菲尔博士正好说完话，墨里抬起颤抖的手遮着眼睛查看来人。

“啊，”博士亲切得让人起疑，“晚上好，晚上好，晚上好哇！戴恩小姐、巴罗斯先生、佩奇先生，太好了。强行把大家叫到这座房子里恐怕要怪我，不过这样确实有必要。把大家叫在一起开个小会非常有必要。我们已经派人去叫威尔金先生和戈尔先生了。诺尔斯，能麻烦你去叫法恩利夫人过来吗？不，你别亲自去了，派个女仆去吧，我更希望你留在这里。在此期间，有些事情要与你讨论。”

他的语气让纳撒尼尔·巴罗斯犹豫着是否该坐下。巴罗斯猛地举起一只手，他没看墨里一眼。

“不要操之过急，”巴罗斯回应道，“等等！这次讨论有没有可能会——呃——富有争议？”

“有可能。”

巴罗斯再度犹豫起来。他没往墨里那边看，但佩奇扫视着众人，莫名对墨里产生一阵同情。这位教师看起来既疲倦又苍老。

“噢！我们要讨论些什么呢，博士？”

“某人所扮演的角色，”菲尔博士说，“你们来猜猜是谁吧。”

“好的，”佩奇说，他几乎没察觉到自己说话的声音高亢起来，“是那个带领维多利亚·戴利体验巫术乐趣的人。”

他想，这个名字真是引人注意呢。你只需像亮出护身符一样说出“维多利亚·戴利”这几个字，所有人就会避而远之。这场景就像看见一处令人不悦的景色一样。菲尔博士略微吃惊，不过还是兴致勃勃，转身向他眨了眨眼。

“啊！”博士喘着粗气，赞许地说，“你真猜中了。”

“我绞尽脑汁想了好久。那个人是凶手吗？”

“那个人正是凶手。”菲尔博士戳了下拐杖。“分享你的观点吧，要知道，对我们是会有帮助的。让我们听听你的想法吧。说吧，老弟。在我们离开这房间以前还有更坏的事情要说呢。”

佩奇把他对玛德琳说过的话又重复了一遍，讲得认认真真、活灵活现。菲尔博士锐利的小眼睛一直盯着他看，艾略特督察也在专注地听讲。涂满油膏的尸体、开着窗户的黑屋、惊慌失措的流浪汉、等在一旁的第三人：各种景象就像银幕上的电影一样在书房里放映。

讲完之后玛德琳开口说：“是真的吗？您和督察也这么认为吗？”

菲尔博士只是点了点头。

“那我问你一个已经问过布莱恩的问题。如果说没有女巫异教——如他所说——整个事件就是做梦，那么这个‘第三人’的行为用意何在？巫术的证据又怎么解释？”

“啊，那些证据。”菲尔博士说。

过了一会儿，他才继续说：

“我会尽量解释的。你们当中有个人的心智长年沉浸在对这类事物的秘密热爱和维护里面。根本不是信仰！我必须指出这一点，并加以强调。没人比这个人对黑暗力量和四方之神更加嗤之以鼻。然而对这些事物越是讳莫如深（几乎到了谈虎色变的地步），就越是全身心投入地热爱。要知道，这个人在人前是一副完全不同的形象。他在人前永远不会承认对这类事物哪怕是有一丝兴趣，而这种兴趣你我都可能会有。因此这分隐秘的兴趣——分享出来的渴望——尤其是想在其他人身上做实验的渴望——与日俱增，终于爆发出来。

“这个人的立场究竟何在？此人又会做什么呢？在肯特郡新创立一个女巫异教，类似几个世纪前在这里存在过的撒旦崇拜仪式吗？这肯定是个很不错的主意，但这个人知道这样太疯狂了。这个人本质上还是非常务实的。

“撒旦崇拜组织的最小单元就是女巫集会（我能这么说吗？）。集会由十三个人组成，包括十二个成员和一个头戴面具的会长。成为戴着雅努斯面具的会长想必对于我们说的这个人是个美好的幻想吧，不过只是幻想而已。不只是现实中的困难难以克服，还因为这样一种兴趣若要与其他人分享，涉及的人数必须非常少才行。这种兴趣是秘密进行的，因此必须是小范围、私下里单独进行。

“我要强调的是，这与恶魔之类的力量没有直接关系。做这种事不需要有什么雄心壮志，更确切地说，没必要自命不凡，也不用精心策划。筹备的人不用有什么大智慧。它和我们所了解的蓬勃发展的异教团体不同。它只是人们闲来无事对这类东西的由衷喜爱，是一种爱好而已。上帝保佑，我没曾想会造成重大伤害——只要这个人不用毒药去制造幻觉就没事。如果人们想做蠢事，只要他们不违反法律，甚至连习俗也不违反，就不会惊动警方。然而，当有个女人在汤布里奇威尔斯附近因皮肤涂抹颠茄而死时（准确地说是十八个月前发生的，虽然我们还没能证实这件事），真是的，警方肯定要干预啊！不然你们以为艾略特被派到这里是来干什么的？你们以为他对维多利亚·戴利的案子那么上心是什么原因？嗯？

“你们开始明白某人做了些什么事吧？

“这个人选择几个合适并且臭味相投的朋友，向他们吐露秘密。人数不多，或许两个、三个，或者四个。我们很可能永远也不知道是哪些人。这个人和他们聊了许多，或送或借给他们很多书。然后，当哪个朋友彻底被洗脑并且跃跃欲试的时候，时机就成熟了。这时就该告知这位朋友附近真的有撒旦崇拜者的团体，当前正在招收成员。”

菲尔博士用拐杖的金属头敲击地板，发出刺耳的声音。他有些不耐烦，显得很恼火。

“当然根本没有那种东西存在。在集会的当晚，新成员当然没有离开过屋子或者从房间里出去。当然这都是涂上油膏的缘故，油膏的两种主要成分就是乌头草和颠茄。

“而且通常来说，这个人自然不会在所谓‘集会’当晚接近这些朋友，更别说参加任何集会了。要是毒药的作用过于强烈，那就太危险了。这人的乐趣来自传播福音书；来自叙述分享（神秘的）冒险经历；来自欣赏心灵在药物作用下以及在安息日自我暗示作用下的侵蚀；简单说，是综合了两种因素，其一是一定程度上的沉重精神虐待，其二是在安全的小圈子里放纵这项嗜好而带来的乐趣。”

菲尔博士停顿下来。肯尼特·墨里打破了沉默，若有所思地说：

“这让我想起，那些写恶意匿名信之人的心态。”

“你说对了，”菲尔博士点头说，“几乎一模一样，发泄渠道不同却更加害人。”

“可是如果你无法证明另一个女人也死于中毒——汤布里奇威尔斯附近那个，我没听说过这个人——那么你有什么依据呢？这个‘人’做的事具体违反了哪条法律吗？维多利亚·戴利又不是死于中毒。”

“要看情况，先生，”艾略特圆滑地说，“你好像以为毒药只能内服吧。我告诉你并不是这样。但这不是当前的重点。菲尔博士只是在告诉你那个秘密。”

“秘密？”

“这个人的秘密，”菲尔博士说，“为了守住秘密，两个晚上之前，有个男人在花园里的水池边被人杀死了。”

又是一阵沉默，这次的沉默怪异而恐怖，仿佛令每个人都周身一紧。

纳撒尼尔·巴罗斯将一根手指伸进领口。

“有意思，”他说，“太有意思了。不过同时我觉得自己是上了你们的套儿。我是名律师，不是异教学徒。我没看出来这个异教论和我接手的案件有什么关系。你叙述的故事与法恩利财产的合理继承也没有关系——”

“哦，有的，有关系。”菲尔博士说。

他继续说：

“事实上，这正是整个事件的起因，也是我要向你说明的一点。”

“可是你，”他看向佩奇，言辞激烈，“我的朋友，你不久前问起是什么原因促使这个人采取行动的。只是由于无聊吗？是童年养成的癖好，从未消失，反而年复一年不断滋长吗？我倾向于两方面原因都有一些。在这个案例里，所有原因就像种植在树篱里有毒的颠茄属植物一样互相促进。它们交织在一起，密不可分。”

“是谁具有这些天性，一直在强行压抑？通过眼前的全部证据，我们可以在谁身上发现问题？怎么能看出谁是这个，而且是唯一能直接将巫术和谋杀同时玩弄于股掌之间的人？是谁切切实实从无爱、痛苦的婚姻中感到厌倦，同时又苦于精力过于旺盛——”

巴罗斯恍然大悟般跳起来，大声咒骂了一句。

与此同时，敞开的书房门口传来诺尔斯和一个人的窃窃私语。

诺尔斯脸色惨白地说道：

“打扰了，博士，但是他们——他们告诉我夫人不在房间里。他们说不久之前她收拾好行李，从车库开了辆车，然后——”

菲尔博士点点头。

“果然，”他说，“这就是我们为什么没急着去伦敦。她的逃跑等于不打自招。那么我们现在不费吹灰之力就可以拿到逮捕证，以谋杀罪将法恩利夫人逮捕。”

第二十章

“哦，好了！”菲尔博士说着用拐杖敲击地板，以善意的劝告神情环顾众人。他喜怒参半。“别告诉我你们觉得诧异。别告诉我你们感到震惊。你，戴恩小姐！难道你对她一直不了解吗？难道你不知道她恨你吗？”

玛德琳用手背擦了下额头，然后伸手挽住了佩奇的胳膊。

“我想我不太了解她，”玛德琳说，“可我不好对你明说，是吧？我怕你觉得我是个爱嚼舌根的女人。”

佩奇觉得有必要修正一些想法。其他人看起来也一样。佩奇还在尽力消化前一个想法，脑中又出现了新的。这个想法是：

这个案子没有完结。

是因为菲尔博士眼里闪过细微的表情变化，是因为他的手在拐杖上扭动，还是因为他山一般的身形发生了轻微的颤抖，佩奇说不上来。但这种感觉真实存在，菲尔博士仍然稳坐在房间里，似乎没有因为披露真相而结束谈话。那感觉，像是某处有人埋伏，像是某处有支枪正在瞄准自己的脑袋。

“往下说，”墨里平静地说，“我没有疑问，继续吧。”

“是啊。”巴罗斯茫然地说道，然后坐下。

博士的粗嗓门在安静的书房里让人昏昏欲睡。

“从物证上来看，”他继续说，“从一开始就没有太多可质疑的。这个混乱、超自然和其他事件的中心一直都在‘这里’。一切混乱的根源就是阁楼里上锁的书柜。有人常去打开它。有人翻动里面的东西，取走或是更换里面的书，把玩里面的小物件。某个精力充沛的人把它当成了一个栖身之所。

“好，要说是外面的人来干这种事——邻居爬进院里——也太异想天开了，不值得去深究。这从策划到执行都不可能。你没法在别人家阁楼里建一个类似单人俱乐部的空间，尤其是在一群好奇的仆人眼皮底下。你没法在夜晚来去自如而不被仆人和其他人看见。你没法随便打开这家主人新换的一把锁。要知道，”菲尔博士脸上满是天真可爱的笑容，“尽管戴恩小姐曾经有一把那间小屋的钥匙，现在也已经不管用了。

“下一个问题：约翰·法恩利爵士在苦恼什么？

“先好好想想，女士们、先生们。

“为什么这位焦躁的清教徒在家中独自烦恼，找不到任何慰藉呢？他还有什么别的心事吗？在重要的继承权被人挑战的那一晚，他为什么在屋里踱来踱去，而且提到维多利亚·戴利呢？为什么他对附近有人打听‘民俗’显得那么不安？他给戴恩小姐的神秘暗示是什么意思？宣泄感情的时候他曾‘在教堂仰望，并且说如果可以——’

“可以做什么？痛骂教堂的不义之徒吗？为什么他有一次手里拿着条狗鞭子上阁楼，可下来时脸色发白、满头大汗呢，是无法鞭打他在那里抓到的人吗？

“这个案子的重点都在心理层面，与我即将谈到的物证同样发人深省，容我从中抽丝剥茧吧。”

菲尔博士停了下来。他心情沉重且相当悲伤地凝视着桌子，然后放下了烟斗。

“让我们来回想一下这位姑娘，茉莉 · 毕索：一个做事决绝的女人，也是个好演员。两天前的晚上，帕特里克 · 戈尔说过一个关于她的事实。他的话似乎让你们大多数人都为之震惊，那就是她从来没爱过你们认识的那位法恩利。他说她只是依赖并且嫁给一个多年前认识的男孩的‘幻影’。可想而知，当她发现他并不是印象中的那个男孩，甚至根本就不是那个人时，那种愤怒你我恐怕都无法想象。

“这分迷恋或是奇想在一个七岁孩子心中都能产生如此影响，那源头是什么呢？

“这问题并不难。这个年龄正是开始将外在印象铭记于心的阶段。这些印象永远不会消除，即便我们以为自己已经遗忘。在我弥留之际，我会很喜欢看荷兰胖老头下棋和抽陶质长烟斗的图片，因为我记得小时候父亲在墙上挂了一张这种照片。基于同样的缘由，你们也许会喜欢鸭子、鬼故事或者电动机械。

“好了，唯一崇拜儿时的约翰 · 法恩利的人是谁？唯一为他辩护的人是谁？约翰 · 法恩利带着谁去了吉卜赛营地（我提吉卜赛营地是想让你们特别注意这点），还跟他进了树林？在她了解撒旦崇拜课题之前，甚至还没在主日学校学过这类课程，他是如何传授她那些内容的？

“其后的几年呢？这种爱好如何在她脑中成长和发展，我们不得而知。只知道一点：她花了大量时间在法恩利家人中周旋，因为她对老少达德利爵士有着足够大的影响力，才能安排诺尔斯担任这里的管家。不是吗，诺尔斯？”

他环顾四周。

从他揭露谜底的那一刻起，诺尔斯就没动弹过。他已经七十四岁了，那原本色彩生动的脸此时面无表情。嘴一张一合，像演哑剧似的点头回应，但始终一言不发。在他脸上只有恐惧的神色。

“很可能，”菲尔博士接着说，“她很久之前就从那个密闭的藏书室里借书看。她究竟从何时开始研读撒旦集会的书，对此艾略特无从查起，不过应该是结婚前几年的事。这一地区跟她有过情史的男人多得足以让你们大吃一惊。但是关于撒旦崇拜一事，他们要么说不出来，要么不愿说。归根结底，这是我们目前唯一关注的点。这也是她之前最关心的事，并且是悲剧的根源。那么，发生了什么事呢？

“经过一段长期、富有浪漫色彩的失踪之后，所谓的约翰·法恩利回到了他所谓的先祖家。茉莉·毕索很快变得容光焕发。她的偶像回来了，她的导师回来了。她下定决心无论如何都要嫁给他。于是就在一年多以前——准确来说是一年零三个月——他们结婚了。

“哦，天啊，还有比这更糟糕的婚姻吗？

“我非常严肃地提出这个问题。你们知道她想嫁给谁，嫁什么样的人。你们也知道她真正嫁的是什么样的人。你们可以猜到他对她的冷淡，以及当他了解真相后对她的冷漠和疏远。你们可以想象她的感受，她不得不戴上贤妻良母的面具，双方却都心知肚明。他俩一直相敬如宾，将计就计。就像他知道她的底细一样，她也自然很快就发现他不是真正的约翰·法恩利。他们就这样相互掌握着对方的秘密，彼此怀恨在心。

“他为什么不揭穿她呢？在他的清教徒思想里她是最该受到谴责的。他如果有胆量就会拿鞭子抽她，而且她还是一个罪犯（各位别误会我的意思）。她提供的毒药危险性比海洛因或可卡因还大，他知道。她是维多利亚·戴利遇害一案的从犯，他也知道。你们听过他的宣泄，了解他的想法。那么，他为什么没有立即揭发她呢？

“因为他没办法这么做。因为他们掌握着彼此的秘密。他不知道自己不是约翰·法恩利爵士，可他害怕这是事实。他不知道她能否证明自己不是，害怕一旦激怒她，她就会那么做。他不知道她有没有怀疑，并为之担忧。他的性格不像戴恩小姐描述的那样和蔼可亲。不，他不是个头脑清楚的冒名顶替者。记忆一片空白，还在摸索之中。他时常确信自己就是真正的法恩利。可是以一个正常人的心理深度来看，除非被逼到墙角而不得不面对现实，否则他不会狗急跳墙。因为他也可能是个罪犯。”

纳撒尼尔·巴罗斯跳了起来。

“我不能忍受你说的这些，”他大声尖叫，“我绝不容忍。警官，我请求你让这个人闭嘴！他没有权利对一个还没有定论的问题带有偏见。作为一名法律代理人，你无权说我的客户——”

“你最好坐下，先生。”艾略特冷静地说。

“可是——”

“我说坐下，先生。”

玛德琳向菲尔博士发问。

“今晚早些时候您也提过类似的观点，”她提醒道，“说他‘为某种罪恶感而苦恼’，尽管他不知道那是什么。他的‘罪恶感’一直存在，让他成为一个不合格的清教徒。然而，我确实看不出来这与案子有什么关系。您对此作何解释呢？”

菲尔博士把空烟斗放进嘴里吸了吸。

“解释嘛，”他回答，“就是扭曲的铰链，还有铰链所支撑的那道白色的门。这是本案的秘密所在。我们一会儿就会说到这点。

“于是这两个人就像袖藏匕首一样各自怀抱秘密，在众人面前伪装做戏，甚至在彼此面前也是这样。就在他们结婚的三个月之后，维多利亚·戴利这位神秘女巫异教的受害者死了。我们很清楚法恩利当时必定觉察到了什么。要是我能一直保持这个立场——这成了他挥之不去的想法。只要他不说穿，她就是安全的。之后一年多她一直平安无事。

“可是平地一声雷，出现了一名爵位的申诉人。于是种种不测向她袭来，问题清晰明了得如同字母 a、b、c。因此：

“他不是真正的继承人，她知道这一点。

“申诉人很可能会证明自己是真正的继承人。

“如果证实申诉人是真正的继承人，她丈夫就会被剥夺头衔。

“他如果头衔被剥夺，他就不再有不揭穿她的理由，他肯定会说破。

“所以他必须得死。

“女士们、先生们，事情就是这样简单明了。”

肯尼特·墨里在椅子上挪了挪，移开了遮住眼睛的手。

“等一下，博士。这么说这是一起蓄谋已久的犯罪了？”

“不！”菲尔博士极其认真地说，“不，不，不！我正要强调这一点。这是两天前的晚上巧妙计划并且在绝望之中一时冲动犯下的罪。就像把机器猛地推下楼梯一样迅速。

“我来解释一下。起初她听说有个申诉人要来的时候（我怀疑比她承认的时间更早），还觉得没什么好担心的。她丈夫会和申诉人抗争，她绝对要让他去抗争，而且讽刺的是，自己要为他而战。她不仅不想看到她的冤家被赶出去，还要更紧密地和他站成一队。从现行法律以及法庭对申诉人争夺既有财产的谨慎态度来看，他很有可能获胜。法律流程只要拖延一久，她就有喘息和思考的时间。

“她有所不知的是，对手一直小心隐瞒，直到两天前的晚上才使出指纹记录的撒手锏。证据确凿。确定无疑。有了这枚要命的指纹，所有问题在半个小时内就能解决。她了解丈夫的心思，一旦身份被证明，一旦他内心确认自己不是约翰·法恩利，他就会老老实实承认自己是冒牌货。

“这颗手榴弹就要爆炸，她看到危险迫在眉睫。你们还记得那天晚上法恩利的情绪波动吗？如果你们向我准确地描述他的一言一行，会发现里面透露着鲜明大胆的意味：‘好吧，那就测试吧。如果我能通过，那当然好。如果没通过，那么至少有个补偿让我心理上得到平衡：我会揭穿和我结婚那个女人的丑事。’哼，是的。这种心情我解释得对吗？”

“对。”佩奇表示赞同。

“于是她孤注一掷。必须马上行动。立刻，马上！她必须赶在指纹比对完成之前下手。她采取了措施——就像昨天在阁楼上，趁我说话之前她背地里给我一击一样——干得漂亮。她杀死了自己的丈夫。”

巴罗斯脸色苍白、满头大汗，他之前一直猛敲桌子、大吼大叫。现在，他像抓住了一根稻草。

“看起来没办法让你闭嘴了，”巴罗斯说，“如果警察无所作为，那我只能抗议。不过现在我觉得你那套油嘴滑舌的理论是站不住脚的。我倒不是说你没有任何证据。但除非你能说清楚约翰爵士是怎么被杀的——提醒你，他独自一人，旁边没有别人——除非你说清楚——”他说到这儿哽咽住，结巴一下，又摊了摊手。“而这一点，博士，你无法说明。”

“哦，不，我可以。”菲尔博士说。

“昨天审讯中就出现了我们第一条重要线索，”他边回忆边继续说，“把证词记录下来是件好事。事后我们只需翻看一直在我们眼前的特定证言片段就好。轮到我们来见证奇迹了。我们从口供里就能找到致命的证据。我们加以采纳并排好各部分的顺序，然后交给了检察官。还有，”他做了个手势，“绞刑架已经准备好了。”

“你从讯问中发现了证据？”墨里瞅着他问道，“从谁的口中？”

“从诺尔斯口中。”菲尔博士说。

管家发出一丝类似呜咽的声音。他往前走了一步，用手捂着脸，不过并没有说话。

菲尔博士注视着他。

“哦，我知道，”博士气冲冲地说，“这是个烂摊子，但你得接着。这压力可够大的，但你得扛着。诺尔斯，老兄，你喜爱那个女人。她是你的小宝贝。在讯问时你一心要吐露真相，却无意之中把她送上了绞刑架，毫无疑问，是你自己把板子抽掉的。”

他的目光依然聚焦在管家身上。

“好，我料想，”他轻松地继续说，“有些人一定以为你在撒谎，但我知道你没有。你说约翰·法恩利爵士是自杀的。你的说法里确认了一点——你的潜意识告诉你的——你看见他把刀子扔了出去。你说你看见刀飞到了半空中。

“我知道你没有撒谎，因为前一天你跟艾略特和我谈到这点时遇到了同样的困难。你犹豫过。你根据模糊的记忆努力回想，当艾略特向你施压时，你就困惑、动摇了。‘这取决于刀的大小。’你说过，‘况且花园里有不少蝙蝠。而且有时候，先生，你连网球都看不太清，只有等到——’这用词再清楚不过。换句话说就是：在案发时，你看见有东西飞到半空中。你潜意识中之所以会困惑是因为你是在谋杀发生之前而非之后看见那东西的。”

他把两手一摊。

“好显眼的蝙蝠啊，”巴罗斯不依不饶地讽刺，“网球就更加显眼了。”

“是个很像网球的东西，”菲尔博士严肃地附和，“当然，更小一些，要小得多。

“这个我们回头再说。先接着想想伤口的特点。关于这些伤口我们已经听过太多惊人或感伤的言论。墨里先生坚称它们是尖牙或利爪留下的痕迹；他认为绝不可能是在树篱里找到的那把带血的折叠刀造成的。如果我没记错的话，甚至是帕特里克·戈尔也说过十分类似的话。他是怎么说的？‘这种伤口我只见过一次，就是密西西比河以西最好的驯兽师巴尼·普耳被一只豹咬死的时候。’

“爪痕的问题在案件中贯穿始终。我们发现金医生在讯问中使用的法医证词出奇地谨慎，而且很是耐人寻味。他的证词我记了几句。咳咳！咳！我瞧瞧：

“‘有三道相当浅的伤口，’法医说。”说到这儿，菲尔博士面色凝重地看着众人。“‘有三道相当浅的伤口，以稍微倾斜的角度从喉咙左侧向右下颌划过。有两道伤口相互交叉。’接着又是更加重要的描述：‘有大量组织撕裂的痕迹。’

“组织撕裂，嗯？各位，假如凶器是艾略特督察现在拿给你们看的这把非常锋利的（虽说有凹痕）小刀，那真的是太奇怪了。喉部撕裂表示——

“好，我们来瞧瞧。让我们再回到爪痕的问题上，研究研究。爪子造成的伤口有哪些特点？跟约翰·法恩利爵士的死又有什么关联？爪子留下的印迹有如下几个特点：

“一、它们很浅。

“二、它们是由尖锐的点拉扯、抓挠、撕裂而成，而不是切割。

“三、它们并非先后形成，而是同一时间造成的。

“我们发现，这里面每个条件都跟法恩利喉部的伤口相吻合。我请你们注意金医生在讯问时给出的奇怪证词。他没有直接说谎，但显然他极力想把法恩利的死描述成自杀！为什么？注意——他像诺尔斯一样，也把老友的女儿茉莉·法恩利看作小宝贝。她称呼他为‘内德叔叔’，他很可能了解这个女人。可与诺尔斯不同的是，他没有将她推上绞刑架，把绳子套在脖子上，而是在掩护她。”

诺尔斯伸出双手好像在祈求什么。他的前额淌着汗水，但仍是一言不发。

菲尔博士继续说：

“墨里先生不久之前向我们提示了本案的重点，当时他说有东西从半空飞过，而且有针对性地询问假如真的是那把刀，凶手为什么没把刀扔进水池。那究竟是怎么回事？我们知道暮色之中有东西朝法恩利飞过去，一种比网球还小的东西。我们知道这东西带爪或是能造成类似爪痕的尖头——”

纳撒尼尔·巴罗斯发出一阵轻轻的笑声。

“飞行爪子的桥段，”他嘲笑起来，“真是的，博士！你能告诉我们那个飞行爪子是什么吗？”

“我不仅能告诉你们，”菲尔博士说，“还能拿给你们看。你们昨天都见过的。”

他从衣服侧边的大口袋里掏出一个用红色大号印花方巾包裹

的东西，之后慢慢展开，以防方巾被里面的尖锐之物钩住。当佩奇认出那件展露出来的东西时为之一震，尽管这震惊夹杂了困惑不解。这个物品是菲尔博士从放在书柜的木盒里拿出来的。（准确地说）它是一个小而沉的铅球，上面等间隔嵌着四个深海捕鱼用的大型钩子。

“你们想知道这个怪异的装置是干什么用的吗？”博士和蔼地问，“你们想知道它究竟有什么用吗？不过在中欧的吉卜赛人群中——我再说一遍，是吉卜赛人——这东西用起来非常有效而且危险。把格罗斯那本书[①] 递给我好吗，警官？”

艾略特打开公文包，取出一本灰色封面的大号平装书。

“这里，”菲尔博士翻找着书页，“这是编写犯罪案件最全的教科书。我昨晚派人到城里找来这本书以作参考。你们在第二百四十九至二百五十页可以找到关于这种铅球的完整介绍。

“吉卜赛人把它当作投掷用的武器，他们的一些神秘又近乎超自然的偷窃行为也是用了这个。球的另一端系着一条非常轻但很结实的钓鱼线。把球扔出去，不管目标是什么，不管朝哪个方向落下，它的钩子都能轻松钩住——就像船锚一样。铅球提供了投掷所需的重量，而钓鱼线用来回收战利品。听听吉卜赛人是怎么用的吧：

“‘吉卜赛人在投掷方面，尤其是小孩，技术极为娴熟。所有部落的孩子都爱玩扔石头，他们只想尽可能扔得远。而少年吉卜赛人就不这么干，他们把坚果那么大的石头收集成一堆，然后选择一个距离十到二十步的靶子，比如一块相当大的石头、小木板或者旧布料。接着把这些小石头都抛出去……他们练习数个小

①指奥地利人汉斯·格罗斯博士于一八九三年出版的《犯罪侦查》一书。

时，很快就能掌握这项本领，熟练到能够击中任何比巴掌大的东西。当他达到这个阶段时，就能获得一个投掷钩……

“‘等到少年吉卜赛人能够成功击落树杈之间的破布并把钩子收回来，他就算出徒了。’

“是往树上扔，请注意！拥有如此令人惊奇的本领，他自然能让投掷钩穿过装有铁条的窗户或是封闭的院子，击落亚麻布、衣服等。你们可以想象这种投掷武器的威力有多么可怕。它会撕破一个人的喉咙，并且钩回来——”

墨里发出一声叹息。巴罗斯没说话。

“嗯，是的。好，我们听说过茉莉·法恩利的投掷本领极为精湛和惊人，正是她从吉卜赛人那里学到的伎俩。戴恩小姐告诉过我们这一点。我们知道她那要命的决断力，以及突然袭击的能力。

“那么，案发时茉莉·法恩利在哪里？我不说你们也知道：她在她那间俯瞰水池的卧室的阳台上。天哪，正好在水池上方，我们还知道她的卧室在餐厅楼上。和当时正在下方房间的威尔金一样，她距离水池远远小于二十英尺，而且还位于高处。非常高吗？一点也不。正如诺尔斯——他提供给我们将她绳之以法的线索非常宝贵——告诉我们的，新厢房是间‘低矮的小房子’，那么阳台离花园最多八九英尺远。

“于是她趁着暮色，面朝楼下的丈夫，紧握飞钩高高举起胳膊。她背后的房间很黑——正如她所说。她的女仆在隔壁房间。是什么让她下定决心给他致命一击的呢？她是否说了什么好让她丈夫抬头看？或是因为他伸长脖子，正在抬头看星星？”

玛德琳眼中涌现出恐惧之情，复述道：

“在看星星？”

“你的星星啊，戴恩小姐，”菲尔博士深沉地说，“我和本案中很多人聊过不少，我觉得那是象征你的星星。”

佩奇再度回想起来。谋杀发生当晚，他走过花园来到水池边时，自己也曾想起“玛德琳之星”：东边那颗单独的星星，她起了个富有诗意的名字，从水池那里你只要伸长脖子望向新厢房远处的烟囱顶就能看见……

“是的，她讨厌你。她丈夫对你的关注导致悲剧的发生。也许他正抬头看着你的星星，而忽视了她，这样的景象激起了杀心。她一手攥着钓鱼线，另一手拿着铅球，抬起胳膊掷出一击。

“各位，请注意那位可怜人遭到攻击时做出的怪异行为。每个人都很难描述清楚。在他跌进水池之前的拖拽、僵持和提拉，这让你们想到了什么？啊！想到了，是吧？显而易见，是吧？像被钓线钓到的鱼，事实就是这样。钩子刺进去不深：她就是这么算计好的。有严重的撕扯痕迹，大家都这么说。由于他失去了重心，伤口的方向必定从左向右上划过；而他跌入水池时（你们回想一下？）头微微朝向新厢房。当他一落水，她就迅速把武器抽了回去。”

菲尔博士表情极为严肃地拿起这颗铅球。

“而这个小东西呢？

“很明显，它被拉回来时自然没有沾上一丝血迹或是其他任何痕迹。它落在水池里，都被清洗干净了。你们记得池里的水搅动得很厉害（那是自然，因为他正在被拖拽），以至于周围几英尺远的沙地都溅上了水。可是这颗球还是留下了轨迹——它窸窸窣窣地穿过了灌木丛。

“回想一下吧。唯一听到奇怪沙沙声的人是谁？是在楼下餐厅里的威尔金：只有他近得足以听见。那阵沙沙声是个有趣的点。显然那不是人类造成的。假如你们做个实验，试试从厚如宽屏的紫杉树篱中穿过（就像伯顿警长后来发现正好沾有指纹的小刀插在那里），你就会明白我的意思。

“细节略过。总之，她就这样谋划并实施了我所见过最恶毒的谋杀案。在灵光一闪和满心憎恨之下成功犯案。她一如往常钓取了男人，获得了她的战利品。当然，她逃不掉的。她会被遇见的第一个警察捉住，然后处以绞刑。很高兴正义得到伸张，这全拜诺尔斯欢欣鼓舞地告诉我们在暮色之中有网球飞过所赐啊。”

诺尔斯来回摆手，像是要招呼公共汽车似的。他面无血色，佩奇担心他要晕倒。可他还是没有说话。

巴罗斯眼睛放光，似乎来了灵感。

“真是别出心裁，”巴罗斯说，“很聪明。可全是一派胡言，我一定会在法庭上驳倒你。全都是假的，你很清楚。其他人也做了证。有威尔金！你不能否认他说的话吧！威尔金看见花园里有人！他说他看见了！这你又该怎么解释？”

佩奇担心地注意到菲尔博士看起来脸色有些苍白。菲尔博士非常缓慢地站了起来。他俯视众人，朝门口方向示意。

“威尔金先生来了，”他回答说，“就站在你后面，问问他吧。问他现在是否还那么肯定他看见花园里有人。”

大家纷纷转头去看。威尔金在门口站了多长时间没人知道。他一如既往地干净利落，一张娃娃脸上表现出不安。威尔金咬了咬下嘴唇。

“咳——”他清了清嗓子说。

“哎，说啊！”菲尔博士怒吼，“你听见我说的话了。现在告诉我们吧：你确定看见有什么东西在盯着你吗？你确定看到那边有东西吗？”

“我想了想。”威尔金说。

“怎样？”

“我……呃……各位。”他停顿一下，“我希望你们回想一下昨天。你们都上去阁楼，我得知你们研究了在那里发现的一些奇怪物件。很遗憾我没跟你们一起去。我没看见那些东西，直到今天菲尔博士提起才吸引了我的注意。我……呃……指的是你们在木盒里找到的那张黑色雅努斯面具。”他又清了清嗓子。

“这是个阴谋，”巴罗斯说着快速看看左右，像个犹豫不决站在路边面对川流不息车辆的人一样，“你们都脱不了干系。这就是场阴谋，你们都参与其中——”

“请让我说完，先生，”威尔金急躁地反驳，“我说过我看见有张脸从玻璃门下面的窗格里看我。现在我知道那是什么了。就是那张雅努斯面具。我一看见它就认了出来。菲尔博士一提醒，我突然想到，心怀不满的法恩利夫人——为了让我以为花园里实际上有人——只是用另一段钓鱼线把面具吊下来，很不走运放得太低，低过了窗户，以至于……”

诺尔斯终于开口说话了。

他来到桌子前，把手搁在桌面上。他大哭起来，一时之间泣不成声。可算说出话来时，他却把所有听众吓了一跳，以为是哪件家具开口说话了。

“信口开河。”诺尔斯说。

这个又老又糊涂的可怜人开始用手拍击桌子。

“正像巴罗斯先生所言。全都是谎言，而且谎话连篇。你们都有份。”他的声音变得激昂起来，浑身颤抖，手拼命地拍着桌子。“你们都是在针对她，你们就是这样。没有人肯给她机会。就算她犯了点小错又怎样？就算她读了那些书，或许跟一两个家伙斯混过又怎样？这跟她年幼时玩的那些游戏有什么区别吗？他们都是孩子啊。她无意伤害任何人。她绝不会害人。你们不可以吊死她。上帝啊，你们不能这样做。我不允许任何人伤害我家小姐，我说到做到。”

他又哭又喊，用手指抹着眼泪。

“鬼才信你那些漂亮的理论和猜测。她没杀那个疯疯癫癫来这里假装约翰尼爵士的乞丐。他是约翰尼爵士才怪！那个乞丐是法恩利家族的人？那个乞丐？他是罪有应得，他死两遍也不为过。他就是从猪圈里出来的吧。但我不在乎。我告诉你们，不要伤害我家小姐。她没杀人，她没有，我能证明这点。”

一阵沉默后传来菲尔博士用拐杖敲打地板的响声，以及他的喘息声，这时他走到诺尔斯跟前，把手搭在了他的肩膀上。

“我知道她没有。”他缓缓地说。

诺尔斯抓狂地看着他。

“你的意思是，”巴罗斯大声说，“你坐在这里给我们讲了一大堆虚构的故事只是为了——”

“你以为我喜欢这么做吗？”菲尔博士反问，“你以为我喜欢我说过的话和采取的行动吗？我刚刚所说的有关那个女人的每件事、她私下里搞的女巫异教、她和法恩利的关系都是真的。每一件都是事实。她教唆并直接导致了谋杀。区别只是她没有亲手杀死她丈夫。她没有操作机器人偶，也不是花园里那个人。但是——”他紧紧抓住诺尔斯的肩膀，“你们懂法律，知道它怎么执行，也知道它怎么制裁坏人。我已经启动了这个流程。除非你告诉我们真相，否则法恩利夫人会比哈曼吊得更高[①]。你知道是

①哈曼：《圣经》中人物，曾想消灭犹太人，最终被处死。

谁杀的人吗？”

“我当然知道，”诺尔斯吼道，“呵呵！”

“那么凶手是谁？”

“这个问题太简单了，”诺尔斯说，“那个愚蠢的乞丐完全是罪有应得。凶手就是——”

第四部分

八月八日，星期六

铰链的脱落

只有一点可以肯定，那就是无论弗朗博伪装得多么巧妙，也无法掩饰他那独特的身高。要是瓦伦丁的敏锐眼光一下子看到一个高个子的卖苹果女摊贩，一个高个子近卫兵，甚或于一位雍容富贵的高个子公爵夫人，他都可以当场逮捕他们。但是，他在火车上一路风尘，还没有看到一个可能是弗朗博伪装的人，正如一只猫伪装不了一头长颈鹿一样。

——G.K. 切斯特顿：《蓝宝石十字架》

第二十一章

帕特里克·戈尔（原名约翰·法恩利）致基甸·菲尔博士的一封信。

某月某日，远赴他国途中

亲爱的博士：

是的，我就是罪魁祸首。那个冒牌货是我一个人杀死的，所有让你们惊慌的装神弄鬼也都出自我手。

我基于几个理由给你写这封信。首先，我对你怀着真挚的喜爱和敬意（但这有点可笑）。第二，你做得实在是太完美了。你对我步步紧逼，一步步迫使我离开每个房间、每一扇门，终至不得不离开家园去逃亡。这唤起我的敬仰之情，以至于想要看看我的所作所为是否符合你的推理。容我这样赞扬你：你是唯一智慧胜过我的人；不过我从来就不擅长和老师们对抗。第三，我自以为找到了一种完美的乔装方式，既然对我来说已经不起作用，索性就来吹嘘一番吧。

我期待能收到你的回复。当你收到这封信的时候，我和我心爱的茉莉应该已经在一个和英国没有引渡条约的国家了吧。那个国家气候相当炎热，但我和茉莉都喜欢天热的地方。等我们在新家安顿好之后就会写信告诉你新的地址。

我有个不情之请。我们逃亡之后必定会湮没在流言蜚语当中。我很可能会被报纸、法官和其他歪曲事实的公众媒体描述为恶魔、怪物、狼人之流。你现在非常清楚我不是那种人。我不喜欢杀人，但我若说对那头猪的死没有丝毫懊悔，是因为不希望自己是个伪君子。物以类聚，人以群分，就像茉莉和我。如果我们喜欢用平生所学和白日梦来让这个世界变得更加令人兴奋，我认为这对凡夫俗子来说是件振奋人心的事，使他们有机会去成就更好的生活。因此，你要是听到有人大肆诋毁撒旦和他的女巫新娘，请善意地告知那个人，你和我们两个喝过茶，并没有看到我们身上长角或者有圣痕。

但现在我必须把我的秘密告诉你，这也是你在本案中一直以来竭力追究的秘密。这个秘密非常简单，我用四个字就能概括：

我没有腿。

我没有腿。我的两条腿都被截肢，那是一九一二年四月，在泰坦尼克号上因为小摩擦而被那个混蛋推撞之后的事，这点我稍后再说。从那以后我就戴着这双了不起的假肢，怕是没能完全掩盖我的缺陷吧。我知道你留意到我走路的样子——也不能说是跛脚，不过总是显得笨拙，有时我一走快就会力不从心。事实上，我不能快步走，这一点我也稍后再讲。

你可曾想过假腿在乔装中最大的好处吗？我们见过戏剧中假发、假胡子和油彩的装扮；我们见过有人用黏土和填充物改变相貌和轮廓；我们见过用细微的改变去创作绝妙的假象。但我想指出一个惊人的事实，就是我们从来不曾使用最容易骗过眼睛的乔装方式。一直以来有这么个说法，“人可以这样那样，但有一样东西没法乔装，就是他的身高。”请允许我这样说，我可以随心所欲地改变身高，而且我这样做已经好多年了。

我个子不高。更准确地说，假设我能测量原来身高的话，我应该不是个高个子。我们这么说吧，要不是拜泰坦尼克号上那位小伙伴所赐，我应该大约有五英尺五英寸高。截除下肢（注意我的措辞）以后，我的实际身高要小于三英尺。你要是对此表示怀疑，可以靠墙量量自己的身高，观察一下我们称之为腿的神秘附属物所占的比例。

定制几对假肢——这是我到马戏团最先做的事——外加穿上假肢进行大量痛苦的练习，我就能随意选择身高了。有意思的是，我发现眼睛太容易被欺骗。例如，想象一个矮小的朋友变成身高六英尺的人出现在你面前；你的大脑不会接受，再加上一点其他的乔装技巧，你就完全认不出来了。

我变换过好几种身高。我扮过六英尺高的人，还扮过著名的算命师“阿里曼”，当时几乎是个侏儒：我乔装得如此成功以至于后来以帕特里克·戈尔的身份出现在好心的哈罗德·威尔金面前时，完全骗过了他。

还是最好从泰坦尼克号船上的事情说起吧。好，那天我回来申诉继承权时，把大家召集在书房里讲的故事是真实的——只有一点小小的歪曲和一处重要的省略。

正如我所说，我们互换了身份。那位仁兄事实上的确想要杀我，只不过他是想把我掐死，因为那时候他比我更强壮。这出小闹剧引发了大悲剧；你也猜对了其中的背景。这背景就是一道巨大的白色钢铁门，那是把船分隔成多个舱的舱壁门中的一扇。它是金属质地，重达几百磅，用于抵挡涌入的海水。当船身突然倾斜时，门的铰链受到挤压而开裂，我觉得那是我曾见过最恐怖的景象，就像是一切有序事物轰然崩塌，或是迦特之门[1]倒塌了。

我这位朋友的目的并不复杂。他想把我掐晕以后，将我关在那间进水的船舱里，然后逃走。我用够得到的东西反抗——当时有个木槌挂在门上。我不记得敲了他多少下，可是这对舞蛇女的儿子无济于事。我真不幸，我本有机会逃到门外，但舞蛇女的儿子用身体撞门，再加上船身也在下沉，铰链脱落，门掉了下来。不用说，我整个身体只有腿没能出来。

那是个英雄泛滥的年代，博士——英雄事迹很少被歌颂。谁救的我——是乘客还是船员——我不清楚。我记得自己像只小狗似的被人抱起来送到一条小船上。至于舱门后那个满头是血、眼睛迷离的舞蛇女之子，我觉得他大概已经死亡。我能活下来，我想应该归功于海水，可对我来说那段日子十分难熬，之后一周我都人事不省。

几天前我在法恩利庄园讲的故事里，提到的名字“帕特里克·戈尔”是过世的马戏团负责人鲍里斯·叶尔德里

---

①迦特之门：位于以色列的巨大古城门。

奇给我起的。我稍微解释了当时的心态，并没有说明全部的心理活动，你知道其中原因。鲍里斯一下子就发现我在马戏团的用处，因为我是个怪胎（虽说不太好听），掌握以前在家研究得到的算命技能。那是段充满痛苦和屈辱的日子，尤其是得学习用手“走路”。这部分我就不赘述了，以免让你觉得我在乞求怜悯或者同情：这想法让我火冒三丈。我感觉自己像个剧中人。我可以接受你的喜欢。我可以接受你的尊重，或者杀了你。可是你要怜悯我？去死吧！

这也提醒了我，我现在矫情得像个悲剧演员，毕竟那些事我都快忘了。让我们更宽容地看待事情，也对无法纠正的错误付之一笑吧。你知道我的职业：我曾是个算命师、假巫师、玄学者和幻术师。我那天晚上到法恩利庄园时不小心给了些暗示。我扮演过太多不同的人，以众多不同的化名来诠释“无所不知的男人”，对于是否被识破倒是不太担心。

我很乐意告诉你失去双腿对我的职业来说其实是件好事。反正我也别无选择。不过假肢总归不太方便，我怕我永远都学不会如何将它们控制自如。起初我学会用双手来移动身体，我敢说，达到了不可思议的速度和灵活性。不用我说你也明白这对我骗人的灵媒工作会有多大帮助，也能让我为观众制造各种非凡的效果。想一想，你就会明白的。

每当我使用这种技巧时，我都习惯先垫上橡皮垫，套上紧身裤，再佩戴假肢，穿上普通的外裤。装着橡皮垫的紧身裤可以充当我的下肢，并且走在任何地面上都不会露出马脚。速度很重要，所以我练就了在三十五秒之内取下或换上假肢的功夫。

当然，这也是我操纵机器人偶极其简单的秘密。

用一句话来讲，历史总是不断重演。这类事情不是以前有可能发生，而是的确发生过。博士，你是否意识到这就是肯佩伦和梅泽尔下棋机器人偶的操作方式？他们找个像我这样的人作为助手，钻进人偶底座的盒子里，就骗了欧美五十年。既然这个骗局能瞒过像拿破仑·波拿巴和菲尼亚斯·巴纳姆[①] 这样性格迥异的大人物，那么倘若我骗过了你，你也没什么好沮丧的。但实际上，你没有受骗，听到你在阁楼上给出的暗示，我就心知肚明了。

毫无疑问，这就是十七世纪黄金女巫的奥秘。现在你明白当我敬爱的祖先托马斯·法恩利以天价买下它并发现真相之后，为什么将它束之高阁了吧？有人告诉了他其中的奥妙，他像其他知情人一样无比愤怒。他原本还如获至宝呢，哪想到花钱买来的是个投机取巧的骗人玩意儿，除非找个特殊之人在里面操作，否则根本没法愚弄他的朋友。

它原本整个操作方式是这样的：里面的空间对于像我这样的人来说已然足够，正如你看到的。一旦你进到盒子或“沙发”里并且把门关上，操作人偶活动的盒子顶端就会有块小板打开。里面……因简单的机械原理而运转……有十几根与双手和身体相连接的活动杆。机器人偶的膝盖上有隐藏的小洞，可以从里面打开，让操作的人看见外面。这就是为何梅泽尔的人偶会下象棋；一百多年前的黄金女巫弹奏西特琴也是这个原理。

---

① Phineas Tailor Barnum 为十九世纪著名演艺经理人，专办怪异节目及展览。

不过在女巫这个例子里，最高明的一个伎俩是操作者藏在盒子里而不被人发现。我想这是女巫发明者比肯佩伦高明的地方。在表演开始的时候，魔术师会打开盒子让每个人检查里面是空的。那么，操作的人是怎么钻进去的呢？

跟你说这些其实毫无必要。案发第二天你在阁楼上的话语……正是针对我的……说到表演者的装束，表明你已经非常清楚；而且我明白大势已去。

众所周知，魔术师的传统服装包括一件画满象形文字的大长袍。黄金女巫的原创发明人只是借用了这个原理，它后来也被拙劣的印度骗子沿用。长袍是用来掩人耳目的：就拿骗子来说，他让一个小孩爬进一个隐藏好的篮子里；对于女巫的表演者来说，操作者趁着魔术师在昏暗的灯光下舞动长袍的瞬间溜进机器里。我自己在多次表演中都成功运用了这项技巧。

我必须说到我过去的生活。

我最成功的角色是在伦敦扮演“阿里曼”，不知你是否能原谅我拿一个袄教恶魔的名字来给一个埃及人命名。可怜的威尔金啊，请你一定不要猜疑他和我的丑事有任何关系，因为直到今天他都不知道我就是那个让他关怀备至的长胡子侏儒。在那桩诽谤案中，他无私地为我辩护，他相信我有超能力；当我以失踪的继承人再度出现时，我觉得让他做自己的法律代理人是顺理成章的事。

(法官大人啊，那桩诽谤案仍旧让我耿耿于怀。我原本热切期待能在法庭上一展我的超能力。要知道，我父亲和法官曾经同校；我准备假装在证人席上演一出魂灵附身的戏，跟法官大人说说关于他的一些事实。实际上，我父亲在二十世纪九十年代的伦敦社交界久负盛名：与其说阿里曼会读心术，不如说他有运用情报的能力。但我一直都很喜欢出其不意，这是我的个性之一。）

那么，我的故事恰好从阿里曼开始。

我本来不知道“约翰·法恩利”竟然还活着，更别说他现在成了准男爵——约翰·法恩利爵士，直到有一天他走进我在半月街的咨询室，向我倾诉他的烦恼。事实上我没有当面嘲笑他。这种巧合就连基督山都想不到吧。不过我觉得，我是说我觉得，给他焦虑的脑袋涂上香膏着实让他在那些日子里感到有些难受吧。

然而，我遇见他这件事不如我和茉莉重逢重要。对此我心神难定，以至于无法流畅书写。你看不出我俩是天生一对吗？你看不出茉莉和我一旦找到彼此就会厮守到天荒地老吗？这是一种突如其来、盲目彻底的爱情；充斥着熊熊烈焰。用美国一种叫“红狗”的游戏来说就是“高了、低了、J牌、该死的游戏”。我必须嘲笑一下，否则我会不自觉地胡言乱语念出情诗来。她没有觉得我的身体缺陷好笑或者恶心。在她面前我没有唱《钟楼怪人》或是《挨了耳光的男人》这种歌。我劝你，不要看轻灵魂阴暗者的爱情，以为不如那些美妙动人的爱。冥王和众神之王的爱一样真切，有助于滋养大地；可朱庇特这位可怜的神，只能化身为天鹅或者一阵黄金雨才能出行。谢谢你对这个话题的关注。

当然，茉莉和我筹划了整件事情。（你对我俩在庄园里过于针锋相对，不感到惊讶吗？看不出来她对我的辱骂过于着急，而我的嘲讽也是有意为之吗？）

讽刺的是，虽然我才是真正的继承人，可我们除了这么做之外别无选择。那个畜生发现了她所谓秘密的女巫异教；他理直气壮地要挟她，好霸占地位；如果她去揭发，他也会以其人之道还治其人之身。如果我想争回财产——我决心已定——如果想要赢回她做我的合法妻子，光明正大地过着两情相悦的生活——我也下定决心——就不得不杀死他而且要布置得看上去像是自杀。

你也发现了，茉莉下不了手杀人；而我呢，只要集中注意力就什么都敢做。我敢说我一点都不欠他的，而当我看见他由起初的道貌岸然变成后来的样子，就明白了清教徒是如何产生的，以及他们为什么会从世上消失。

我就得在那天晚上下手杀人，我们的计划必须在那段时间完成。在那之前动手不行，因为我不能贸然出现在庄园，否则过早暴露自己的风险太高；而那家伙只有知道不利证据对他的影响之后才可能自杀。你要知道，他在指纹对比期间走进了花园，对我来说真是个千载难逢的机会。

好了，我的朋友，我要恭喜你。你接下了一桩不可能犯罪；而且，为了给诺尔斯施压，你有鼻子有眼地编了一套完全符合逻辑的说辞来合理解释这桩不可能事件。从艺术性上来讲，我很高兴你这么做；如果不这么说，你的听众会觉得上当受骗，而且愤怒不已。

然而真相是——你已经了如指掌——根本不存在不可能犯罪。

我只是朝那家伙跳上去，把他拉倒。我在池边用你们后来在树篱里找到的那把折叠刀杀了他，仅此而已。

不知是幸运还是不幸，诺尔斯从绿室的窗户目睹了整个过程。即使如此，要不是我因为一个致命失误差点把整件事搞砸，这个计划还是相当安全的。诺尔斯不但在众人面前发誓是自杀，还义无反顾地给我制造了一个不在场证明，这着实让我十分意外。你也察觉到了，他一向不喜欢也不信任后来的主人；他根本不相信那个人是法恩利；他宁可站上绞刑架也不愿承认真正的约翰·法恩利杀了那个窃取财产的冒牌货。

当然，我杀那家伙时没有穿假肢。这是可想而知的，因为我穿橡皮垫时能轻易地快速移动；戴假肢的话，我就没法蹲下来藏在那些齐腰高的树篱后面。那些树篱提供了极佳的屏障，万一发生险情还能作为许多逃跑通道。为了防止被人发现，我在外套里夹带了那个阁楼上面相凶恶的雅努斯面具。

实际上我是从房子北面向他靠近的：也就是从新厢房的方向。我想当时的情形一定让他措手不及吧。我们的冒牌货吓得全身瘫软，我在他还没来得及行动或说话之前就把他拉倒。经过这些年，博士，我手臂和肩膀上增长的力量可不容小觑。

之后，关于袭击部分，纳撒尼尔·巴罗斯的证词让我心神不宁了好一阵。巴罗斯站在离我三十多英尺远的花园门口处；如他所说，他的视力在昏暗之中不太好。他看到的不寻常现象让他难以解释。他看不到我，因为视线被齐腰深的树篱挡住了；可死者的反应却令他不解。再读一遍他的证词你就会明白我的意思。他的结论是：“我无法准确描述他做的动作。他的脚就像被什么东西抓住了似的。”

确实如此。

尽管如此，这个威胁比起威尔金在餐厅里几乎只慢几秒就会目睹到杀人过程来说可以忽略不计。你肯定知道，威尔金从落地窗下面的玻璃窗格所看到的正是在下。让人瞥见我的行踪确属鲁莽，不过当时（你后面会看到）我因为计划被破坏而懊恼不已；所幸我戴上了面具。

第二天大家凑在一起讨论这个案子时对于一句话的理解……一种印象……比他瞥见我更危险。我的教师墨里把我害了，这个总爱玩文字游戏的人。威尔金发表完对事件的看法，墨里抓住威尔金说的（含糊不确定的）话不放。墨里对我说："在你回家的路上，花园里有个没腿的人爬着朝你打招呼……"

这真是要命的一句话。这一点绝对不能让人起疑，绝不能让人留下一点印象。当时我感觉心头一紧，我知道自己脸色发白，就像只溢水的罐子，而且我发现你在看我。我太傻了，竟然向可怜的老墨里发火，而理由让大伙儿费解，却瞒不过你。

同样，我担心无论如何这一次我都要完蛋。我从一开始就犯了个致命的失误，破坏了我精心策划的案件。那就是：

我用错了刀子。

我本想用专门买的一把普通折叠刀。（第二天我从兜里掏出来给你看，假装是我随身携带的小刀。）然后我想把他的指纹印在刀上遗留在水池边，这样就完成了自杀的假象。

但当我发现手中的刀竟是自己的折叠刀时已经太晚了——这把刀我从小就有——在美国时有许多人见过我使

用它，刀锋上刻着玛德琳·戴恩的名字。不管怎么推理，它都不可能属于那个冒名顶替的人。你很快就能查出是我的。

最糟糕的是，我在行凶当晚竟然在书房向大家提起这把小刀。我讲起了泰坦尼克号事件，讲起了我是怎么遇见真正的帕特里克·戈尔，怎么一言不合就打起来，还有我是怎么勉强用我那把折叠刀对付他的。再多说几句那刀的话，恐怕很难自圆其说。这都是因为我极力要把谎撒得漂亮，说出除了想要隐瞒部分之外的全部真相。我奉劝你不要练习说谎。

就这样，我在按上他的指纹之后，用戴着手套的手拿着这把罪恶的工具，立在水池边；大家向我这边拥来，我被迫当即做出决定。我不敢把刀留下，于是用手帕包起来，把它揣进了兜里。

当我去房子北面重新戴上假肢时，威尔金发现了我。因此我想最好声称我从南边过来。我没敢把刀带在身上，于是不得不把它藏起来，等找机会再悄悄处理掉。理论上讲，我认为我选了个不会被察觉的藏匿地点。你们那位伯顿警长承认要不是有计划地将整个花园里的树篱都连根拔起，估计他只有百万分之一的概率能找到吧。

你说命运三女神是不是对我的计划进行了棘手的干涉？哦，我不知道。我的确要改变最初的全部计划，并且对外表示那必定是谋杀。然而诺尔斯凭直觉无私地做了牺牲，直接帮我提供了不在场证明；那晚我离开屋子前他给了点暗示，第二天我见你时已有所准备。

剩下的事就再清楚不过了。当我私下表示那必须当谋杀案处理时，茉莉就建议把指纹记录本偷走，从而把案子做得更漂亮些：因为你知道，不可能有人指控我偷走了证明自己身份的指纹记录本。反正我们也打算还回去，而且当时就发现那本是假的。

茉莉从头到尾都表现得很棒，你不觉得吗？刚发现尸体之后在花园里的小桥段（“该死，他还真说中了！”）是事先精心排练过的。本来打算表达的意思就像我在众人面前所说，她从没爱过她的丈夫（也是精心排练过的），爱的一直是印象中的我。我们不能让寡妇过于伤心欲绝，你知道。我们不能让她怀着悲痛一蹶不振，以至于让人觉得她永远对我怀有敌意。这是一项长期的计划，目标是未来我们之间的敌意退去之时能够相守——可是我们却把这计划毁了！

因为第二天发生了那件很不走运的事，就是贝蒂·哈伯特在阁楼上发现我在修理机器人偶。我肯定又在那儿喃喃自语。事实上我是去阁楼取指纹记录本。但是当我看见那个女巫的时候，突然想到我终于能让它活动起来了。小时候我就知道它的秘密，可当时我个子不够矮小，没法钻进盒子里。因此我一心想尝试修理它，就像个可敬的丈夫在一间可敬的阁楼里摆弄着一面可敬的钟。

茉莉发现我花的时间太长，就上楼来找我。正好发现贝蒂·哈伯特在研究那个书柜。而当时我就在机器人偶里面。

我真心相信，茉莉以为我会像对待那个祸害一样对付这个小女孩。茉莉看见贝蒂在里面便关上了门。但我无意伤害她。那个女孩当然看不见我，但我十分担心她会发现我的假肢，因为它们就靠在机器后面的墙角处。之后发生的事我想你都知道了。所幸我不需要伤害她，只要动几下就够了，尽管我敢肯定她透过机器人偶的窥视孔看到了我的眼睛。后来我和茉莉没什么太大危险。要是你一再逼问我们那时候的行踪，我们只要给对方提供一个不情愿又勉强的不在场证明就好了。然而，错就错在不该把那女孩的围裙——是女巫在表演那出哑剧时用爪子扯下来的——遗忘在阁楼上。

好吧，我真傻；而你赢了。简单来说，在案发第二天我就有预感。你们找到了刀。尽管我辩称这把刀是那个冒牌货多年前从我这里偷走的，尽管墨里无意中给出的提示帮助了我，让你们怀疑这把刀是否为真正的凶器，但我明白你的想法，知道你已经看穿了我腿部的缺陷。

你提起埃及人阿里曼的话题。艾略特督察就威尔金看见花园里有东西一事做了陈述。你回过头来追问起巫术的问题，就差把茉莉扯进去了。我以问代答；你则提出了几点暗示。接着你点出这些事情之间的联系，从维多利亚·戴利开始，谈到已故的帕特里克·戈尔在案发当晚的行为，又继续提到贝蒂·哈伯特对阁楼里的书柜感兴趣。

你看见机器人偶时所说的话则又一次在无意中泄露了你的想法。你暗示凶手对机器人偶做了些会暴露他身份的事；而贝蒂·哈伯特当时根本没看见他——在这种情况下凶手没有必要杀人灭口。接着我要求你说明机器人偶是如何运转的。你不予理睬，只是说你猜测原本的表演者可能穿着传统的魔术师服装。你的某些话就快要说破茉莉秘密的女巫异教崇拜嗜好了。我就是在这时把机器人偶推下了楼。相信我，我的朋友，我没想加害于你。我只是决心要彻底毁掉那个人偶，让它的操作方式永远成谜。

第二天的讯问还有两点值得注意。诺尔斯明显在撒谎，而你也知道。玛德琳·戴恩对茉莉的了解之深出乎我们的意料。

茉莉恐怕是不喜欢玛德琳。她的方法是用恐吓手段来让后者闭嘴，必要时也不排除下狠手。因此茉莉觉得只是假冒玛德琳之名打电话让人把机器人偶送到蒙普莱西尔是不够的：她知道玛德琳很害怕那个东西，就希望我让它动起来吓唬吓唬对方，以此作为教训。我没那么做；我有更好的计策。

对于茉莉和我来说幸运的是，当你和督察在蒙普莱西尔与玛德琳、佩奇共进晚餐之时，我就在她家花园里。我听到了你们的谈话，知道大势已去，因为你已经了如指掌——问题在于你有多少证据来证明。你和督察一离开房子，我就想最好是跟踪你们往树林方向走，听听你们说些什么。

我先把那个无害的老女巫推到了窗边，然后就跟在你们后面。从你们的对话来看，恰好说明我对你们调查成果的担心并非多余。我现在完全了解你的做法，不过当时还抱有一丝希望。我知道你的目标：诺尔斯。我知道我们的软肋：诺尔斯。我知道有个证人能让我被绞死：诺尔斯。我知道在普通的压力下他宁可饱受折磨也不会招认谁是凶手。但是有一个人他不能眼看着她受到伤害，哪怕是冒犯：茉莉。只有一种方法能撬开他的嘴。那就是勒住她的脖子并且慢慢收紧，直到他忍无可忍。这就是你之前的做法；我和你一样有足够的智慧去研读证据；我马上就开始考虑下一步的务实之举。

摆在我们眼前的只有一条路，就是逃跑。假如我是你后来听闻的那种没良心、不可信赖之人，那我肯定会像剥洋葱一样利落地杀掉诺尔斯。可是谁能杀了诺尔斯？谁能杀了玛德琳·戴恩？谁能杀了贝蒂·哈伯特？他们都是我所认识的活生生的人，而不是凑篇章字数用的角色。他们不该被当作集市上售卖的毛绒玩具猫一样对待。老实告诉你，我又累又有点不舒服，好像陷入迷宫再也走不出来了。

我跟着你和督察回到庄园，遇见了茉莉。我告诉她我们唯一的出路就是逃跑。记住，我们相信时间足够：你和督察那天晚上打算去伦敦，几个小时之内我们都不怕被揭穿。茉莉同意这是唯一的办法——据我所知，你当时从绿室的窗户往下看到她离开了庄园，手里拎着个箱子。我觉得这么做不太明智，虽然你是有意让我们逃脱，好让我们为此自责。除非你有把握能随时逮住我们，博士，否则这不是明智之举。

我用以下这件事来结束我的解释。我和茉莉有分歧。她在走之前觉得应该给玛德琳一点颜色看看。我们一路开车，她脑子里满是稀奇古怪的想法（我敢说这是因为那女人知道我爱她），准备回到蒙普莱西尔去对付那个“坏女人”。

我没法阻止她。我们没用几分钟就到了那里，在玛德琳上校的老房子后面的路边下了车。总之我们来到她的屋前——停下脚步倾听。我们从餐厅半掩的窗口清楚地听到了一番话，关于维多利亚·戴利的死以及很可能该为此负责的女巫崇拜者：这话是佩奇先生说的。那个机器人偶还在那里，我把它推回了煤房，因为茱莉想拿它从窗口砸向玛德琳。这种行为无疑十分幼稚；然而我的女人和玛德琳的矛盾是人之常情——就像我和已故的帕特里克·戈尔之间一样；而且我告诉你，案子发展到此，再也没有什么比餐厅这番谈话更让她气愤的了。

当时我还不知道她从法恩利庄园带了把手枪来。当她从手提包里掏出枪并且敲了下窗户时我才发现。于是我意识到，博士，基于两个理由我必须立即采取行动：第一，在这个节骨眼上我不想看到女人们吵得不可开交；第二，有辆车（是巴罗斯的）刚停在屋子前面。我用胳膊架起茱莉，匆忙带她离开。所幸屋里的收音机正响着，我们得以不被发现。我确信，只是由于被窗内不太相干的美妙恋爱场景所激发，就在我们要离开之时，她趁我不注意向餐厅里开了一枪。我的女人枪法很准，她没想朝任何人开枪；她希望我明白那只是对可怜的玛德琳品行上的批评，而且她巴不得再开一枪。

总之，我强调这些无关紧要甚至荒唐可笑的举动有一个非常合理的原因：这也是我写信的理由。我不想让你以为我们是受了上天的黑暗诅咒而在极度悲凉的气氛中逃跑的。我不想让你以为连老天都对我们的恶行噤若寒蝉。博士，我是这么认为的……我宁愿这么认为……你为了让诺尔斯招供肯定会有意给茱莉泼脏水，你的描述远远要比她实际的人格更加邪恶吧。

她不算狡猾；她一点都算不上狡猾。她私下搞女巫异教不是出于女人那种喜欢看别人心理扭曲的冷酷心性；她绝对不是个冷酷的人，你很了解这一点。她因为喜欢才做了那些事。我相信她还会继续喜欢。把事情说得好像是她杀了维多利亚·戴利真是无稽之谈；任何关于汤布里奇威尔斯附近这个女人的消息都很神秘，根本没法证实甚至指控谁。我承认在她的天性当中有太多较低层面的东西，我自己也一样；但除此之外呢？正如我设法说明的那样，我们从肯特郡和英国离开并不是一出道德剧的落幕。这更像是一个普通家庭在混乱中迁居到了海边，其间父亲忘了他把车票放在了哪里，母亲清楚记得她忘了关浴室的灯。我猜想亚当夫妇同样在慌忙中匆匆离开了那个更加宽敞的花园[①]；而这一点，就像国王坚决对爱丽丝说的那样，是书里最老的一条规定[②]。

谨启，

约翰·法恩利（曾用名：帕特里克·戈尔）

①指亚当和夏娃离开伊甸园。

②出自《爱丽丝梦游仙境》。因红王后馅饼被偷一案，爱丽丝作为证人出庭，她站起来时由于太高撞倒了陪审员。国王引用第四十二条规定：身高一英里以上者必须退出法庭。爱丽丝身高两英里，却不肯离开，国王对她说："这是我书中的最高法则。"

著作权合同登记号：01-2018-7356

图书在版编目（CIP）数据

扭曲的铰链／（美）约翰·迪克森·卡尔著；王占一译．--北京：新星出版社，2019.9（2022.7重印）

ISBN 978-7-5133-3190-6

Ⅰ.①扭… Ⅱ.①约… ②王… Ⅲ.①长篇小说-美国-现代 Ⅳ.①I712.45

中国版本图书馆CIP数据核字（2018）第215095号

扭曲的铰链

[美]约翰·迪克森·卡尔 著；王占一 译

特约编辑：王 怡
责任编辑：曹晓雅
责任校对：刘 义
责任印制：李珊珊
装帧设计：broussaille私制

出版发行：新星出版社
出 版 人：马汝军
社　　址：北京市西城区车公庄大街丙3号楼　100044
网　　址：www.newstarpress.com
电　　话：010-88310888
传　　真：010-65270449
法律顾问：北京市岳成律师事务所

读者服务：010-88310811　service@newstarpress.com
邮购地址：北京市西城区车公庄大街丙3号楼　100044

印　　刷：北京天恒嘉业印刷有限公司
开　　本：910mm×1230mm　1/32
印　　张：8.25
字　　数：185千字
版　　次：2019年9月第一版　2022年7月第七次印刷
书　　号：ISBN 978-7-5133-3190-6
定　　价：48.00元